# 目　录

## 考　证



## 古代文学研究



## 词学研究

## 桐城派研究



## 序　评

中国古典文献学与古代文学论丛

# 古代文献与文学探论

孙维城 著

图书在版编目(CIP)数据

古代文献与文学探论 / 孙维城著 .—合肥:安徽大学出版社,2012.1
ISBN 978-7-5664-0343-8

Ⅰ.①古... Ⅱ.①孙... Ⅲ.①古文献学—文集
②中国文学:古典文学—文集 Ⅳ.①G256—53 ②I206.2—53

中国版本图书馆 CIP 数据核字(2011)第 264823 号

古代文献与文学探论 孙维城 著

出版发行:北京师范大学出版集团
安 徽 大 学 出 版 社
(安徽省合肥市肥西路 3 号 邮编 230039)
www.bnupg.com.cn
www.ahupress.com.cn
印　　刷:合肥现代印务有限公司
经　　销:全国新华书店
开　　本:170mm×230mm
印　　张:9.75
字　　数:175 千字
版　　次:2012 年 1 月第 1 版
印　　次:2012 年 1 月第 1 次印刷
定　　价:26.00 元
ISBN 978-7-5664-0343-8

责任编辑:王娟娟　　装帧设计:孟献辉
责任印制:陈　如

# 考　证

## 孟浩然入京事迹考

关于唐代诗人孟浩然入京事迹，过去研究者多持一次入京说。其根据乃在新旧《唐书·孟浩然传》，殆未深考。

笔者认为：新旧《唐书》对孟浩然入京事迹的说法并不一致。说孟旅京一次的误会来自稍晚出的《新唐书》。《新唐书·孟浩然传》称孟“年四十，乃游京师，尝于太学赋诗”。这句话实源出《旧唐书》与王士源《孟浩然集序》（下简称《王序》）而略。《旧唐书·孟浩然传》云：“年四十，来游京师，应进士不第，还襄阳。”乃是说孟四十岁时来京应举不第，并非谓孟一生只来过一次京师，或四十岁前未来过京师。《新唐书》称“乃游京师”与《旧唐书》云“来游京师”，虽一字之差，却差之千里，变成了孟到四十岁才游京师。这一改动实在太不高明，弄得似是而非；后人不察，以讹传讹，遂谓孟一生只游过一次京师。

近来不少研究者已注意到一次入京说的难以自圆，转而主张二次入京说，然持论尚不能称周密。最近发表的屈光同志的《孟浩然首次入京考》认为，“浩然一生曾两次入京求仕，首次于开元八年左右，时浩然三十二岁上下。二次入京于开元二十年冬十二月或二十一年春正月，时浩然四十四或四十五岁。”[1]推翻了孟四十岁入京的说法。然所论孟两次入京时间所据资料难称充允，推论未免武断，尚可商榷。

整理孟浩然文集并为之作序的王士源乃天宝时人，所著《孟浩然集序》当为研究孟生平事迹之最原始资料；据《王序》记载：孟浩然在京“间游秘省”，并与张九龄、王维等结为忘年之交。从《王序》可知，张九龄此时正在秘书省任职。考张九龄《曲江集》所附《诰命》：张九龄开元十九年(731)三月七日由桂州刺史入为秘书少监，开元二十年(732)转工部侍郎，同年八月二十日知制诰。张、孟定交于秘省时间即张任秘书少监时间，大致可定为开元十九年三月到开元二十年八月之间。屈文称孟二次入京时间为开元二十年十二月或二十一年正月的说法显然不能成立。

笔者认为孟此次入京正是《旧唐书》所称“年四十，来游京师”的一次。但按一般说法，孟浩然卒于开元二十八年(740)，终年五十有二，则其四十岁游京正值开元十六年(728)。在京留滞到十九年才得见张九龄于秘省，时间太长，亦不可能。考孟浩然集有多种版本，流传至今最早版本为北京图书馆馆藏宋蜀本《孟浩然诗集》。此本离原本最近，且元代藏翰林国史馆，世人罕见，改窜最少，故最可靠。此本《王序》谓孟“终于南园，年五十，有子仪甫”。宋计有功《唐诗纪事》记载与《王序》同。据此，则孟浩然终年实为五十岁。而据明刻本重印的中华书局本《孟襄阳集》与商务印书馆本《孟浩然集》皆云：“年五十有二子曰仪甫。”这句话本无断句，毛病即出此。可以断为“年五十有二，子曰仪甫”；亦可断为“年五十，有二子曰仪甫”。从断句看，“年五十有二，子曰仪甫”比较通畅，后人皆如此断句。但从宋蜀本看，并无“二”、“曰”两字，当为传抄者所加，画蛇添足，遂成疑案。今天应据宋蜀本定孟浩然享“年五十”。这样，他四十岁时，正值开元十八年(730)，游京赴举，十九年(731)“间游秘省”，与张九龄相遇，斯为切合。

关于孟浩然在四十岁以前的一次入京时间，傅璇琮同志认为：“新旧唐书说孟浩然年四十乃游京师，不一定确实。孟有《秦中苦雨思归赠袁左丞贺侍郎》诗(《孟浩然集》卷二)，根据有关史料，可考知此袁左丞当为袁仁敬，贺侍郎当为贺知章。《元和姓纂》卷四、《旧唐书》卷九十九《张九龄传》都提到袁仁敬为尚书左丞。贺知章则开元十三年为礼部侍郎，十四年为工部侍郎，旋即为太子宾客。由此看来，孟浩然应在开元十六年前即已赴长安。”[2]

傅文所据的“有关史料”[3]不过说明了开元时期袁仁敬任过尚书左丞，贺知章任过侍郎，实在不足以证明《秦中苦雨思归》诗提到的袁、贺即袁仁敬、贺知章，而一次入京说，也无法解释孟与张九龄交往于秘省之事。但是傅文从《秦中苦雨思归》一诗所提出的问题，却为二次入京说提供了切实的依据。笔者认为《秦中苦雨思归》一诗既交代了作诗时孟的年龄范围，又交代了地点为长安，且有人物袁、贺辈及其职务，如参之以切实的史料，就可以考证出孟此次入京的大致时间。兹引录全诗如下：

为学三十载，闭门江汉阴。明扬逢圣代，羁旅属秋霖。岂直昏垫苦，亦为权势沉。二毛催白发，百镒罄黄金。泪忆岘山堕，愁怀湘水深。谢公积愤懑，庄舄空谣吟。跃马非吾事，狎鸥真我心。寄言当路者，去矣北山岑。

屈光同志在《孟浩然首次入京考》中对傅的论点加以驳斥，提出的证据并不充分。而且仅据孟诗《田园作》、《秦中苦雨思归》、《自洛之越》、《书怀贻京邑故人》中有关孟年龄的说明即贸然推证孟三十二岁左右即开元八年(720)左右入京。仅仅以诗来证史，其准确性大可怀疑。这几首诗中所出现的有关孟年龄的记载尚有进一步探讨的必要。

《田园作》云："三十犹未遇。"确为三十岁左右尚未入京时作。

《秦中苦雨思归》有"为学三十载"、"二毛催白发"等句，是否即指三十二岁左右？屈文又举《自洛之越》诗"遑遑三十载"句相印证。我们认为这儿的"三十载"应指三十五、六岁。古人五六岁读书，孟浩然"少小学书剑"(《伤岘山云表观主》)，到三十五、六岁，正好是"为学三十载"。可举杜甫《奉赠韦左丞丈二十二韵》诗中"骑驴三十载，旅食京华春"为证。据《少陵先生年谱》，此诗作于天宝七年(748)，时杜甫亦三十六岁。再看"二毛催白发"句。"二毛"典出潘岳"余春秋三十有二，始见二毛"。屈文即据此定孟此时三十二岁。但"二毛催白发"不等于"二毛"。孟诗还有"白发催年老"句，与此句式相同，都是动态地写年龄变化。"二毛催白发"即指自己从三十二岁左右出现二毛后，又随年龄增长，添出白发来了，因此白发似为二毛催出来的。可知此时为三十二岁后二三年，即三十五岁左右。孟另有一首诗《晚春卧病寄张八》，为隐居家乡时作。诗中有句"贾谊才空逸，安仁鬓欲丝"，才真正是作者三十二岁左右时的作品。这句诗与"二毛催白发"句表示出的年龄实有很大差异，说明这两首诗不是同一两年内的作品，《秦中苦雨思归》诗写在三十一、二岁以后。

屈文又举《书怀贻京邑故人》诗说："曰'遂弹冠'、曰'京邑故人'，知入京已属事实。曰'秦楚邈离异'，知为自京返归襄阳故里后作。而'三十既成立'则交代了入京时年龄为三十多岁。"屈文误解了"遂弹冠"典故的含义。《汉书·王吉传》注："弹冠者，且入仕也。"这表现孟此时因知己在当途而急于自试的心情，并非说孟已入京求试过了。曰"京邑故人"、"秦楚邈离异"也可是故人在京邑，自己在襄阳，不能说明孟入京已成事实。此诗是孟三十多岁入京前的作品。如依屈文说成首次入京、失败归来后的作品，怎么又在诗中投刺求荐，而且表现得如此急不可耐呢？

屈文针对《秦中苦雨思归》一诗，引用不少史料来证明袁仁敬开元十三年

(725)到十五年(727)不可能为尚书左丞;但又不加任何考证地将此诗定为开元八年(720)到十一年(723)孟首次入京时的作品,这是很不严谨的。笔者认为,切实地考证出该诗写作年代是确证孟首次入京时间的关键,故考证如下:

六年,玄宗又敕吏部侍郎兼侍中宋璟、中书侍郎苏颋、尚书左丞卢从愿……等九人删定律令格式,至七年三月奏上。律令式仍旧名,格曰开元后格。(《旧唐书·刑法志》)

(卢从愿)入为工部侍郎、转尚书左丞。又与……礼部侍郎王丘、中书舍人刘令植删定开元后格,迁中书侍郎。(《旧唐书·卢从愿传》)

可知卢从愿开元六年——七年三月间曾任尚书左丞,时王丘为侍郎,卢不久迁中书侍郎。

(王丘)开元初,累迁考功员外郎……再转吏部侍郎……俄换尚书左丞。十一年,拜黄门侍郎。(《旧唐书·王丘传》)

此记王丘为吏部侍郎与《卢从愿传》所记小有差异,但为侍郎无疑。且此时(开元六——七年)参与删定《开元后格》。"俄换尚书左丞",似为接卢从愿职。十一年(723)拜黄门侍郎,故其任左丞在十一年前,约在开元八、九年间。

(源光裕)初为中书舍人……同删定开元新格。历刑部、吏部二侍郎,尚书左丞。(《旧唐书·源乾曜传附光裕传》)

(开元十三年二月)上自选诸司长官有声望者大理卿源光裕……等十一人为刺史。(《资治通鉴》)

可知光裕开元六、七年亦参与删定《开元后格》(传谓开元新格,误),开元十三年(725)二月前已任大理卿,而任左丞在大理卿前,刑、吏二侍郎后。假令任侍郎在开元八、九年,则任左丞时间为开元十年(722),(十一年为萧嵩,后又有杨承令,已为屈文所证)正在王丘任左丞后,亦可推定王丘任左丞时间约为开元八、九年间。

据《旧唐书·职官志》,尚书省设左、右丞各一人,从上引史料已知开元七(719)至十一年(723)间任左丞者有卢、王、源、萧四人。此期间无甚大事(如选京官外放等),四人又无丁丧事宜及贬黜事由,只依常例升迁,可断定此一时期无其他人插入任尚书左丞。因而孟诗《秦中苦雨思归赠袁左丞贺侍郎》绝非开元十一年前的作品。据此,屈文所持孟开元八年至十年间入京说就难以立足了。

另外,屈文说"任尚书左丞者,开元十一年十一月为萧嵩,十三年二月前为杨承令，十三年十一月后为王丘，而开元十三年二月后袁仁敬任杭州刺史。就现有材料来说，傅文认为开元十三——十五年袁仁敬为尚书左丞是无根据的。”

此说看似严密，实际只讲了上限“十三年十一月后为王丘”，而无下限。考《旧唐书·王丘传》：“（王丘）入为尚书左丞，丁父忧去职。服阙，拜右散骑常侍。”可知王任尚书左丞时间并不长，他丁忧去职后，这一职务即出缺，袁可接任。

屈文又谓袁即使任尚书左丞亦应随驾东都，并说：“考《旧唐书》、《新唐书》玄宗纪及《通鉴》，知开元十二年冬十一月至十五年冬十月唐玄宗举驾幸东都。宰相、诸王、诸司长官、台郎、御史等‘群臣’、‘百官’随驾。”以此证明袁亦随驾东都。可是这一引证并不确切，实际是把《通鉴》两处所记史实拼凑起来的。考《通鉴》：

> （开元十二年）十一月，庚午，上幸东都；戊寅，至东都。
>
> （十三年二月）上自选诸司长官……为刺史，命宰相、诸王及诸司长官、台郎、御史饯于洛滨，供张甚盛。

笔者以为：东都亦有分司官，玄宗东幸，随驾虽有不少人臣，却不必倾巢出动。百官“饯于洛滨”不可即认为百官皆随驾。据此，袁、贺辈亦可在长安。

另外，《秦中苦雨思归》诗中提到的“贺侍郎”，傅文指为贺知章，尚可找到一有趣旁证：中唐诗人张祜经历颇类孟浩然，他亦十分钦敬孟，曾称“襄阳属浩然”，[4]当时天平军节度使令狐楚曾荐举他，在京供职的诗人刘禹锡亦从旁揄扬，但迄未成功。事后张写诗赠刘，并以自况。诗中有句云：

> 天子好文才自薄，诸侯力荐命犹奇。
>
> 贺知章口徒劳说，孟浩然身更不疑。[5]

诗中的“诸侯”显指令狐楚，而以贺、孟对举，以孟自况，以贺属刘。我们认为这里正述说了孟入京赴荐时一段公案。考卞孝萱《刘禹锡年谱》，时刘任礼部郎中兼集贤学士，其职务正与贺开元十三年的职务——礼部侍郎兼集贤学士相类。可证贺知章曾多次揄扬过孟浩然。

综合上述对开元八年至十一年任尚书左丞者的考证及屈文对开元十一年至十三年任左丞者的考证，开元十三年前并无所谓袁左丞其人。因此《秦中苦雨思归赠袁左丞贺侍郎》诗必为开元十三年后之作品。又据诗中标举的诗人年龄看，只能是诗人三十五、六岁前后的作品。按我们对孟终年五十的考证，此诗写作不可能超过开元十六、七年（时孟三十八、九岁）。故可大致确定，孟浩然约在开元十三年至十五年间游历长安,《秦中苦雨思归》诗约写于开元十四、五年间。诗中提到的袁左丞、贺侍郎很可能如傅璇琮同志推测的那样,是袁仁敬、贺知章;不过,是不是此二人,并不影响我们的推断及结论。

孟浩然此次入京目的,笔者认为不是应举,而是献赋。这一时期的知识分子,尤其在他们的青年时代,总想布衣干明主,一举立不世之功。高适、李白等人都如此,孟浩然亦如此,《田园作》称:"冲天羡鸿鹄,争食羞鸡鹜……谁能为扬雄,一荐甘泉赋。"《题长安主人壁》云:"欲随平子去,犹未献甘泉。"都是寄托君臣际会,遇合风云之意。

这次入京,可能是有人举荐他。此时他在京都亦有几个知己。"当途诉知己,投刺匪求蒙"(《书怀贻京邑故人》)。这当途知己,从《秦中苦雨思归》诗知有袁左丞、贺侍郎。另外,可能还有张说。《唐诗纪事》载:"明皇以张说之荐召浩然,令诵所作。乃诵'北阙休上书……'。"所记类似《新唐书》记王维荐孟于明皇事,显属小说家言。但张说其人大可重视,张说荐孟浩然也很可能。据《册府元龟》载:"(开元)六年二月……张说为荆州大都督府长史。"孟故里襄阳离荆州很近,孟一生曾在荆襄与地方官韩朝宗父子、张九龄等交游,也可能与张说交往。开元十三年(725),张说任中书令,亦可能向玄宗推荐"文士知名者"[6]孟浩然。前举《秦中苦雨思归》诗中提到的袁、贺二人如果正是袁仁敬、贺知章,此二人亦可能向张说揄扬孟浩然。贺知章曾得张说荐引任集贤学士;而袁仁敬与张九龄"交道终始不渝",[7]张九龄又最受张说亲重,因此袁仁敬与张说亦可能交道匪浅。有可能孟写《秦中苦雨思归》诗呈袁、贺,正是要他们转达张说。按张说开元十四年(726)罢相,十五年(727)致仕。孟此次入京不达,是否即与此有关?诗中云"岂直昏垫苦,亦为权势沉",是否即指此事?另孟诗《题长安主人壁》称自己"叨陪东阁贤"。典出汉代公孙弘为相,开东阁以延纳贤士,后遂以东阁作为宰臣招致贤士之所。这样看来,孟所指的7,正是张说以中书令身份兼知院事的集贤院,而"东阁贤"正是指集贤学士贺知章等。《题长安主人壁》当为《秦中苦雨思归》同时期的作品。

关于张说荐孟浩然事,由于史料缺乏,不可肯定,作为一种可能,存之待考。

**注释:**

[1] 屈光:《孟浩然首次入京考》,《河南师大学报》1981年第3期。

[2] 傅璇琮《唐代诗人丛考》117页注[5],中华书局1980年版。

[3] 参阅傅璇琮《唐代诗人考略》,《文史》第8辑,中华书局1980年版。

[4] 张祜:《题孟处士宅》,见《全唐诗》。

[5] 张祜:《寓怀寄苏州刘郎中》,见《全唐诗》。

[6]《旧唐书·文苑下》。

[7]《旧唐书·张九龄传》。

(原载《安徽师范大学学报》1983年第4期)

## 孟浩然三入长安考

关于唐诗人孟浩然之入长安,以前人们多认为只有一次,近几年始有二次入京说。笔者曾著文考证孟浩然第一次入京在玄宗开元十三年(725)至十五年(727),所据在孟诗《秦中苦雨思归赠袁左丞贺侍郎》;第二次入京在开元十八、九年,其根据在王士源《孟浩然集序》所叙孟与张九龄定交于秘书省事。详见拙文《孟浩然入京事迹考》(载《安徽师大学报》八三年第四期)。笔者愚见:孟浩然此后还有一次入京,否则,有些孟诗不好系年。孟有《岁暮归南山》诗云:"北阙休上书,南山归敝庐。不才明主弃,多病故人疏。白发催年老,青阳逼岁除。永怀愁不寐,松月夜窗虚。"显为从长安归来作品。"白发催年老",可见年龄已大,与《秦中苦雨思归赠袁左丞贺侍郎》诗云"二毛催白发"年龄不同,绝非同时作品,因此非第一次入京返里之作。孟又有《仲夏归汉南园寄京邑耆旧》诗云:"中年废丘壑,上国旅风尘。忠欲事明主,孝思侍老亲。归来当炎夏,耕稼不及春。"全诗无一字言及游京以外之事,必为一次游京归来的作品。从诗中标举"中年废丘壑,上国旅风尘",可知必为四十岁后之作,因不是首次归来之作(时诗人三十五、六岁)。此次归来当炎夏,与《岁暮归南山》"青阳逼岁除"节候不同,亦可证明非同时作品。由此可知孟之入京必不止两次,起码有三次。

其实王士源《孟浩然集序》已明确指出:"山南采访使本郡守昌黎韩朝宗谓浩然间代清律,置诸周行,必咏穆如之颂。因入秦,与偕行。先扬于朝,与期约日引谒。及期,浩然会僚友文酒,讲好甚适。或曰:'子与韩公预诺而怠之,无乃不可乎?'浩然叱曰:'仆已饮矣,身行乐耳,遑恤其他。'遂毕席不赴。由是间罢,既而浩然亦不之悔也。"浩然与韩朝宗一起去了长安,"因入秦,与偕行"。

而韩“先扬于朝，与期约日引谒”，乃谓朝宗先在朝廷揄扬浩然，再约日引浩然谒见朝廷。但《新唐书·孟浩然传》却云：“采访使韩朝宗约浩然偕至京师，欲荐诸朝。会故人至，剧饮欢甚，或曰：‘君与韩公有期。’浩然叱曰：‘业已饮，遑恤他！’卒不赴，朝宗怒。辞行，浩然不悔也。”据王序而过简，模棱两可，遂造成后人误会。陈贻焮先生《孟浩然事迹考辨》[1]据此认为孟这次并未成行。

谭优学先生《孟浩然行止考实》[2]认为浩然此次入秦已成事实，系之于孟二次入京，而考证孟此次入京的时间亦不确，兹引录谭文如下：

> 现在先弄清推荐浩然的“山南采访使本郡守韩朝宗”，那么，他们入秦的时间就可确定了。
>
> 《通鉴》开元四年：“二月，以尚书右丞倪若水为汴州刺史兼河南采访使。”胡注：“《唐会要》：‘开元二十二年二月十九日，初置十道采访处置使。据此则先置采访使。二十二年，始置采访处置使也。’”又开元二十一年：“是岁分天下为京畿、都畿……山南东道……江南西道……凡十五道，各置采访使，以六条察举非法，两畿以中丞领之，余皆择贤刺史领之。”胡注：“山南东道治襄州。”所以开元二十一年以前，已分天下为十道，各置采访使。开元二十（孙按：此下似脱一“一”字）年分天下为十五道，各置采访使。开元二十二年，乃初置十道采访处置使，故韩之为襄州刺史，山南采访使，至迟在开元二十一年。

谭文最主要立论根据在元人胡三省《通鉴》注中。胡三省认为唐代的采访使与采访处置使是两回事，先置采访使，开元二十二年(734)始置采访处置使。

考唐杜佑《通典·职官门》：“神龙二年分天下为十道，置巡察使二十人……至景云二年改置按察使，道各一人。开元十年省，十七年复置。二十二年改置采访处置使，理于所部之大郡。”再据《唐大诏令·置十道采访使敕》：“其天下诸道，宜依旧逐要便置使，令采访处置。”下署时间为“开元二十二年二月十九日”。与《唐会要》七八云：“开元二十二年二月十九日，初置十道采访处置使”合起来考查，可知开元二十二年(734)置采访处置使是不错的。《唐会要》谓“初置”，笔者认为没有道理。《通典》所载原为“改置”，由开元十七年(729)的按察使改置采访处置使。“改”、“初”二字字形相近，当为“改置”之误写。

记载置使经过最详尽者当推《新唐书·百官志》。彼云：“神龙二年，以五品以上二十人为十道巡察使，按举州县，再周而代。景云二年，置都督二十四人……当时以为权重难制，罢之，唯四大都督府如故。置十道按察使，道各一人。开元二年，曰十道按察采访处置使，至四年罢，八年复置十道按察使，秋、冬巡视州县，十年又罢。十七年复置十道、京都、两畿按察使，二十年采访处置使，分十五道。”其记：“二十年采访处置使”，显为二十二年之误。而所记详赡，且与《通典》相合，当为可信。其记“开元二年，曰置按察采访处置使，至四年罢”，正可说明《通鉴》所记开元四年倪若水为河南采访使之事。《旧唐书·职官志》并未论及置采访使(或曰采访处置使)事，当为一大缺憾。

综上所考，《通典·职官门》及《新唐书·百官志》皆记载了开元十七年(729)复置十道按察使，二十二年(734)改置采访处置使事，而没有二十一年(733)置采访使之记录。职官门志本为记载内外职官，所记又如此详赡，却无二十一年置采访使之事，足证其为非是。

胡三省注中所谓采访使与采访处置使之区别.并不见于史书。前据各书，已知开元二十二年置采访处置使。但是《通典·选举门》云：“开元二十五年十二月命诸道采访使考课官人善绩。”《通鉴》二十九年春，正月，“丁酉，制：……自今委州县长官与采访使量事给讫奏闻”。《旧唐书·玄宗纪》天宝十五载三月乙酉“以平原太守颜真卿为河北采访使”。各书在开元二十二年以后之称采访处置使仍为采访使。而《新唐书·韩朝宗传》更云：“开元二十二年，初置十道采访使，朝宗以襄州刺史兼山南东道。”可见采访使即采访处置使之省文。此一见解亦见于清王鸣盛《十七史商榷》[3]。

二十一年置采访使之说，始见于《旧唐书·地理志》：“开元二十一年，分天下为十五道，每道置采访使，检察非法，如汉刺史之职。”《新唐书·地理志》亦据旧地志云：“开元二十一年，又因十道分山南、江南为东、西道，增置黔中道及京畿、都畿，置十五采访使，检察如汉刺史之职。”《通鉴·玄宗纪》又依新旧地志记云：“是岁(孙按，指开元二十一年)，分天下为……凡十五道，各置采访使，以六条检察非法。”

笔者认为，置使之说应依据《职官志》。《通典·职官门》、《新唐书·百官志》均并无二十一年置采访使之说，足证非是。而《地理志》所记乃在地理。新旧地志所记开元二十一年又因十道分天下为十五道之事是正确的，也是此条记载的中心内容。《通典·州郡门》前列十五采访理所，后又分述十五部，逐部用小字分注所管之郡，《新唐书·地理志》亦以十五道所辖叙次各州郡。独《旧唐书·地理志》分十道郡国，其中山西、江南又分东西。进退无据，颇遭物议。[4]但是，各书皆认为开元全盛时期分天下为十五道，新旧地志系之于开元二十一年。此一说法是统一的。他书亦无异辞，如前引《通典·职官门》仅云置使，未言分道；《唐大诏令》亦如此(其置使敕令题目当为后人所拟)。我们认为，地志所记二十一年分十五道之事是可信的。至于置十五道采访使，地志所记不确，宜依职官门志所记，以十七年之按察使为是。

综上所考，采访使即采访处置使之省文，开元二十一年分天下为十五道，仍旧置按察使，二十二年改置采访处置使，省称采访使。王士源《孟浩然集序》"山南采访使本郡守昌黎韩朝宗"云云，王序不是史笔，史书尚可省文，则王序省采访处置使为采访使便无可非议。由此可知谭文所考韩朝宗为襄州刺史山南采访使至迟为开元二十一年之说法是不能成立的。

那么，韩朝宗之荐孟当系于何年呢，考《新唐书·韩朝宗传》：韩"累迁荆州长史。开元二十二年，初置十道采访使，朝宗以襄州刺史兼山南东道。"此一记载合于诸书所记，当为确实。因知朝宗偕浩然入秦时间在开元二十二年二月十九日任采访使后。这是上限。

又考《旧唐书·玄宗纪》：开元十八年闰六月"己丑，令范安及、韩朝宗就瀍、洛水源疏决，置门以节水势。"十九年，"是冬，浚苑内洛水，六十余日而罢"。二十年六月"遣范安及于长安广花萼楼，筑夹城至芙蓉园"。据此知韩与范安及于十八年闰六月一起疏决东都瀍、洛水源，十九年浚苑内洛水很可能亦以他二人为主，范二十年六月被派长安广花萼楼，则洛阳节水工程很可能到二十年六月结束，韩可能即于此时派任荆州长史。又据《通鉴》开元十八年六月下《考异》："按《实录》，是岁闰六月'以太子少保陆象先兼荆州长史。'"《旧唐书·玄宗纪》：二十一年夏四月丁巳，"命太子少保陆象先、户部尚书杜暹等七人往诸道宣慰赈给，及令黜陟官吏，疏决囚徒。"知陆象先开元十八年(730)任荆州长史，二十一年(733)四月前已解任回京任太子少保；则韩朝宗正是在陆解任时接任荆州长史的。两考互参，可知韩之任荆州长史时间当以开元二十年(732)六月稍后为最可能。

再考《曲江集·贬韩朝宗洪州刺史制》："朝请大夫荆州大都督府长史兼判襄州刺史山南采访处置等使上柱国长山县开国伯韩朝宗亟登清要，爰委条察，宜恭尔职，以付朕怀，而乃私其所亲，请以为邑。未盈三载，已至两迁。"笔者认为，"未盈三载"，应指韩自任荆州长史时起，到开元二十二年兼判襄州刺史山南采访处置使后，前后在任不足三年。前已考证出韩任荆州长史时间约为开元二十年(732)六月稍后，则韩贬洪州刺史当在开元二十三年(735)上半年。

陈贻焮先生与谭优学先生对于韩朝宗之贬洪州时间，都认为应从韩二十二年(734)二月任采访使时算起，"未盈三载"，则贬洪当在开元二十四年(736)底前。并据张九龄开元二十五年(737)四月贬荆州长史推断张九龄即为韩朝宗之后任。这一推断是错误的。事实是韩朝宗解任荆州后，张九龄贬荆州前，任荆州长史者乃宋鼎也。宋鼎新旧唐书无传。据《全唐诗》宋鼎诗《赠张丞相》

序云："张丞相与予有孝廉校理之旧。又代余为荆州，余改汉阳，仍兼按使，巡至荆州，故有此赠。"此张丞相即张九龄也。《全唐诗》张九龄诗有《酬宋使君见赠之作》，有和宋鼎《赠张丞相》诗意。诗云："罢归犹右职，待罪尚南荆。"可知为荆州长史时作。又云："政有留棠旧，风因继组成。"可知张接宋鼎之职。而"高轩问疾苦，烝庶荷仁明"，正咏宋鼎"巡至荆州"之事。二人事迹，历历可考，可知：宋鼎为张九龄之前任。因此，韩朝宗之任职"未盈三载"，只能从开元二十年(732)六月稍后任荆州长史时算起，到开元二十三年(735)上半年止。宋鼎接任荆州长史到二十五(737)年四月张接任止。

孟浩然有诗《和宋太史北楼新亭》，"太史"一作"大使"。诗云："返耕意未遂，日夕登城隅。谁道山林近，坐为符竹拘。丽谯非改作，轩槛是新图。远水自嶓冢，长云吞具区。愿随江燕贺，羞逐府僚趋。欲识狂歌者，丘园一竖儒。"诗谓"羞逐府僚趋"，太史是史官，在襄阳不可能有府僚趋奉，我们认为此"宋太史"当为宋大使，且此宋大使就是宋鼎。宋鼎《全唐诗》称其"明皇时为襄州刺史"。此诗云："远水自崛冢。"按汉水源出陕西嶓冢山，流经襄阳，东流至汉阳注入长江，可知此诗必作于襄阳。宋鼎此北楼新亭"丽谯非改作，轩槛是新图"，绝非一日之功，亦可证明宋在襄州刺史任内非止一年，其接任韩朝宗时间故必在二十四年(736)以前。孟此诗又云："返耕意未遂，日夕登城限，谁道山林近，坐为符竹拘。"应该认为孟浩然此时是宋鼎之幕僚。如是清客之流，自如闲云野鹤去住自由，不会"返耕意未遂"。由此可知孟浩然在第三次入京归来后，曾任襄州刺史宋鼎之僚属；以后在张九龄接任荆州时，又任张之从事。但在宋鼎幕内，看来孟是不满意的，故才有"羞逐府僚趋"、"丘园一竖儒"之叹。

现在再回到孟浩然三入长安事上，韩朝宗入秦荐举浩然失败后，孟自然仍有可能独自留在长安。但时间是不长的，因前已考论韩之贬洪州当在开元二十三年(735)上半年。而孟有《送韩使君除洪府都督》诗云："岘首晨风送，江陵夜火迎。"考《元和郡县志》：山南道襄州襄阳县，岘山在县东南九里，山东临汉水，古今大道。《大清一统志》：湖北襄阳府，岘山在襄阳县南九里，一名岘首山。则孟此时已在襄阳，与缙绅一起别朝宗。朝宗清晨由襄阳出发，可夜至江陵。因此，浩然在开元二十三年(735)上半年已在襄阳。再据《岁暮归南山》诗知孟此次归襄时间应为二十二年(734)岁暮。其在长安时间即自本年二月二十日算起也不足一年。按我对浩然终年五十的推断，是年孟浩然四十四岁。

王士源序记叙孟浩然会文友甚欢，故不赴韩荐，此说虽十分抬举孟，却并不合于实际情况。从孟由秦返里后即任宋鼎僚属，后又任张九龄从事看，他此时是较热衷于为官的。绝不会放弃这一机会。《岁暮归南山》诗云："北阙休上书,南山归敝庐。不才明主弃,多病故人疏。”寻绎诗意,孟此次入秦是上书言事的,只是很不顺利,因而才悲叹“不才明主弃”,且有“多病故人疏”之慨,可知此次入京也曾夤缘在京做官故人,但并未获荐举。此一故人应包括张九龄。孟在《送丁大凤进士赴举赠张九龄》诗中称张“故人今在位”。考《曲江集》所附《诰命》:张九龄开元二十一年十二月起复中书侍郎同中书门下平章事,二十二年五月守中书令,正是任职宰相之时。但据《通鉴·玄宗纪》:玄宗开元二十二年春正月至东都,直至二十四年十月回西京。张九龄作为宰臣,基本上是任职东都的。也许即因此,孟无法在长安见到张九龄,更无法得见玄宗。总之,孟此次入京如同前两次一样,没有什么效果。

此次失败归来,诗人的情绪显然比前两次低落得多。《自洛之越》诗当为首次入京后之作品,浩然对自己不达愤愤不平:“山水寻吴越,风尘厌洛京,扁舟泛湖海,长揖谢公卿。”《仲夏归汉南园》诗亦云:“予复何为者,栖栖徒问津……因声谢同列,吾慕颍阳真。”则二次失败归来后亦表现出穷则独善其身的达观态度与不亢不卑的姿态。然而《岁暮归南山》诗却慨叹头白岁晚而功业未建,因而“永怀愁不寐,松月夜窗虚”。很可能在三次失败的沉重打击下,诗人年龄也老了,已真切地感到应试或上书的路再也走不通了,但是入仕之念反更加强烈。在无可奈何的情况下,他才屈就成了宋鼎、张九龄的幕僚,这在唐代是第三条仕进之途。

关于孟浩然此行归来之诗作,谭优学先生举出数首。我们认为其中《南阳北阻雪》一首比较可靠,但也尚值得推敲。诗云:“我行滞宛许,日夕望京豫。旷野莽茫茫,乡山在何处?孤烟村际起,归雁天边去。积雪覆平皋,饥鹰捉寒兔。少年弄文墨。属意在章句。十上耻还家,裴回守归路。”此诗一题《南归阻雪》。谭文认为“从两题看,路程、时令、心绪都可必其为此行所作。”并在此诗下引孟《人日登南阳驿门亭子怀汉川诸友》诗,认为孟此行经过南阳,且在南阳度岁,人日登楼怀故乡诸友。笔者认为,《人日登南阳驿门亭子》诗非归途中诗。诗云:“朝来登陟处,不似艳阳时。异县殊风物,羁怀多所思。剪花惊岁早,看柳讶春迟。未有南飞雁,裁书欲寄谁?”无一句言及行旅之事。诗末慨叹“未有南飞雁,裁书欲寄谁”。如是自京洛归来,途经南阳,不日可至襄阳,不至发此深沉慨叹。且依谭文观点,此诗与《南阳北阻雪》诗为同时作品,则两诗心绪差距太大,一为“十上耻还家”,一为“裁书欲寄谁”,不知作何解释?《人日登南阳驿门亭子》诗应为他时羁旅南阳不得归家而作,与此行无关。而《南阳北阻雪》诗亦非途经南阳之作。据此诗一题《南归阻雪》看来,《南阳北阻雪》诗题误矣!误在把“歸”字当作了“阳北”二字(竖写)。诗云:“我行滞宛许。”考《旧唐书·地理志》:“南阳,汉南阳郡所治宛县也。武德三年,置宛州。”大概后人据此以诗中之宛地属南阳,以此诗为“南阳阻雪”诗。其实细绎诗意,此宛地非南阳,乃陈州之宛丘也,代指陈州。不如此,无法解释“滞宛许”。“许”者,许州也。“我行滞宛许”,指孟此行由洛阳而东南,走到许州陈州之间去了;“日夕望京豫”,“京豫”指洛京与豫州;洛京是他来时之地,豫州是他去时之地,他在宛许间徘徊,时而想重返洛京,时而想经由豫州南下归乡,实际是在出与入两途之间徘徊。如果此时在南阳;则不但无法解释“宛许”之“许”,也无法解释“望京豫”之“豫”。因豫州在南阳之东,既非入京之路,又非还乡之途。故此时诗人可在陈、许之间。但是,诗人由洛京南下返襄,怎么向东走到陈、许之间去了呢?因为诗人“十上耻还家”。“十上”用苏秦“书十上而说不行”之典,与《岁暮归南山》“北阙休上书”合拍,可必为同时作品。正因“书十上而说不行”,又心有未甘,诗人才从长安又至洛阳,在洛阳还是毫无结果,只好从洛阳还家;又因“耻还家”,更走了这一条向东之迂回曲折的还乡之路。在宛许之间,他仍在出与处两途中徘徊,演出“日夕望京豫”的一幕。故此行浩然走的路线为长安——洛阳——宛许——豫州——唐城——枣阳——襄阳。从宛许到枣阳,走的是一条直路。

**注释:**

[1] 陈贻焮《孟浩然事迹考辨》,《文史》第4辑。

[2] 谭优学《孟浩然行止考实》,《西南师院学报》1978年第1期。

[3] 王鸣盛《十七史商榷》卷七八《四十七使》。

[4] 王鸣盛《十七史商榷》卷七八《唐地分十五道采访为正》。

(原载《安庆师范学院学报》1985年第3期)

## 清季四大词人生平考实

清季词人王鹏运、况周颐、朱祖谋、郑文焯继武前贤,振绝甄业,光大词学,沾溉后人,时称桂派,(如蔡嵩云《柯亭词论》云:“第三期词派,创自王半塘。叶遐庵戏呼为桂派,予亦姑以桂派名之。”[1])亦称清季四大词人。王鹏运字幼遐，自号半塘老人，晚号鹜翁，广西临桂人，原籍浙江山阴，有《半唐定稿》行世。况周颐原名周仪，避清废帝溥仪名改周颐，字夔笙，号玉梅词人，晚号蕙风词隐，亦广西临桂人，原籍湖南宝庆，桂派之名由王、况二人籍贯而来。夔笙有《蕙风丛书》、《蕙风词话》等行世，晚年自定词为《蕙风词》二卷。朱祖谋原名孝臧，字藿生，一字古微，号沤尹，又号强村，浙江归安人。有《强村丛书》、《强村遗书》行世，晚年自定词为《强村语业》。郑文焯字俊臣，号小坡，又号叔问，晚自署大鹤山人。先世高密郑氏，清初改隶正黄旗汉军，至文焯始复姓，奉天铁岭人。以贵公子隐吴中三十余年，有《大鹤山房文集》行世，晚年自定词集为《樵风乐府》。

由于四人身处易代之际而心恋胜清旧朝，故论者讳莫如深，研究鲜少，其生平事迹更泯灭无闻，郑文焯有婿戴正诚为撰《郑叔问先生年谱》，载民国之《青鹤杂志》、《同声月刊》等；其他三人事迹则在当时也述者寥寥，只鳞片爪，不足观听，笔者有意为况周颐立传，近撰《况周颐年谱》竣，笔有余意，试考证四人之生平交往，就正于方家。

## 一、前期：任职京都之交往

王鹏运以道光二十九年(1849)生，在桂派四子中年最长。父名必达，字霞轩，举人，官江西按察使，故鹏运“少居江西数十年”。(据夏承焘《天风阁学词日记》一九三九年三月二十三日记姚亶素语，姚氏为鹏运侄女婿，与古微同从鹏运学词。[2])鹏运同治九年(1870)应广西乡试中举。(况周颐《半塘老人传》[3])后于同治十三年(1874)或次年光绪元年(1875)赴京，应春闱不第，留京任职内阁中书。按《学词日记》记姚氏语云：“光绪乙亥，以内阁中书到阁，旋补内阁中书。”《半塘老人传》云：“十三人(按：人字当为年字之误)以内阁中书分发到阁行走，旋补授内阁中书。”此后约于光绪二年(1876)至五年(1879)间初会朱祖谋。按朱祖谋咸丰七年(1857)生，父名光第，《清史稿·循吏传》有传。光绪元年(1875)，祖谋随父宦于汴梁。据夏孙桐撰《朱公行状》[4]：“(祖谋)光绪初，随宦大梁。年甫冠，出交中州贤士。”年甫冠者，二十初度也，则时当光绪二年(1876)，故知祖谋于光绪元年随宦汴梁，二年出交中州贤士。又徐珂《近词丛话》云：“朱古微少时，随宦汴梁。王幼霞以省其兄之为河南粮道者至，遂相遇，古微乃纳交于幼霞，相得也。”[5]又《半塘定稿·朱祖谋序》云：“始予在汴梁纳交君，相得也。”按王鹏运“仲兄名维翰，字仲培，同治甲戌进士，户部主事，官河南粮道”。(《学词日记》引姚氏语)据此，仲培以同治十三年(1863)才中进士，其官河南粮道应在光绪四、五年间。而王、朱之交在汴梁。查《清史稿·朱光第传》："（光第）累晋秩知州，分发河南，佐谳局，治狱平。光绪中，补邓州。"则光第任职汴梁在邓州前，又知光第"在任（知州任）三年"（《朱光第传》），且遇王树汶冤狱。此案发生在光绪八年（1882），据蔡冠洛《清代七百名人传·陈启泰传》云："八年，河南有王树汶临刑呼冤一案。"光第主张复审树汶一案，而河南巡抚李鹤年、东河总督梅启照坚持初谳，李鹤年且以他事先劾光第去官，而树汶案终实，鹤年、启照皆去职，考钱实甫《清季重要职官年表》[6]，鹤年、启照去职在光绪九年（1883）二月二十九日，则光第去职可能在八年底，往前推三年，则光第初任邓州约在光绪五年（1879）。从可知王、朱获交于大梁约在光绪二年（1876）至五年间，最大可能在四年、五年。此后王鹏运一直在京供职，光绪六年（1880）前后，王与同乡龙继栋在京唱和，有《王龙唱和词），按龙继栋有《槐庐词学》问世。龙榆生《跋槐庐词学》云："槐庐与半塘老人生同里闬，又于光绪初同往北京，应礼部试不售，留京任职，每以填词相唱和，弘度（按即刘永济先生，为龙氏姑侄）藏有二氏唱酬词稿一册，即作于光绪六年庚辰前后。"[7]光绪九年（1883），朱祖谋入京应试，成二甲一名进士，据陈三立《朱公墓志铭》[8]云："光绪壬午乡试，明年成二甲一名进士，改庶吉士。"于此时再见半塘。《学词日记》姚氏语云："（朱）癸未入京，见半塘，后十三年丙申，始从之学词。"而此前，况周颐仍在家乡临桂埋首书斋。考况氏《蕙风簃二笔》[9]，有云："辛巳、壬午间，桂林城外乡人劚地得古铜戈矛之属甚夥，余往购已迟。"从可知。又郑文焯以咸丰六年（1856）七月二十八日生于大梁节署，时父官河南巡抚，咸丰十年（1860）父调陕西巡抚，随之长安。同治元年（1851）父罢官还京，流寓于山西蒲州，五年迁至河南彰德，八年迁通州，十三年迁居北京。光绪元年（1875）秋，文焯应顺天乡试恩科中举，二年，父任山西，随任，三年春应会试不第，即留京，一直到光绪六年（1880），郑氏二十五岁，应苏抚吴子健之聘，赴苏州，（见戴正诚《郑叔问先生年谱》[10]）从光绪元年至六年，除光绪二年随父任外，郑氏在北京，但未闻与王鹏运之交谊事迹。此后，光绪九年（1883），郑又晋京应礼部试，但迄未中，朱祖谋于是年取为传胪。郑与王、朱仍无交往。

光绪十年（1884）至十四年（1888），王氏在京与彭銮瑟轩、端木埰子畴、许玉瑑鹤巢叠相赓和。据端木埰《碧瀣词自序》云："甲申以后，与彭瑟轩太守多同日值，今比部许君鹤巢、阁读王君幼霞亦擅倚声，赓和益多……戊子瑟轩出守南宁。"时朱祖谋亦在京师。《朱公行状》云："邓州既亲见公通籍，寻弃养，服阕、散馆，授编修，历充国史馆协修，会典馆总纂总校，戊子科江西副考官。"戊子前一直在京为官，但未闻与半塘以词相切劘事。又《彊村集外词》[11]收其《买陂塘·题夏悔生同年山塘秋泛图》，夏孙桐悔生注云："古微四十始为词，此乃最初之第一首。”故知光绪十四年(1888)前,朱氏并未作词,其与鹏运交而非词友。而况周颐自光绪十一年(1885)入川,至十四年始由川入京。况氏《西底丛谈》云:“乙酉丙戌间,余客蓉城。”《兰云菱梦楼笔记》云:“戊子二月,余自蜀入都。”郑文焯光绪十二年(1886)晋京三应会试,仍不第。归吴,与易实甫兄弟及张子苾等立吴社联吟。据《郑氏年谱》:“(光绪十二年)晋京应试,荐卷不第,南归……时同年易仲实、易叔由昆季随其父笏山(佩绅)在苏州藩司任所,与先生及张子宓、蒋次香(文鸿)诸公,立吴社联吟。”从可知郑氏此次在京时间不长,亦无与王交谊。

光绪十四年(1888),王鹏运仍在京供职。朱祖谋则出任江西副考官。按清代科举制度,各省乡试多在八月举行,因称“秋闱”。朱出京约在六、七月。又况周颐于是年二月入京应礼部试。会试多在春季举行,故称“春闱”。按《兰云菱梦楼笔记》云:“戊子二月,余自蜀入都,始识半唐。”又况氏《存悔集·序》亦云:“戊子入都后,获睹古今名作。”据此知况氏戊子二月入都,得识王鹏运。时朱仍在京,但朱况二人并无交往。况于次年应礼部试,不售。考取内阁中书,与王鹏运、许玉琢、端木埰同气相应,叠相唱和。按《蕙风簃二笔》云:“(余)己丑入值。”又彭銮《薇省同声集》序云:“(余)戊子入粤……况到官在銮转外后。”从可知况十五年(1889)授中书,始入薇垣,而彭銮已出都。此为况氏从半塘治词之始,王氏校刻词为《四印斋所刻词》,时与毛晋汲古阁刊本《宋六十名家词》方驾。况氏从之校词,自此得窥词学门径,故况氏《餐樱词自序》云:“己丑薄游京师,与半塘共晨夕,半塘于词夙尚体格,于余词多所规诫。又以所刻宋元人词,属为校雠,余自是得窥词学门径。”半塘且进以“重拙大”之说。据赵尊岳(况氏传人)《蕙风词史》[12]云:“自佑遐进以‘重大’之说,乃渐就为白石、为美成,以抵于大成。”况氏此时悔其少作。其后于十八年(1892)结集十五年以前词为《存悔词》,即此意。《存悔词》序更明确云:“始决知前刻不足存。”时半塘、子畴、鹤巢、周颐并称“四中书词人”,据蒋兆兰《词说》“清季词家抗衡两宋”条云。又光绪十六年(1890)春,况氏《新莺词》成,四中书所为词共刻为《薇省同声集》。按彭銮《薇省同声集》序云:“暇日整比都为一编。(按:指前四中书词)益以临桂况夔笙舍人所为,命曰《薇省同声集》。”下署时间为“光绪十六年闰二月”。又据况氏《蕙风簃二笔》记录王氏四印斋所刻词目,《薇省同声集》收“江宁端木埰《碧瀣词》,吴县许玉琢《独弦词》,临桂王鹏运《袖墨词》,况周仪《新莺词》”。时人对四中书词评价很高,常州词派后劲谭献云:“(况)与同官端木子畴、王幼遐、许玉琢唱和,刻《薇省同声集》,优入南渡诸家之室。”(《复堂日记》辛卯年记)后此,况氏约于本年夏出京,历苏、沪至广州,回临桂。于广州小住后，经由杭州、苏州，始回京师。按《蕙风词史》云："先生渐游广州，回临桂，再出由杭而苏，于苏纳桐娟。始回京师。"赵氏所记有误，参见拙著《况周颐年谱》；而出游路线基本不错。据《兰云菱梦楼笔记》："庚寅秋，逡移鲍渌饮手校本《断肠集》于沪上。"《香海棠馆词话》："庚寅，余客沪上。"《蕙风词话》卷五："曩岁庚寅，余客羊城。"《粤西词见·张琮词》况氏小记："忆庚寅冬，余客羊城。"《兰云菱梦楼笔记》："辛卯夏，客羊城。"游历踪迹，是处可考，亦可知况氏在广州住至光绪十一年(1891)夏。后此，况离粤北上，首途杭州，得会谭献，谭献《复堂日记》辛卯年记云："临桂况夔笙舍人周仪，暂客杭州，闻声过从。"此后，况由杭之苏，从辛卯到壬辰春，小住苏州，得会张子苾、郑文焯。况氏《香东漫笔》云："辛卯、壬辰间，余客吴门，与子芾、叔问，素心晨夕，冷吟闲醉，不知有人世升沉也。"卜娱撰《织余琐述》周颐序云："溯昔壬辰春，清姒始来归。"又《蕙风词史》："既而先生娶吴县卜娱，辄同游于秘魔宝珠间，弥复相得。"秘魔宝珠乃北京西山八大处之景，故知光绪十八年(1892)春况氏返京，且娶卜娱。详见《况周颐年谱》。

此前，光绪十五年(1889)，叔问亦晋京应试，与张子苾同居东城。《郑氏年谱》云："晋京应会试，与张子苾太史、廖季平先生，僦居东城亮果厂李氏宅。仍荐卷不第。"按：此时况在京师，亦参加会试，而张子苾与况为蜀中词友。考况氏《玉栖述雅》："光绪朝，蜀中词人张子芾……蕙风四十年前旧雨也。"陈运彰跋云《玉栖述雅》作于"庚申辛酉间"，故知张与况为蜀中相识。则此次入京，张应拜访况氏，且绍介郑文焯与之认识。但《郑氏年谱》殆未述及。越明年庚寅春，郑再入京应恩科试，亦铩羽而归。光绪十八年(1892)春，郑氏六应礼部试。此前况、郑、张在吴中叠唱，况亦于春上返京。郑之入京应即访之。《郑氏年谱》却无只语述及。他亦无任何资料证明，只好付之阙如。

况氏回京后，仍入值薇垣，与王鹏运游，光绪十九年(1893)，五月前后助王鹏运校雠《梦窗词》，八月后，从王鹏运读词，助校《四印斋词》。详见《况周颐年谱》。

光绪二十年(1894)，郑文焯于吴与张上龢(张尔田父)、张子苾连举词社。按张尔田《近代词人逸事》云："光绪甲午，先君子弃官侨吴中，与小坡及张子苾诸君连举词社。"[13]春，张子苾、郑文焯联辔入京应试，《郑氏年谱》云："晋京应恩科会试，荐卷不第。"在京都，郑、张与陈锐联句。陈锐《褒碧斋词·竹马子》序云："甲午应试都堂，曾与张子馥、郑叔问联句。"此年春试，张子宓得中进士，转庶吉士。按叶恭绰《全清词钞》张祥龄小传云："字子苾，一字子芾，号芝馥，四川汉州人，光绪二十年进士，改庶吉士，官陕西大荔县知县。"张仍与郑文焯联辔回苏州。是年秋，郑、张同去扬州，登北固楼联句。《郑氏年谱》云："秋，两淮运司江蓉舫，约请先生修盐志，偕张子苾太史往。广陵途中，登北固楼瓜步晚渡，与子苾太史连句。”此年郑、张入京，亦无与况、王相遇事。越明年乙未，张子宓入京应职，且与王鹏运、况周颐赓唱。考况氏《蕙风词·采绿吟》序云：“乙未五月，梦湘子宓半唐两集江亭。联句乐甚。”从可知之。张出示与郑文焯去年登北固楼之作，考鹏运《味梨集·莺啼序》序云：“子苾示读同叔问登北固楼……”《味梨集》收甲午乙未间词。此词有云：“换到鹃声，乱红飘尽红蕊。”“绿阴如幕芳事歇，”显为晚春作品，而张、郑登北固楼在甲午秋，故知此为乙未晚春之事，且与况氏《采绿吟》序切合。况、王、张联句和《珠玉词》，当在此时。考《蕙风词·八归》小注云：“曩寓都门。与子苾半塘连句和《珠玉词》。”按张子苾乙未年授陕西怀远县知县。乙未为光绪二十年(1894)，故联句必于是年。《郑氏年谱》云：“张子苾太史，是年散馆，选陕西榆林府怀远县知县。”是年秋，况氏离京南游，首途金陵。《选巷丛谈》云：“余与半塘五兄，文字定交，情逾手足。乙未一别，忽忽四年。”后附王鹏运邮赠况氏之《征招》词，小序云：“得夔笙秣陵书，赋此代柬。此阕乙未九月便面寄金陵”。况此次出京，由金陵而维扬，而武昌、万县、常州，直至光绪光绪三十年(1904)才再见半塘。

光绪二十二年(1896)，郑文焯于苏饯别子苾。子苾入陕前，必由京先入吴，盖因寓吴逾十年，不可掉首即去也。按郑氏《冷红词·踏莎行》题云：“送子苾入陕，时以庶常改官为怀远令”。《冷红词》收光绪十五年(1889)至光绪二十二年所为词。此词收在《浣溪沙》(乙未山塘寒食)、《鹧鸪天》(中秋后二日越来溪夜讯)后，且词云：“南浦兰情，西崦梅讯，好春良月离天近。”显为光绪二十二年春在苏作。又张子苾以光绪廿九年(1903)三月病殁于大荔任所，而其德配曾季硕此前于十六年(1890)在苏物故，至是郑文焯始为之营葬横山，以成朋友之谊。《郑氏年谱》云：“三月，老友张子苾太史殁于陕西大荔任所。初，其配曾季硕夫人于庚寅年在苏病故，暂厝位育堂。先生闻太史噩耗，虑夫人归榇无日，始与蜀人赵孔昭大令为之卜葬横山。”此结过张子苾事。

此年，朱祖谋重至京师，始从王鹏运学词。考朱氏《强村词序》，有云：“予素不解倚声。岁丙申，重至京师，半塘翁时举词社，强邀同作。”《学词日记》记姚氏语亦云：“后十三年丙申，始从之学词。”鹏运谆谆语以学词之法：“贻予《四印斋所刻词》十许家，复约校《梦窗四稿》，时时语以源流正变之故。旁皇求索，为之且三寒暑。则又日：可以视今人词矣！示以梁汾、珂雪、樊榭、稚圭、忆云、鹿潭诸作。”(《强村词序》)次年，夏闰枝进京，入词社，与王、朱游处。据朱氏《沧海遗音》收夏闰枝词，夏氏自述云：“余自光绪乙未侨居吴门，郑叔问、刘光珊诸君结词社，始学倚声……丁酉戊戌间在京师，时从王半塘、朱古微游，强拉入社……壬寅后唱和者多出京，遂辍笔。”按：夏孙桐，字闰枝，一字悔生，晚号闰庵。江苏江阴人，与朱古微为儿女亲家，古微曾言其从事倚声，实由孙桐诱导。[14]古微逝，孙桐为撰行状。其在苏州与郑叔问结词社，入京又与王、朱结社，在郑与王、朱之间，又起一绍介作用。至此，郑虽与王、朱尚未谋面，但经子苾、闰枝之同气相引，则闻声久矣！又二十四年(1898)，郑氏入京应试，此为文焯最后一次赴试，仍不第。始会半塘、祖谋。据《郑氏年谱》云：“晋京应会试，时王佑遐给谏举咫村词社，邀先生入社。朱古微侍郎、宋芸子检讨(育仁)皆当时社友也。”考郑氏《比竹余音》，有《木兰花慢》序云：“半塘前辈举咫村词社，咏京华胜迹，分题得天宁寺赋韵天字。”郑叔问曾邀半塘寓苏，有西崦卜邻之约。按黄濬《花随人圣庵摭忆》“吴小城与樵风别墅”条云：“叔问尝谓之曰，去苏州三四里，有半塘彩云桥，是一胜迹，宜君居之，异日必为高人嘉践，王因之赋《点绛唇》词，见《蜩知集》中。”[15]王氏《蜩知集》收戊戌年词，故知文焯之约正在是年京城结社之时。又叔问《鹧鸪天》序云：“余与半塘老人有西崦卜邻之约。”后此，郑文焯离京南旋，道沽上，以词遣怀，题曰：鹤道人沽上词卷，遍征词友题词。《郑氏年谱》云：“又征吴仲怿(重熹)侍郎、朱古微、朱芸子、易仲实、陈伯弢、张次珊诸公题词。”朱古微《声声慢》序云：“题叔问戊戌沽上词卷。”词收《强村词剩稿》中。光绪二十五年(1899)，王、朱在京同校吴文英词。据龙榆生《梦窗词集》跋云：“先生以光绪己亥与半塘翁同校吴词，有四印斋本行世。”按鹏运数校梦窗词，前与况氏同校，此与朱氏同校，朱氏并于戊申再勘，桂派校梦窗，实为绝学，遂使梦窗词集雅称善本，四印斋本问世后，王氏即寄叔问苏州，《郑氏年谱》云：“王佑遐给谏以新校刻《梦窗词》寄示。为题《水龙吟》词”，叔问《比竹余音》有《水龙吟》，序云：“半塘前辈以新校刻《梦窗词》稿寄示，感忆题赠。”

光绪二十六年(1900)，庚子事起，朝野震动，朱祖谋两次抗疏极谏，剖析厉害曲直与强弱众寡之势。据《朱公墓志铭》云：“一日召廷臣集议，仍决主战，公班列差后，抗声曰：义和拳终不可用，董福祥终不可恃，太后瞠目视，旁顾枢臣曰：彼为谁耶？当是时，左右权倖主战者争嫉公，竟得免危祸，幸也。”后八国联军入京，朱与同年刘福姚就王佑遐以居。“三人者痛世运之凌夷，患气之非一日致，则发愤叫呼，相对太息。既不得他往，乃约为词课，拈题刻烛，与喁唱酬……若忘其在颠沛兀鯢中。”(《半塘定稿》朱祖谋序)王鹏运致郑文焯书云：“困处危城，已逾两月，如在万丈深阱中……亦以闻闻见见，充积郁塞，不略为发泄，恐将膨胀以死。”且期许“当此世变，我叔问必有数十阙佳词，若杜老天宝至德间哀时感事之作，开倚声家从来未有之境”。(见黄浚《花随人圣庵摭忆》“王半塘、朱古微同居四印斋”)王鹏运以《庚子秋词》十余首写寄叔问，叔问答以

《浣溪沙》词。《郑氏年谱》云“佑遐给谏以诸人词写寄先生，先生得书却寄《浣溪沙》词一首”。又《比竹余音》收《浣溪沙》词，序云：“楼居秋暝得鹜翁书却寄。”

光绪二十七年(1901)，春，王、朱等在京成《春蛰吟》词。按鹏运《半塘定稿》收《春蛰吟》，自注为“庚子辛丑”间词。按：庚子为二十六年(1900)，辛丑为二十七年(1901)。冒广生《小三吾亭词话》卷二“朱祖谋强村词”条云：“古微所刊有《庚子秋词》、《春蛰吟》，皆与幼遐诸人唱答之什。”

## 二、中期：浪迹江湖之交游

光绪二十七年(1901)夏，王鹏运投劾慈禧而出京。《学词日记》记姚氏语云：“得京察记名，以简缺道员用，愤而投劾出京(劾慈禧)。”又况氏《半塘老人传》：“二十八年，得请南归。”按鹏运出京实为二十七年夏。考鹏运甲辰五月与朱强村书云：“自辛丑夏，与公别后，词境日趋于浑。”[16]故知二人分手在二十七年夏。又朱氏《强村语业》“重光赤奋若”年有《齐天乐》词，序云：“独游龙树寺，有怀半塘次珊”。按“重光赤奋若”乃岁星纪年，即二十七年。龙树寺乃京都胜迹，故知朱仍在京，而王已离去。又鹏运《南潜集》收出京南游之作，自二十七年迄三十年(1904)，亦可知之。《南潜集》第二首即为《水调歌头》“初至金陵诸公会饮秦淮”而朱古微《强村词剩稿》有《绿盖舞风轻》“遥和鹜翁玄武湖逭暑之作”。从可知王氏(二十七年)夏出京，初至金陵。诸书、文所记皆有误。(如龙榆生《近三百年名家词选》王氏小传，况氏《半塘老人传》等)时况氏由鄂之蜀，郑氏居苏。朱祖谋在京，擢礼部侍郎，后兼署吏部侍郎。《朱公行状》云：“辛丑回銮后，遂擢礼部侍郎。召对称旨，有留心外事之褒，寻兼署吏部侍郎。”

光绪二十八年(1902)，秋，朱古微奉命督学粤东。《朱公行状》云：“壬寅考试试差，策问免厘加税事……是秋，简放广东学政。”重阳后，古微当出京。夏闰枝、秦树声、冒广生等集天宁寺为古微饯行。各赋《霜叶飞》词，用吴梦窗韵。按夏闰枝《霜叶飞》序云：“壬寅展重阳天宁寺饯古微督学广东用梦窗韵。”[17]秦树声《霜叶飞》序云：“天宁寺谦集，送朱古微之岭南。”[18]又冒广生《小三吾亭词话》“朱祖谋霜叶飞”条云：“古微以壬寅秋晚，奉命督学粤东，余与秦幼衡水部、夏闰枝编修，集中圣斋，用梦窗韵赋《霜叶飞》词录别。”[19]而不见王鹏运饯词，亦可证前此王氏已出京。又朱古微出京后，待舟唐沽，亦赋《霜叶飞》词答谢。其序云：“秋晚奉使岭南，晦鸣、悔生集中圣斋用梦窗韵联句录别，越日待舟唐沽，感音寄和。”

后此，朱古微道出沪上，喜晤半塘。按蔡冠洛《清代七百名人传·朱祖谋传》云:“鹏运投劾,之上海,讲学于南洋公学。而祖谋亦以视学广东南下,遇于上海。”王鹏运时由金陵而上海,讲学于南洋公学,且有吴趋(即苏州)之行。考鹏运《南潜集·霜叶飞》序云:“海上喜晤沤尹用梦窗韵赋赠,时沤尹持节岭南,予适有吴趋之行,匆匆聚别,离绪黯然矣!”朱祖谋亦有《霜叶飞》词,收《强村语业》“玄黓摄提格”年,即壬寅年。序云:“沪上喜遇半塘翁。”

是年十月,半塘即至苏州,与叔问同游天平、邓尉、灵岩诸山。《郑氏年谱》云:“王佑遐给谏受扬州仪董学堂之聘,十月过江来苏,与先生同游天平、邓尉诸山,晚泊虎山桥,于是有古香慢词。”郑氏《苕雅余集·古香慢词》序云:“壬寅岁十月,同半塘老人游邓尉诸山,晚泊虎山桥,和梦窗沧浪看梅韵。”又《八声甘州》序云:“余与半塘老人西崦回舟,从木渎步上绝顶……因乘兴更作天平之游,时已暮色苍然……”又《郑氏年谱》云此次王氏由扬过苏是错误的,实际是由宁之沪之苏,沿途踪迹,历历可考。(后此,甲辰年,王氏才由扬之苏)是年岁杪,鹏运在金陵得仪董学堂聘书,才至扬州。考陈锐《长亭怨慢》序云:“壬寅岁杪,半唐老人受仪董学堂之聘。其词有曰:‘鸥鹭莫惊猜,试认取盟书一纸。’时在秦淮妓家,属和此调,仅得半阕。”可知壬寅岁杪,半塘在金陵,故此前必从苏州耑返金陵,其得仪董聘书,乃在金陵,且为岁杪。后此,半塘约于次年癸卯(1903)初来到扬州。《半塘老人传》云:“得请南归,寓扬州。又况氏《兰云菱梦楼笔记》:“甲辰四月下沐,过江访半唐扬州。”

光绪二十九年(1903),朱祖谋在广州寄词鹏运。《强村语业》“昭阳单阏”年即癸卯年收词《金缕曲》,序云:“久不得半塘翁书赋寄。”况氏时在万县;郑仍居苏州。是年朝廷补行辛丑会试,郑绝意进取,自镌小印:江南退士。《郑氏年谱》云:“先生以七试都堂不售,遂绝意进取,自镌一小印,文曰‘江南退士’。”按,据《年谱》所记,郑氏实九试都堂:丁丑、癸未、丙戌、已丑、庚寅、壬辰、甲午、乙未、戊戌。其中庚寅、甲午两试为恩科。

光绪三十年(1904),况氏居常州。主讲龙城书院。《香东漫笔》:“甲辰客常州。”《蕙风词史》:“主讲吾乡龙城书院。”按赵尊岳,江苏武进人。二月,况氏游历苏杭,成《玉梅后词》,遭郑文焯讥评,二人遂绝交。按况氏《玉梅后词序》云:“《玉梅后词》者,甲龙仲如玉梅词人后游苏州作也。”按:甲龙,甲辰也;仲者,中也;如,如月,即二月。《尔雅》:“二月为如。”故知二月况游苏杭,又《蕙风词史》云:“《玉梅后词》十余阕,则艳词之成于苏杭常州者也。”“《玉梅后词》成,文叔问尝窃议之,先生大不悦,其于词跋,有云‘为伧父所诃’,盖指叔问。”四月下旬,况过江访半塘于扬州仪董学堂。况《兰云菱梦楼笔记》云:“甲辰四月下沐,过江访半唐扬州,晤于东关街仪董学堂西头之寓庐,握手唏嘘,彼此诧为意外幸事，盖不相见已十年矣！”两人联床夜语，所言良多，详见《况周颐年谱》。半塘举示强村词，况见而惊佩，遂结辛亥后沪上之缘。半塘谓《玉梅后词》淫艳不可刻，况认为是郑叔问中伤的结果。据《玉梅后词序》云：“唯是甚不似吾半唐之言，宁吾半唐而顾出此？”并咬定乃郑氏“妖半唐之言”。况访半塘时在光绪三十年(1904)四月，半塘尚未之苏，则郑氏如有言必在与半塘信函中。王氏后之苏，再与郑氏论及此词，郑仍讥评之，故况氏愤言“为伦父所诃”。按况、郑从此交恶。据张尔田云：“蕙风生平最不满意者，厥为大鹤。”“大鹤为人，不似蕙风少许可，独生平绝口不及蕙风。”(《学词日记》一九三六年三月廿二日引张尔田信)夏，半塘在扬，陈锐过访，一夕盘桓，半塘约之杭州。据陈氏《长亭怨慢》序云“今夏过扬，一夕盘桓，云将为西湖之游，且促成之，而未能也。”五月廿六日，半塘在扬去信古微广州，告以暑假将去若耶上冢，且游西湖。考《强村词剩稿·强村词原序》(按：即鹏运此信)云：“暑假不远，拟之若耶上冢，便游西湖。江干暑湿，不可久留，南方名胜当亟游，以便北首。”又朱祖谋《木兰花慢》序云：“程使君书报半塘翁亡，翁将之若耶上冢，且为西湖猿鹤之间，遽折吴中。”按：鹏运此行目的乃上冢若耶溪。若耶溪，西施浣纱处，在绍兴。龙榆生《近三百年名家词选》王氏小传云：“原籍浙江山阴。”故知王氏此行绍兴为祭扫祖墓，且游西湖。王氏约于五日廿六日后即束装离扬，但却先至苏州。况氏《玉梅后词序》云：“余回常州，半唐旋之镇江，而杭州、苏州。”似先至杭州，则必即至绍兴扫墓，但考郑氏《念奴娇》词序：“甲辰仲夏，半塘老人过江访旧，重会吴皋。”词序为当时所作，比况氏《玉梅后词序》较为可信。前知五月廿六日王氏仍在扬州，此云‘仲夏”，则必于五月底先至苏州，而犹未及上冢也。另况氏《半塘老人传》云：“三十年春，以省墓道苏州。”所记时间亦有误。郑氏词序所言“过江访旧”，非指郑氏自己，乃指端方。龙榆生《清季四大词人·王鹏运》云：“方拟返山阴上冢，值端方督两江，约于吴门相见；夜宴八旗会馆，单衣不胜风露。翌晨遂病；旋卒于两广会馆，寄榇沧浪亭侧结草庵中，时光绪三十年六月也。”[20]龙氏所记鹏运殁于六月，而《学词日记》记姚氏语云：“殁于光绪甲辰七月。”

于半塘之死，郑、朱、况皆感喟无已。《花随人圣庵摭忆》“吴小城”条云：“乃半塘于秋间化去，叔问愈增感喟。”况氏为撰挽联：“穷涂落拓中哭生平第一知己，时局艰危日问宇内有几斯人。”且云，“吾两人十七年交情若零星乱缕，数千言未可终也”。(《兰云菱梦楼笔记》)朱祖谋时任广东学政，于广州接讣告。悲不自已。《半塘定稿·朱序》云：“未已而君讣至矣，悲夫！悲夫！”十月，朱刻《半塘定稿》于广州。夏敬观《忍古楼词话》云：“归安朱古微侍郎祖谋，为刊半塘定稿于广州。"《半塘定稿·钟德祥序》下署时间为"光绪甲辰冬十月。"故知。

半塘殁后，归葬广西临桂祖茔。《学词日记》记姚氏语云："归葬广西，端午桥经纪其丧。"又王鹏运曾营生圹于临桂半塘尾，考《鹜翁集·满江红》序："鄘儿为予卜生圹于谯君墓次，赋此以志，他日当遍征同人和作，刻之山中，为半塘增一故实，似视螭首丰碑风味差胜也。"按：《鹜翁集》收二十二年至二十三年(1896—1897)年间词；鄘儿为鹏运子。《学词日记》记姚氏语云："半唐无子，以仲培子以南鄘为继。"谯君，半塘夫人，早逝。按鹏运《半塘僧鹜自序》云："尝娶矣。壮而丧其偶。"(见朱祖谋《强村词剩稿·哨遍》序)又《袖墨集》收《青山湿遍》词，序云："八月三日谯君生朝也，岁月不居，人琴俱往。"可知鹏运殁后，归葬临桂之半塘尾夫人墓次，半塘尾乃桂林名胜，况氏《蕙风簃二笔》云："临桂东乡地名半塘尾，幼霞先茔所在也。"另，龙榆生《清季四大词人·王鹏运》云："其先人曾买地江西，其嗣子因奉遗榇葬焉。(据强村先生口述，参用南陵徐积余、钱塘张孟劬两先生说)"聊备一说。

光绪三十一年(1905)朱古微以修墓请假，离学政任回籍。《朱公行状》："乙巳，以修墓请假，离学政任回籍。"按：乙巳即光绪三十一年《朱公墓志铭》："会与总督龃龉，引疾去。"与郑叔问、刘光珊唱和。《小三吾亭词话》"朱祖谋强村词"条云："比年乞病却归吴门，与郑叔问、刘光珊辈岁寒唱和。"此年秋，郑叔问买地孝义坊，诛茅吴小城东，新营《樵风别墅》。按《郑氏年谱》云："先生于孝义坊购地五亩，建筑新居，牓曰'通德里'。秋初落成，即迁入。"又郑氏《满江红》小序云："乙巳之秋，诛茅吴小城东，新营住所。"朱古微为题"通德里"门额，《忍古楼词话》"郑叔问"条引郑氏《书带草·声声慢》序云："沤尹翁为题通德门榜，示不忘郑志。"朱且有卜邻之约，见下文。

又光绪三十二年(1906)，朱乞病解职。卜居吴门。《朱公行状》："次年(按：三十二年)乞病解职，卜居吴门。"与郑氏咏吴小城，赋《西子妆》，按朱《西子妆》序云："叔问卜筑竹格桥南……眷念昨年结邻之约，几时可遂，因次其韵。"按朱氏此词收《强村语业》"柔兆敦牂"年即三十二年。"昨年结邻"必为三十一年无疑。故可证郑氏别墅落成时，朱贺之，且有卜邻之约。况周颐此年入端方幕，居金陵。

光绪三十三年(1907)春，朱郑同游灵岩山，叔问为述半塘二十八年(1902)来苏之游，为之感喟。朱成《八声甘州》词。序云："暮登灵岩绝顶，叔问为述半塘翁昔年联棹之游。歌以抒怀。"词收《强村语业》"强圉协洽"年即三十三年，且词云："倚苍岩半暝拂春裾。"故知为三十三年春。八月，陈启泰任苏抚，驻节吴中，延叔问入幕。张次珊亦在幕中。陈、张、朱、郑叠相赓和。按《清代七百名人传·陈启泰传》云:"三十三年八月,署江苏巡抚,十二月实授。"《清季重要职官年表》同。《花随人圣庵摭忆》"郑叔问老年多舛"云:"盖是时陈腥庵(启泰)为江苏巡抚,驻苏州。陈素风雅,延叔问处幕中,故吴门词流接武。"《郑氏年谱》云:"张次珊先生就苏抚幕,来吴会,与先生过从谈谦,词简赠答,殆无虚日。"按:张仲炘,号次珊,《全清词钞》有小传,此不赘。又《忍古楼词话》"陈腥庵"条云:"初中丞首赋《枇杷词》,归安朱古微侍郎祖谋及叔问舍人、次珊通参、伯弢太令,皆有和作。"是年重九后,朱古微买居"听枫园",与郑氏卜邻。为卜邻事,郑、朱词简往来不绝,考朱古微《惜红衣》词,序云"年时与叔问有买邻之约,逡巡未就,今将卜居吴氏听枫园,书报叔问,申以是词。"(收《强村词剩稿》)显为沪上之作。郑氏答以《惜红衣》,序云:"强村翁早退遗荣,旧有吴皋卜邻之约,揭來沪江,皇皇未暇。近将移家小市桥吴氏听枫园,先以书来商略新营,作苍烟寂寞之友,却寄此以坚其志。"按朱氏离广东学政任,即往来苏沪间。前曾与郑有吴门卜邻之约,近将实现,故郑氏以词坚其志,此后,郑、朱又有《蓦山溪》词,郑氏词序云:"吴城小市桥,宋词人吴应之红梅阁故地也。桥东今为吴氏听枫园……强村翁近僦其园为行寓。翁所著词,声满天地,折红梅一曲,未得专美于前也。"朱氏词序日:"吴城小市桥东听枫园,退楼老人诹古觞咏地也,予将僦居其间。叔问为相阴阳,练时日,且举宋词人吴应之故事,词以张之。依韵报谢,兼抒近怀。"俩人之交谊拳拳,词札往还,历历如见。按郑氏《樵风乐府》中,《惜红衣》排列在前,《蓦山溪》差后,又朱氏《蓦山溪》收《强村语业》"强圉协洽"即丁未年,而《蓦山溪》词前收词《洞仙歌》"丁未九日"。按:丁未即三十三年。故知为三十三年重九以后之事。

光绪三十四年(1908),陈启泰奏请于苏设存古学堂。延叔问为都讲大师。《陈启泰传》:"三十四年五月,奏请设立存古堂。"又《清代七百名人传补编·郑文焯传》云:"中丞在苏创建存古学堂,按月校艺,延为都讲大师。"《郑氏年谱》:"是时苏抚举办存古学堂,每次月考,均请先生校艺。"

宣统改元(1909),起用旧臣,特旨征召朱古微。朱未应诏,良有深意。《朱公行状》云:"宣统纪元,特诏征召。次年,设弼德院,授顾问大臣,皆以宿疾未痊,乞假未赴。"《朱公墓志铭》同。郑为朱特征不起,赋《木兰花慢》,约林下相从。《木兰花慢》序云:"已酉闰春,园梅盛开,时强村翁以特征不起,高卧空斋,因置酒招之,极意吟赏,有林下相从之乐,赋以见志。"五月五日天中节,张仲炘离苏,郑为赋《一萼红》词。《郑氏年谱》云"天中节,张次珊先生将去苏,写近作词四阕留别。且要先生曰:他日重见,未知词境视此何如?先生为赋《一萼红》,题其词卷后。"越明年六月,罗惇曧至苏,访朱、郑。罗惇曧字掞东,号瘿公，广东顺德人，光绪二十九年（1903）副贡，官邮传部郎中，有《瘿公词》。《花随人圣庵摭忆》“郑叔问老年多舛”条云：“瘿公是年游吴……于苏州访朱古微、郑叔问。”罗话及其京寓即半塘故居，引起朱氏无限感喟。《郑氏年谱》云：“夏，罗掞东部郎自燕京来苏，访先生及朱古微侍郎，言渠之京寓，即半塘翁四印斋故居。古微追念庚子七月相依以居旧事，怆焉怀黍离之思，山阳之感，于是有西河之作。词成示先生。”朱氏《西河》序云：“庚戌夏六月，瘿公薄游吴下，访予城西听枫园。话及京寓乃半塘翁旧庐。”

又明年辛亥（1911）初春，朱古微与夏敬观等探梅邓尉，登还元阁。见叔问念奴娇词，朱夏等联句次韵奉和，朱《念奴娇》序云：“辛亥初春，贻书恪士、吷庵、子言、公达，方舟载酒，探梅邓尉，叔问有约不至。既登还元阁。观觉阿上人象册，叔问用白石韵《念奴娇》词在焉……与吷庵联句再次其韵。”按：夏敬观，字剑丞，号盥人，吷庵，有《忍古楼词》、《忍古楼词话》等行世。

## 三、后期：入民国后之行迹

民国元年（1912）秋，康有为来访叔问，成晚年莫逆之友。《郑氏年谱》云：“秋，南海康长素先生偕其如君来苏过访。曩均闻风相慕，至是始得谋面。”次年（1913），吴昌绶为郑氏刊行《樵风乐府》于京师。《郑氏年谱》云：“仁和吴伯宛孝廉（昌绶）为刊行《樵风乐府》于京师……刻时世难方亟，因以苕雅名集。”按：吴昌绶，字伯宛，浙江仁和人，书画篆刻并负盛名，亦工词，其《双照楼汇刻宋元明词》，亦一时精本。

民国四年（1915），朱古微至旧京，袁世凯欲聘为高等顾问，朱笑却之。《朱公行状》云：“乙卯岁一至旧京，袁世凯方为大总统。优礼旧僚，欲罗致而不得，闻其至，急致书聘为高等顾问，笑却之，未与通一字。”《郑氏年谱》谓朱氏甲寅年“薄游都门”，实误，当以《行状》为准。在京，朱氏晤吴伯宛，负《樵风乐府》版归藏叔问苏州。《郑氏年谱》云：“朱古微侍郎薄游都门，晤吴伯宛孝廉，以樵风乐府版南来，归先生藏弆。”古微为叔问刊行《苕雅余集》。《郑氏年谱》：“朱古微侍郎为刊行《苕雅余集》，先生著述之锓梓者，此殆最末次也。”

民国六年（1917），朱古微校刻《彊村丛书》成，斯为词史上一大盛事也，亦朱氏一生心力所聚。考《清代七百名人传·朱祖谋传》云“民国六年，校刻唐五代宋金元词，总集四种，别集一百六十八家，名曰：彊村丛书……词苑于是为第三结集矣。”冬，郑叔问夫人张氏眉君谢世，时郑穷愁潦倒，海内知交借此厚赙之，蔡元培且聘郑任北大教席，婉谢之。《郑氏年谱》云：“冬，张宜人卒……海内知交，多矜其衰年舛运，存恤颇厚，时蔡孑民（元培）先生掌北京大学校，挽罗揆东部郎聘先生为金石学教科主任，兼校医一席……卒却之。”《年谱》并载郑谢罗揆东书云：“重承任公老友厚赙。”任公，即梁启超，是书于七年(1918)正月发出。(见《花随人圣庵摭忆》“郑叔问老年多舛。”)二月二十六日，郑氏亦卒。《郑氏年谱》云“二月二十二日早起忽痰涌舌蹇，汗流不止，医治罔效，于二十六日捐馆。”康有为于其逝也，往哭甚哀，且为撰墓表。张尔田《近代词人逸事附录》：“铁岭文叔问之丧，康长素往哭之哀，即寝其书舍，午夜检叔问遗籍，丹铅几遍，弥为泫然，因辇之海上。”[21]《郑氏年谱》：“康长素先生所为先生墓表曰：叔问博文学，妙才章，好训诂考据，尤长金石书画，医学。旁沉酣声色饮馔古器所自娱，而感激于国事，超澹于荣利。”郑氏之死，即葬于苏州邓尉山中。龙榆生《近三百年名家词选》郑氏小传云：“葬邓尉。”七月，朱祖谋、梁启超等亟请内务府保护郑氏宅、坟。《郑氏年谱》云：“先生殁后逾五月，其故人朱古微、夏映庵、梁任公、叶玉甫、沈砚篴、易仲实、罗揆东、吴伯宛诸公，亟请内务总长钱干臣(能训)……将先生住宅、坟茔分别立案保护。”

况周颐自辛亥鼎革即居沪上，朱古微往来苏沪间。其朱、况二人沪上交谊事，详见拙著《况周颐年谱》。况氏于民国十五年(1926)七月十八日卒。以太夫人坟茔在湖州道场山，因自营生圹其间，此时由二子维琦、维璟奉遗命，葬道场山麓。古微为撰挽联云：“持论倘同途，词客有灵，流派老年宗白石；相依在吾土，道场无恙，死生独往为青山。”按：见《学词日记》一九三五年七月三十日记，夏承焘谓抄自《中央日报》，且云：“蕙风殁，贫不能殓，古微为葬于湖州道场山也。”

民国二十年(1931)，王、郑、况俱已逝去多年，朱强村仍憔悴行吟于海上。时海上有沤社，共推朱氏为社主。据龙榆生《强村晚岁词稿》云：“余年三十……时旅沪词流如番禺潘兰史飞声、宁乡程子大颂万、歙县洪泽丞汝闿、吴兴林铁尊鹍翔、如皋冒鹤亭广生、新建夏剑丞敬观、湘潭袁伯夔思亮、番禺叶玉虎恭绰、吴县吴湖帆、义宁陈彦通方恪、闽县黄公渚等二十余人，约结沤社，月课一词以相切磋，共推先生为盟主。”下署“一九六四年六月八日拂晓，万载龙元亮……时年满六十二岁”，(龙文见《词学》第5辑《词籍题跋》[22])故知龙氏三十岁乃一九三一年。“九一八”事变起，郑孝胥图挟溥仪之辽沈，朱氏力阻之。亦龙氏云：“九一八变起……郑孝胥图挟爱新觉罗·溥仪由天津潜往辽沈，先生曾属陈曾寿力加劝阻。”并云朱氏曾语曰：“吾今以速死为幸。万一逊帝见召，峻拒为难，应命则不但使吾民族沦胥，即故君亦将死无葬身之地。”此前，民国十四年(1925)，朱氏曾一谒天津行在。《朱公行状》云：“乙丑谒天津行在，谆谆于典学生计两端。忠诚靖献，仅止于此，每言之深恫也。”死前，朱氏以校词双砚授龙榆生，嘱继续未完之词业。龙氏云：“一日予走谒先生于牯岭路寓楼，既出所作《鹧鸪天》'绝笔词'见示,复就枕边取生平所用校词双砚授予,因曰:'吾未竟之业,子其为我了之。'遂于是年十一月廿二日溘然长逝。"《朱公行状》云"辛未十一月廿二日卒于上海寄庐。"归葬湖州道场山。但归葬时间,迨有异说。龙榆生云:"其明年(即民国二十一年)秋,其子容孺扶柩归葬吴兴道场山麓,余往临穴焉。"(均见龙榆生《强村晚岁词稿》)《朱公墓志铭》)云:"卜癸酉某月某日归葬公某里某原。"则在民国二十二年(1933)。又夏氏《学词日记》一九三五年三月九日记云:"夜榆生自杭城来电话云:昨赴湖州道场山会强村先生葬,明早来看予。"三月十日记云:"早十时,榆生偕其侄来快谈至午后一时,同往虎跑品茗,榆生云:'强翁之葬,友人无来会者。其嗣君病呕血。亦不及来。'承以照片及墓铭拓本为赠,二时别去。"按三说当以夏氏说为准。龙氏所云乃六四年之追忆,难免有错。陈三立《墓志铭》则为预拟文字,许即写于民国二十二年(1933)。夏氏所述,乃当时日记,且事迹凿凿,当为可信。另,强村晚年,飘零可哀,唯恃鬻书、题主为活,病中尚出题主二次,遂至风寒骤折。据夏氏《学词日记》一九三二年一月十一日记:"接榆生复,示强村先生临殁事甚悉……晚年恃鬻书、题主为活,病中尚出题主二次,感冒风寒,遂致增剧。"又一月十四日记:"榆生谓强老病中出为徐某题主,临行自觉不支,饮参汤而行。临即痰结,不数日遂不起。"强村殁后,二十一年(1932)十月,门人龙榆生为刻《强村遗书》。按:张尔田撰《强村遗书》序,下署时间为"壬申十月",壬申为民国二十一年,从可知之。

晚清四大词人身处易代,抱残守缺,遂罹坎壈。生则憔悴行吟,死则贫无所葬;家人或星散零落,或萧条无依,斯乃四人之共同悲剧。兹录朱古微之绝笔词以为四人作结。《鹧鸪天》云:"忠孝何曾尽一分,年来姜被减奇温,眼中犀角非耶是,身后牛衣怨亦恩。　　泡露事,水云身,枉抛心力作词人。可哀唯有人间世,不结他生未了因。"

**注释:**

[1] 蔡嵩云:《柯亭词论》,唐圭璋《词话丛编》第5册,中华书局1986年版,4908页。

[2] 夏承焘:《天风阁学词日记》,见《词学》第4辑,华东师大出版社1986年版,52页—53页,下简称《学词日记》,不注。

[3] 况周颐:《半塘老人传》,载龙榆生主编之《词学季刊》第3卷第3号《词林文苑》。下引不注。

[4] 夏孙桐:《朱公行状》,见《强村丛书》第10册《强村遗书》,上海古籍出版社1989年版。8683页—8715页

[5] 徐珂:《近词丛话》,载唐圭璋《词话丛编》第5册,4227页。

[6] 钱实甫:《清季重要职官年表》,中华书局1959年版。

[7] 龙榆生:《词籍题跋·跋槐庐词学》,华东师大出版社《词学》第5辑,124页—125页。

[8] 陈三立:《朱公墓志铭》,见《强村丛书》第10册《强村遗书》,上海古籍出版社1989年版。8717页—8723页。

[9] 况周颐著作均见《蕙风丛书》。

[10] 戴正诚:《郑叔问先生年谱》。载《青鹤杂志》第1卷,1933年版,下简称《郑氏年谱》。

[11] 朱祖谋作品均见《强村遗书》。

[12] 赵尊岳:《蕙风词史》,载龙榆生主编之《词学季刊》第1卷第4号,民国二十三年4月1日出版。下引不注。

[13] 张尔田:《近代词人逸事》,唐圭璋《词话丛编》第5册,4368页。

[14] 龙榆生:《近三百年名家词选》夏孙桐小传,上海古籍出版社1979年版,172页。下引不注。

[15] 黄浚:《花随人圣庵摭忆》,中华书局2008年版,439页,下引不注。

[16]《强村词原序》,朱孝臧《强村丛书》第10册,《强村遗书》外编《强村词賸稿》序,为朱氏原强村词序,序分两部分,前一部分为王鹏运光绪三十年甲辰(1904)5月26日与朱祖谋信,后一部分为朱氏语。上海古籍出版社1989年版。下引不注。

[17] 夏闰枝:《悔庵词·霜叶飞》,《强村丛书》第9册,7718页。

[18] 秦树声:《霜叶飞》,叶恭绰《全清词钞》中华书局1982年版,1872页。

[19] 冒广生:《小三吾亭词话》,唐圭璋《词话丛编》第5册,4692页。

[20] 龙榆生:《清季四大词人·王鹏运》,《龙榆生词学论文集》,上海古籍出版社1997年版,439页。

[21] 张尔田:《近代词人逸事》,唐圭璋《词话丛编》第5册,4372页。

[22] 龙榆生:《词籍题跋·强村晚岁词稿》,《词学》第5辑,122页—124页。

(原载《古籍研究》1996年第3期,第4期)

# 古代文学研究

## 古代诗歌“思乡”情结的人生意蕴

### 一、从崔颢、李白的诗谈起

唐代诗人崔颢的《黄鹤楼》诗千古流传,闻名遐迩。据说李白登黄鹤楼打算题诗,也说:“眼前有景道不得,崔颢题诗在上头。”[1]此后,李白过金陵,登凤凰台,仿崔诗章法与意境,题《登金陵凤凰台》诗,意欲一较高低。对这两首诗,后人众说纷纭,似乎难定甲乙。其实,从流传情况看,已经可以认定:崔诗超过李诗。宋人严羽《沧浪诗话》已云:“唐人七言律诗,当以崔颢黄鹤楼为第一。”但也有人认为,李诗结句以“浮云”、“蔽日”喻奸臣蒙主,表达作者思君念国的忧世之情,而崔诗结句写思乡离愁,似无更深内涵,故论者认为李诗结句差胜。明代王世懋独具只眼,他说:“崔郎中作黄鹤楼诗,青莲短气。后题凤凰台,古今目为勍敌。识者谓前六句不能当,结语深悲慷慨,差足胜耳。然余意更有不然,无论中二联不能及,即结语亦大有辨。言诗须道兴比赋,如‘日暮乡关’,兴而赋也。‘浮云’、‘蔽日’,比而赋也,以此思之,‘使人愁’三字虽同,孰为当乎?‘日暮乡关’、‘烟波江上’,本无指著,登临者自生愁耳,故曰:‘使人愁。’烟波使之愁也。‘浮云’、‘蔽日’、‘长安不见’,逐客自应愁,宁须使之。”(《艺圃撷余》[2])王氏意思,兴胜于比。兴者,物在心先,触景生情,故自然;比者,心在物先,借景抒情,故斧琢。此说有一定道理,但是还没有道出内容、情感上的原因。李诗忧君忧国,从儒家诗教看,应该超过单纯思乡的主题,但是千百年来之读者，似乎总是偏爱于“日暮乡关”之句，总是感到有一种说不清道不明的沉重意绪，使人咀嚼回味，难于放下，甚至超过了沉重的忧君忧国之情的抒发。原因何在？这就必须深入探究中国古代诗歌中的思乡主题。

## 二、古代诗歌中的“思乡”情结

翻开卷帙浩繁的古代诗歌，思乡之情扑面而来，从《诗经》、《楚辞》开始而代代不绝，占据了古代诗歌的绝大时空。《诗经》中就有“陟彼崔嵬，我马虺隤，我姑酌彼金罍，维以不永怀”(《卷耳》)，“怀哉怀哉，曷月予还归哉”(《扬之水》)，“四牡骓骓，周道倭迟。岂不怀归？王事靡盬，我心伤悲”(《四牡》)，“曰归曰归，心亦忧止。忧心烈烈，载饥载渴。我戍未定，靡使归聘”(《采薇》)等诗句。《楚辞》中，屈原也发出怀归的沉痛呼唤：“望长楸而太息兮，涕淫淫其若霰。过夏首而西浮兮，顾龙门而不见。”“鸟飞反故乡兮，狐死必首丘。信非吾罪而弃逐兮，何日夜而忘之”。(《哀郢》)此后，《古诗十九首》有“胡马依北风，越鸟巢南枝”的比况，魏晋时期，曹丕也发出“郁郁多悲思，绵绵思故乡。愿飞安得翼，欲济河无梁”之感。(《杂诗》)王粲的《登楼赋》更弹奏出一曲思乡长歌：“情眷眷而怀归兮，孰忧思之可任！”“悲旧乡之壅隔兮，涕横坠而弗禁”。唐代诗人多迁谪之慨，王湾有“乡书何处达，归雁洛阳边”的哀吟，王维有“独在异乡为异客，每逢佳节倍思亲”的悲歌，李白有“此夜曲中闻折柳，何人不起故园情”的咏叹，杜甫有“万里悲秋常作客，百年多病独登台”的感慨。唐宋词中，在舞榭歌台的清歌妙曲之内，词人们仍然倾吐着乡园之思，“何处是归程，长亭连短亭”(李白《菩萨蛮》)，“不忍登高临远，望故乡渺邈，归思难收”(柳永《八声甘州》)，“天边金掌露成霜，云随雁字长。绿杯红袖趁重阳，人情似故乡”(晏几道《阮郎归》)，“登临望故国，谁识、京华倦客”(周邦彦《兰陵王·柳》)，“落日楼头，断鸿声里，江南游子”(辛弃疾《水龙吟》)，真是钟仪南冠，庄舄越吟，人情同于怀土，岂穷达而异心。

所有这些乡园之思归纳起来，不外三个方面的内容：或是久戍思归，或是动乱流离，或是宦游失利。久戍思归的主题一般表现为征夫思妇的传统内容，从《诗经·小雅·采薇篇》开始，随着古代社会边关战事不绝而代代相继。“少妇城南欲断肠，征人蓟北空回首。”(高适《燕歌行》)“不知何处吹芦管，一夜征人尽望乡。”(李益《夜上受降城闻笛》)往往以其缠绵而无望的爱情动人心弦，在古代爱情题材作品中占有重要位置。动乱流离的题材所倾吐的常常是混和着骨肉之情的乡园之思。南北朝时期的陈伯之流落北方，虽位为大将，而丘迟一段“暮春三月，江南草长，杂花生树，群莺乱飞”的乡园描写，加以“松柏不剪，亲戚安居。高台未倾,爱妾尚在”(丘迟《与陈伯之书》)的骨肉之情的劝谕,就使他倒戈回南。庾信因国家败亡而流落北朝,虽高官显宦却难忘乡国,写出哀切动人的《哀江南赋》。唐代杜甫历“安史之乱”而家人星散,有“露从今夜白,月是故乡明。有弟皆分散,无家问死生”(《月夜忆舍弟》)的感怀。白居易也经乱离散,沉痛悲叹“田园寥落干戈后,骨肉流离道路中”,“共看明月应垂泪,一夜乡心五处同”。由于古代社会常常动荡不安,使得这类情感抒发成为古代诗歌的常咏主题。而宦游不利思归的题材,往往内含一股功业未建而白发频添的愤激不平之气,表现出古代士大夫在出与入之间的两难心态,王勃《滕王阁序》故而有“望长安于日下,指吴会于云间”的矛盾心曲的抒发。文人们把宦途比况为人生的道路,慨叹仕途的坎坷不平,风涛迭起,人生宦途与自然旅程互相映衬,无形道路与有形道路互相照应。李白有感于“行路难,行路难,多歧路,今安在”,而发出“归去来”(《行路难》)的呼喊,周邦彦有京华倦客“家住吴门,久作长安旅”(《苏幕遮》)的无奈,“江南游子”辛弃疾看吴钩,拍栏杆,更长啸“树犹如此”。所有这些方面的内容都有一个终极指向:思乡盼归。或者可以说,思乡盼归的情感渗透到这些题材中去,构成了这些诗歌情感抒发的主旋律,丰富并醇化了这些诗歌的情感内涵。所以严羽认为:“唐人好诗,多是征戍、迁谪、行旅、离别之作,往往能感动激发人意。”[3]其实征戍、迁谪、行旅、离别之作,不仅在唐代成为好诗,应该说从古代以来就是诗歌园地中的一枝奇葩。钟嵘《诗品序》早就描绘了这种现象:“至于楚臣去境,汉妾辞宫,或骨横朔野,魂逐飞蓬;或负戈外戍,杀气雄边;塞客衣单,孀闺泪尽;或士有解佩出朝,一去忘返;女有扬蛾入宠,再盼倾国;凡斯种种,感荡心灵,非陈诗何以展其义,非长歌何以骋其情?”[4]这里所列举的例子,除“解佩出朝”表现恋阙之情外,其他几乎全是表现思乡(国)之情(扬眉入宠也有乡园之思,如魏文帝宫人薛灵芸的玉壶承泪,见王嘉《拾遗记》)。由此可见思乡题材的广泛,思乡情感的普遍,思乡成为古代抒情诗的主旋律之一,是毫无疑问的。

这里有两个问题必须展开讨论。其一,古代诗人为什么恋恋于乡园?其二,为什么古代诗歌一涉及思乡主题,就含蕴不尽,精彩自现?

我们认为,思乡主题产生于古代农业社会的生存环境与古代人的生活方式。中国古代内陆锁闭式的生存环境造就了古代以农为主的社会结构,大约六千年前,中国社会就进入了农业社会,“禹、稷躬稼而有天下”(《论语·宪问》)。古代中国人的主体——农民大都被束缚在土地上,“日出而作,日入而息,凿井而饮,耕田而食”(《击壤歌》),世世代代,年复一年地从事简单的农业劳动,成为国家赋税的基本承担者和古代社会上层建筑的基础,几千年来几乎没有什么变化。他们无需求助别人，就可以解决生老病死等一切人生问题。老子向往一种小国寡民的社会，“鸡犬之声相闻，民至老死不相往来”成为一种社会理想。陶渊明的《桃花源记》描绘的也是这种上古社会乌托邦式的全景。由这种生存环境、生活方式所产生的意识形态之一就是安土重迁。《易系辞传》说：“安土敦乎仁，故能爱。”商代盘庚迁都，遭到当时臣民的一致反对。《尚书·商书·盘庚上》记载：“盘庚五迁，将治亳殷，民咨胥怨。”唐孔颖达疏解道：“民皆恋其故居，不欲移徙，咨嗟忧愁，相与怨上。”《吕氏春秋·上农篇》解释了这种安土重迁的思想，说：“其产复则重徙，重徙则死其处而无二虑。”儒家的王道理想可以说就是建立在这种安土重迁思想上的，所以孟子提出要“制民之产”。他说：“无恒产固无恒心，苟无恒心，放辟邪侈，无不为已……是故明君制民之产，必使仰足以事父母，俯足以畜妻子，乐岁终身饱，凶年免于死亡。”(《梁惠王上》)儒家安民乐业的理论使得古代农业社会瓜瓞绵长，更强化了古人安土重迁思想。而安土重迁思想又孕育了古代人的乡国亲情意识。古代社会结构由最小的单位家庭推演到家乡并进而推演为民族、国家，呈由内向外的辐射状态。在这种家国一体的社会结构中，血缘亲情与家乡桑梓就形成了一股牢不可破的纽带关系，思乡与思亲联系在一起，难分彼此。这种感情的升华往往演化为强烈的爱国家爱民族的情结，我们从中体会到的就是一种由血缘亲情推广于整个民族的深广的人道精神。这样，思乡情结中就积淀着深厚的人文内涵，表现了我们民族可贵的内在凝聚力。

思乡情感当然是忧伤的。英国散文家斯托雷奇说：“中国古典诗有忧伤情调的另一原因是写别离很多。别离动人心魄，这一点给人印象很深。诗人老是写男女一方独居，或一人长期孤独，以及长夜的思念和回忆……离乡常常使人忧郁。”[5]可见，别离思乡的情感特征是忧伤。诗以情动人，情有喜乐悲哀，喜乐一类是肯定性情感，悲哀(包括忧)一类是否定性情感，而人们喜爱的正是悲哀一类情感。西方人喜爱悲剧，表现出对悲哀类情感的偏爱。雪莱说：“最甜美的诗歌就是那些诉说最忧伤的思想的。”凯尔纳说：“真正的诗歌只出于深切苦恼所炽燃着的人心。”[6]中国古代更有一种以悲为美的审美倾向，艺术常常以激发人的悲哀为特征和极致。晋代嵇康在《琴赋》中就描绘了这种审美现象：“称其材干，则以危苦为上；赋其声音，则以悲哀为主；美其感化，则以垂涕为贵。”这样，内容以乡恋为主干，情感以悲哀为特征的思乡忧离的诗作就以其动人的忧思占据了古代抒情诗的重要位置，吸引着后世读者的注意和共鸣。

## 三、思乡情结的回归内涵

中国古代第一个乡园诗人、晋代的陶渊明在四十岁时挂冠归乡，写出了著名的《归去来兮辞》与《归园田居》诗。在《归园田居》中，他说："少无适俗韵，性本爱丘山。误落尘网中，一去三十年。羁鸟恋旧林，池鱼思故渊。"可见，他的思乡，从深层看，是渴望退避社会，返归大自然。这就说明，人与家乡的关系归根结底是人与自然的关系，人对家乡的依恋归根结底是对自然的依恋。古人把人生看作旅途，把入世看作到红尘中去走一遭，入世的反面出世就是返归自然，在大自然的怀抱中安顿人的形体与心灵。陶渊明说："既自以心为形役，奚惆怅而独悲？悟以往之不谏，知来者之可追。""善万物之得时，感吾生之行休。"（《归去来兮辞》）他深切体悟到：人与万物都是大自然的儿子，万物得到自然的滋润而欣欣向荣，自己却一时偏离了自然的怀抱，误入尘网，违性适俗，以心为形役。只有离开红尘社会，返归自然，才能重新得到身心的自由。他的认识代表了魏晋时期"人的觉醒"，以对自由生命的渴望充实了古代诗歌的思乡主题。从此，思乡、渴望回归自然就深化为对人生归宿的思考与焦虑。德国近代诗哲、生命哲学的先驱荷尔德林吟唱道："何处是人类/莫测高深的归宿？"（《莱茵颂》）他表现的是对人类归宿的终极关怀。中国的诗哲们不会这样直露地表现对人生的哲理看法，他们往往以有形状无形，以个别代替一般，在具体的、有形的思乡吟唱中传达对人生归宿的殷切关注。所以李白的《菩萨蛮》词"何处是归程，长亭连短亭"，马致远的《天净沙》曲"夕阳西下，断肠人在天涯"，才使人感到一种说不清、放不下的人生不能承受的重量。

由此可见，渴望返归自然的最终指向在于关注生命、担忧生命，即忧生。中国古代的忧生意识成熟于魏晋南朝时期，刘宋诗人谢灵运第一次提出了"忧生之嗟"的文艺思想。他在评价曹植诗作的情感内容时说："公子不及世事，但美遨游。然颇有忧生之嗟。"（《拟魏太子邺中集诗八首并序》）魏晋南朝时期，社会乱离，人命微浅，朝不虑夕，使得当时的诗哲们开始系统地思考生命的价值与意义，表现了对生命的关注与担忧。死是生的前提，死打开了生的大门，迫使人们去思考生的价值与意义。而这种对生命的忧郁，其哲学源头可以上溯到先秦。庄子早就发现了人的生命的不自由，他说："舜问乎丞曰：道可得而有乎？曰：汝身非汝有也，汝何得有夫道？舜曰：吾身非吾有也，孰有之哉？曰：是天地之委形也。"（《知北游》）庄子的生命为天地之委形，自己无能为力的思想在魏晋以后衍化为生命受社会束缚而无能为力的社会思潮，陶渊明故而感叹："寓形宇内复几时，曷不委心任去留？"（《归去来兮辞》）而南朝诗人江淹在《自叙传》中说:“宋末多阻,宗室有忧生之难。”距南朝时代不远的唐初学者李善也说:“嗣宗(阮籍)身仕乱朝,常恐罹谤遇祸,因兹发咏,故每有忧生之嗟。”(《文选注》)“忧生之嗟”准确地总结了魏晋以来诗歌的人生、生命母题,标志着人的觉醒的时代的来临。魏晋时期的所有诗歌的情感抒发无不打上忧生的烙印。在忧生母题的涵盖下,思乡的情感内涵深化了,于是,一曲思乡悲歌,变成了对人生归宿的思考,变成了对无家可归生命的叹息。

然而,忧生,害怕生命在社会环境中遭摧残,咏叹人的无家可归,这并不是诗人的目的,只有逃离尘世、重返自然才能见到生命的亮光。西哲荷尔德林在悲叹人的无家可归的同时,也预感到人必将重返故里,返回人诗意栖居的处所。他说:“浩瀚的水波,请赐我们以双翼,让我们满怀赤诚衷情,返回故里。”(《帕斯莫斯》)这与东方诗哲陶渊明的理想完全一致。陶渊明在返乡途中,也是这样吟唱的:“舟摇摇以轻扬,风飘飘而吹衣。问征夫以前路,恨晨光之熹微。”“云无心以出岫,鸟倦飞而知还。”(《归去来兮辞》)中国人回归自然的意识是:死后葬于丘山,在大自然中占有一个合适的位置。而更深层的回归就是对大自然的一种归属感。宋代画家郭熙在《林泉高致》中说:“君子之所以爱夫山水者,其旨安在?丘园养素,所常处也;泉石啸傲,所常乐也;渔樵隐逸,所常适也;猿鹤飞鸣,所常观也。”大自然是常处、常乐、常适、常观,可游、可居,惟性所宅的自由天地。明代袁中道无比艳羡地描写宋理学家邵雍的归居自然:“与造物者为友,而游于温和恬适之乡。”(《赠东粤李封公序》)这不正是荷尔德林诗意的栖居吗?自然在这儿,就不仅是人逃避尘世的物质家园,也成为人诗意栖息的、自由的精神家园。也许,这才是家园的真正深刻的含义吧。

返归自然而诗意栖居的生命才是永恒的生命。中国古代认为人产生于自然,与大自然是你中有我,我中有你,融为一体的。庄子早就说过:“天地与我并生,而万物与我为一。”(《齐物论》)人的入世是离开自然的怀抱,但只是一种偶然的、短期的行为,终归要复返自然,叶落归根。只有返归自然,天人合一,人才能摆脱尘世的一切烦恼,求得精神、心灵的自由解放。从陶渊明开始,诗人们以返归故里、返归自然作为恢复自由的唯一途径。陶渊明在返归自然后写了名诗《饮酒》:“采菊东篱下,悠然见南山。山气日夕佳,飞鸟相与还。此中有真意,欲辨已忘言。”写出了大自然的天机悠悠,写出了自己在采菊之际无所用心而与南山(自然)神遇迹化,人融山中,山融心中,两皆忘情,浑然一体,“不知何者为我,何者为物”(王国维《人间词话》)。柳宗元在《始得西山宴游记》中也感受到一种“心凝形释,与万化冥合”的境界。这也许是一种对现实的逃避,但又是一种诗的解决办法。当现实无法解决人生自由的问题时,诗往往站出来，承担这一重任。尽管并不能实际解决现实的矛盾，却可以求得心灵的自由，超形质而取精神，离尘世而取内心。关键在于改变有限生命的生活感受方式，以主体精神去体认客体的自然，达到物我相应，主客合一，实现人格上、内心上的一种转换，实现对现实生命的诗意的超越。

从还乡到返归自然到安顿生命，这就是古代诗歌思乡情结的曲折心灵历程。由于思乡的深刻意义在于对精神家园的回归，对个体生命的关注，思乡情结才显得那样深沉而无奈，沉重而忧郁，思乡作品才显得那样有力度与深度，才具有那样永久的魅力。因为，对生命的价值、意义的关怀和追求，正是哲学以及文学的出发点与终级目标。

## 四、回到《黄鹤楼》诗的情感分析

现在我们回过头分析崔颢《黄鹤楼》诗的情感。《黄鹤楼》诗一气呵成，其情感表现也浑然一体。首联"昔人已乘黄鹤去，此地空余黄鹤楼"，借仙人费文祎登仙驾鹤的传说表现对生命现象的一种思考；而颔联"黄鹤一去不复返，白云千载空悠悠"，表达红尘悠悠、人生悠悠的忧生之意。道家讲长生，其出发点在于对生命的关注，而成仙与长生之途在于从大自然去体悟天地之至理。庄子文章中的"乘天地之正，而御六气之辩，以游无穷"(《逍遥游》)的"至人"正是后世所憧憬的神仙。因此，《黄鹤楼》诗前四句虽然表现了道家出世思想，却也不失为一种对生命现象的思考与体悟。接下来诗人的思绪由仙人的飞逝联想到仙人在大自然怀抱中的参悟，所以目光才转向自己的家园与自然。但是"晴川历历汉阳树，芳草萋萋鹦鹉洲"，遮住了诗人的望眼，从而引发了诗人"乡关何处"的乡愁。诗人烟波江上，游宦难归，无限乡情伴随着对生命的忧患向他心田袭来，使他思绪万千，莫可明状。他所沉吟思考的不正是"何处是人类/莫测高深的归宿"吗？这首诗的情感旋律是从忧生到希望回归自然再到思乡，由远而近，由形上而形下，由抽象而具体，最后定格为具体的乡愁。思乡之情在人生感触的抱拥中往来盘旋，反复酝酿，愈酿愈深，终于凝结成一声回归乡园的深情而无奈的呼唤，从而曲折地表现了对生命的执著与焦虑，对人生归属的渴望与忧郁。弥漫于其中的忧伤显得无比深刻与沉重，深刻就深刻在对生命意义的探究与评价，沉重就沉重在生命所不能承受的人生重负。正是这种深刻与沉重，使得这首诗的情感升华，以其不可企及的力度震撼着无数读者的心田。

注释:

[1] 见《唐才子传》卷一,《唐诗纪事》卷二十一,《苕溪渔隐丛话》前集卷五。

[2] 王世懋《艺圃撷余》,何文焕《历代诗话》,中华书局 1981 年版,780 页。

[3] 严羽《沧浪诗话》,何文焕《历代诗话》,中华书局 1981 年版,699 页。

[4] 陈廷杰注《诗品注·总论》,人民文学出版社 1961 年版,2 页。

[5] 丰华瞻《斯托雷奇论中国古典诗》,载《社会科学战线》1987 年第 3 期。

[6] 钱钟书《诗可以怨》引雪莱、凯尔纳诗,载《文学评论》1981 年第 1 期。

(原载《江汉论坛》1996 年第 8 期)

# 论"登高望远"意象的生命内涵

钱钟书先生在《管锥编》等著作中[1],提出了一个十分有意义而被人忽略的文学现象:登高望远,使人心悲;并列举了大量古人"登望兴悲"的例子加以说明,认为是一种"距离怅惘":"极目而望不可即,放眼而望未之见,仗境起心,于是惘惘不甘,忽忽若失。"[2] 笔者进一步认为:"登望兴悲"是古代诗文中一个内涵丰富的意象,它有着基本固定的内容与表现形式,搞清这一意象的基本内涵将有助于对文学史的进一步思考与总结。

## 一

登高望远之悲,起自宋玉。《高唐赋》写道:"长吏隳官,贤士失志,愁思无已,叹息垂泪,登高远望,使人心瘁。"显然是不得志之寒士在愁思垂泪中登高望远,触发更深的忧郁。而《晏子春秋》记载:"景公游于牛山,北临其国城而流涕曰:'若何滂滂去此而死乎'? 艾孔、梁丘据皆从而泣。"这一感怀比较具体,后人总结为"美齐而雪涕",是一种初醒的死亡恐惧。汉代刘向《说苑·指武》又记载:"孔子北游,东上农山。子路、子贡、颜渊从焉。孔子喟然叹曰:'登高望下,使人心悲。二三子者各言尔志,丘将听之。'"《孔子家语》亦记:"孔子北游于农山。子路、子贡、颜渊侍侧。孔子四望,喟然而叹曰:'於斯致思,无所不至矣。二三子各言尔志，吾将择焉。'”(《致思》)显然是汉人对宋玉之悲的吸取与发挥。值得注意的是，汉人认为登望虽然使人心悲，却有益于人的思考，激发起精神的一种力量。以上三则故事是最早的“登望兴悲”，内容虽互有不同，却表现了古人初醒的个体意识。先秦两汉时期是人类自身意识奥窔初开的时期，在儒家集体主义思想的涵盖下，这种个体感触没有受到重视，其中的理性内容也明而未融。

到了魏晋南朝时期，儒家思想在动乱年代严重失落，生命现象突然凸现出来了。人们开始重视人的个体存在，这由魏刘劭《人物志》、晋钟会“才性四本”论以及南朝宋刘义庆《世说新语》的大量人物品藻可以看出来。人们在社会群体之外寻找着“我”的存在，桓温问殷浩：“卿何如我”？殷浩回答：“我与我周旋久，宁作我。”(《世说新语·品藻》)生死问题也随着个体生命的被发现而被重视。由于动乱年代生命表现出的脆弱，由于魏晋人发现了生命的短暂性、一次性，“一死生为虚诞，齐彭殇为妄作”(王羲之《兰亭集序》)，这一时期哲学思辨的核心成为生命之忧，同时也规定了当时的文艺思想与文艺创作。与创作中的大量忧生作品相呼应，谢灵运等人提出了“忧生之嗟”的文艺主题。在评价曹植诗作时，谢灵运说：“公子不及世事，但美遨游。然颇有忧生之嗟。”(《拟魏太子邺中集诗八首并序》)江淹也在《自叙传》中提到“宋末多阻，宗室有忧生之难”。这就是魏晋南朝时期人的觉醒与文的自觉。处于这样的时代氛围中，肇始于先秦两汉的“登望兴悲”个体感触得到了长足发展，焕发出艺术活力。《世说新语·任诞》记载王伯舆“登茅山，大恸哭曰：'琅邪王伯舆，终当为情死。'”突出了魏晋时期特有的“情”字。魏晋人是深情与智慧兼具的。魏晋人的深情偏重于悲哀，嵇康《琴赋》说：“称其材干，则以危苦为上；赋其声音，则以悲哀为主；美其感化，则以垂涕为贵。”而这种悲哀总是与人生、生死的思考相交织，从而达到哲理的高层，《世说新语·伤逝》记载：“王戎丧儿万子，山简往省之，王悲不自胜。简曰：'孩抱中物，何至于此？'王曰：'圣人忘情，最下不及情；情之所钟，正在我辈。'简服其言，更为之恸。”所以王伯舆登望之悲也不外忧生之嗟。《晋书·羊祜传》所记更为明确：“祜乐山水，每风景，必造岘山，置酒言咏，终日不倦。尝慨然叹息，顾谓从事中郎邹湛等曰：'自有宇宙，便有此山。由来贤达胜士，登此远望，如我与卿者多矣！皆湮灭无闻，使人悲伤。'”祜卒后，“襄阳百姓于岘山祜平生游憩之所建碑立庙，岁时飨祭焉。望其碑者，莫不流涕。杜预因名为'堕泪碑'”。这段记载有两点值得注意，一是登望之悲内涵为宇宙悠悠而人生短暂；二是望碑者皆哭泣，登望之悲已成为普遍的社会现象。文人诗作中也开始出现“登望兴悲”的具体描写，如曹植《杂诗》：“飞观百余尺，临牖御椂轩。远望周千里，朝夕见平原。烈士多悲心，小人偷自闲。”阮籍《咏怀》：“开轩临四野，登高望所思。丘墓蔽山冈，万代同一时。千秋万岁后，荣名安所之。”陶渊明《拟古》：“迢迢百尺楼，分明望四荒……山河满目中，平原独茫茫。古时功名士，慷慨争此场。一旦百岁后，相与还北邙。”颜延之《登巴陵城楼作》：“凄矣自远风，伤哉千里目。万古陈往还，百代劳起伏。存没竟何人，炯介在明淑。”无论是渴望建功立业，还是悲叹死归北邙，所表现的都是宇宙永恒而人生短暂的悲哀，可见“登望兴悲”是一种生命意识的觉醒与抒发。但是，除此之外，当时的登望之悲也有不少具体的企盼。如思乡，王粲《登楼赋》有“悲旧乡之壅隔兮，涕横坠而弗禁。”思亲，阮籍《咏怀》有“登高望九州，悠悠分旷野。孤鸟西北飞，离兽东南下。日暮思亲友，晤言用自写。”恋阕，潘岳《河阳县作》有：“引领望京室，南路在伐柯。”念夫，王微《杂诗》有：“思妇临高台，长想凭华轩。”可见，在魏晋南朝时期，“登望兴悲”的意象没有定型成熟，还有不少情事只具有表层具体内容，而不具备深层的人生哲理意蕴；即使在具有生命意蕴的“登望兴悲”表达上，也基本是直接抒发情感，而不是通过固定的，充满哲理的意象来表现。或者可以说，是赋的表现，而少比兴的运用。

“登望兴悲”的意象在唐初成熟，如同古典诗歌（五七言诗）在唐初成熟一样。其中的原因可能在于，意象是诗歌的灵魂与核心，诗歌的成熟也就是诗歌基本意象的成熟。“登望兴悲”意象作为诗歌忧生的意象之一，与忧生文艺思想的成熟也是同步的。忧生文艺思想发端于魏晋南朝，由谢灵运等人提出，而到唐初李善进一步总结，他在评价阮籍诗作时说：“嗣宗身仕乱朝，常恐罹谤遇祸，因兹发咏，故每有忧生之嗟。”（《文选注》）标志着忧生文艺思想的成熟。而同样肇始于魏晋南朝时期的“登望兴悲”意象也在唐初成熟，其标志是王勃的《滕王阁序》、李峤的《楚望赋》与陈子昂的《登幽州台歌》的出现。王勃说：“天高地迥，觉宇宙之无穷；兴尽悲来，识盈虚之有数。”把羊祜“登望之悲”用简练的笔墨表达出来，宇宙永恒、空间永恒是定数，人生短暂、时间流逝也是定数。生命的易逝令人生悲。李峤则说：“人禀情性，是生哀乐。思必深而深必怨，望必远而远必伤……惜逝愍时，思深之怨也，摇情荡虑，望远之伤也。伤则感遥而悼近，怨则恋始而悲终。”[3]强调了情感在登望中的作用与表现。望远之伤，感遥悼近，是空间引起的伤感，如思乡恋阙；思深之怨，恋始悲终，是时间引起的人生感怀，叠加在思乡恋阙等表层感伤之后，形成内外两层，由空间到时间，由历史到人生，登望兴悲的意象具有了丰富的固定内涵。而陈子昂在《登幽州台歌》中唱道：“前不见古人，后不见来者。念天地之悠悠，独怆然而涕下。”以一种伟大的孤独去体悟宇宙人生的哲理。登台所望实际并不在具体的乡国亲情，那是看不到的；看到的是天地悠悠、宇宙无穷，而反衬出人生的短暂，从而悲哀生命的美好而易逝，青春的鲜丽而易凋。所以沈德潜在《唐诗别裁集》中评这首诗说："余于登高时，每有今古茫茫之感，古人先已言之。"到了陈子昂，"登望兴悲"意象终于定型成熟了。此后，我们在唐诗中一见"登望"意象，就感觉到其中沉甸甸的生命忧伤。如李白诗"登高望四海，天地何漫漫"（《古风》），杜甫诗"万里悲秋常作客，百年多病独登台"（《登高》），柳宗元诗"城上高楼接大荒，海天愁思正茫茫"（《登柳州城楼寄漳汀封连四州》），许浑诗"一上高城万里愁，蒹葭杨柳似汀州"（《咸阳城东楼》）。魏晋南朝时期的具体离愁与生命之忧脱节现象，以及对生命之忧的直接书写之赋的表现基本消失了，而代之以外景内情的生动充实的意象表现，显得凝重含蕴，诗味无穷。

但是在唐诗中，这种"登望兴悲"的意象出现频率并不高，也许这种悲愁太富于哲理了，与唐诗注重的浑涵意境不太相契。唐人主情，宋人主理，唐代气象恢弘，入世理想激励着人们，他们还不急于去为人生苦短而叹息，他们只是在乡愁离绪中有意无意地流露出一丝淡淡的人生悲慨。只有到了宋代，在宋词中，这种宇宙人生意识才找到了栖息之地。宋人是忧郁的，此前，大唐盛世的喧腾热闹终于无可奈何花落去了。宋人厌倦了外在事功，而转入对内在人心的刻画。他们一方面纵情声色，流连于歌台舞榭，另一方面又深深思索于人生的价值与意义，形成了如此奇妙的情与理的矛盾与融合。宋代是先秦、魏晋之后又一个思想解放的时代、哲理思考的时代，理学与禅宗就是这种思考的集中表现。同时，宋人把这种思考带进诗词中，宋诗的言理不言情正是时代的产物，而宋词却又似乎是歌台舞榭的孵化物，其实宋人的人世沧桑之感不可能不渗透到宋词中，形成了荣华富贵中的忧伤基调。宋词好写离愁，写恋情，离不开登高怀远；但是宋人的视野缩小了，以登楼临眺代替了登山临水，于是大量登楼望远、凭栏伤情的意象出现。在这种意象中具体的离愁别绪被渲染、放大，反复咀嚼，并且与生命的忧郁有机结合，在伤春惜别的具体咏叹中升华出对人生苦短的觉悟，使得宋词这一小巧精致的文学样式包含了丰富的生命内容。张先也许是带头人，他的《一丛花令》开篇即说："伤高怀远几时穷？无物似情浓。"而接以"离愁正引千丝乱，更东陌飞絮濛濛"。前抒生命之忧，正点一个"情"字，是魏晋人深情兼智慧的人生品味的嗣响；后抒具体的，缭乱不尽的离愁，使人感到人生既如此短暂，而短暂的人生中还有如许离愁，怎不令人黯然神伤！同时的柳永有"对晚景、伤怀念远，新愁旧恨相继"。（《卜算子》）"不忍登高临远，望故乡渺邈，归思难收"。（《八声甘州》）晏几道有"一夜西风，几处伤高怀远"。（《碧牡丹》）后来的周邦彦也是："人静夜久凭栏，愁不归眠，立残更箭。叹年华一瞬，人今千里，梦沉书远。”(《过秦楼》)南宋辛弃疾则“千古兴亡，百年悲笑，一时登览”。(《水龙吟》)陈亮“寂寞凭高念远，向南楼，一声归雁”。(《水龙吟》)吴文英“危楼望极，草色天涯，叹鬓侵半苎”。(《莺啼序》)莫不在草色烟光中锤炼离愁，在离愁烘托下叹息人生。宋词中这类句子实在太多了，这类表现实在太精致、太完美了，也许可以说，“登望兴悲”这一独特意象，经过千余年的跋涉，才找到了宋词这一合适载体，同时也正是在宋词中它才找到了自己的位置，焕发出无限的生机活力。

以上我们纵向考查了“登望兴悲”意象从肇始到发展成熟的过程，从而发现这一意象的内涵是宇宙无限而人生短暂的生命之忧。它在发展过程中经历了情与理的矛盾冲突与有机融合，形成了外忧离愁而内忧生命的双重结构形态，并找到了宋词这一合适载体，成为古代诗文最喜爱的意象之一。

## 二

上文对“登望兴悲”意象内涵的分析是静态的，实际上这一意象并不是静止的、凝固的，而是一个由物到心、由外到内、由时间到空间的动态过程。

首先，登高所望者乃大地山河，这一空间以其绝大的形象显示出体积与威力，这使我们想起康德论崇高的一段话：“高耸而下垂威胁着人的断岩，天边层层堆叠的乌云里面挟着闪电与雷鸣，火山在狂暴肆虐之中，飓风带着它摧毁了的荒墟，无边无界的海洋，怒涛狂啸着，一个洪流的高瀑，诸如此类的景象……假使发现我们自己却是在安全地带，那么，这景象越可怕，就越对我们有吸引力。我们称呼这些对象为崇高。”[4] 康德举为崇高的这一切事物都是巨大的，有着巨大的体积与力量。清代姚鼐也列举过一些巨大的事物，他说：“如霆，如电，如长风之出谷，如崇山峻崖，如决大川，如奔骐骥；其光也，如杲日，如火，如金镠铁；其于人也，如凭高视远，如君而朝万众，如鼓万勇士而战之。”(《复鲁絜非书》)十分接近康德的思想，尤其他体会到“凭高视远”的崇高感，为本文增添了证据。而中国人的凭高视远中，还不仅见到这些可以比较的巨大事物，更重要的是可以见到天地宇宙以及它们滋生万物与生生不息的永恒存在。这是康德不能理解的，康德的崇高观建立在西方十八世纪自然科学成就的基础上，他说：“宇宙构造的系统区分提供了这一点，这使自然界的一切大物永远又显得渺小。”[5] 所以“崇高不存在于自然的事物里，而只能在我们的观念里寻找”。[6] 但是他又设想：“假使我们对某物不仅称为大，而全部地、绝对地、在任何角度(超越一切比较)称为大，这就是崇高。”[7] 仿佛为了描写中国人的宇宙。《周易》说："大哉乾元，万物资始，乃统天。"（《乾卦·象》）"至哉坤元，万物滋生，乃顺承天。坤厚载物，德合无疆。"（《坤卦·象》）在中国文化中，天地乾坤是无限大的，无可比较的，它负载万物，化生万物，而且合成一个浑然整体。中国人的观念从而也是整体混一的，不重分析，而重整体的把握。在登高望远活动中，他们仰观俯察的正是这统一的宇宙，正如《兰亭集序》所说："仰观宇宙之大，俯察品类之盛。"杜甫《同诸公登慈恩寺塔》诗也说："秦山忽破碎，泾渭不可求。俯视但一气，焉能辨皇州？"这氤氲一气的天地宇宙，即使按康德的说法，也是一种物的崇高。

在崇高的物象面前，人的感觉如何呢？康德说："心情不只是被吸引着，同时又不断地反复地被拒绝着。"[8]就是说在绝大的自然面前，人的心灵交替产生被吸引与被拒绝的感觉。首先是吸引。中国人仰观俯察，开始是一种哲理的思考。《易系辞传》说："古者包牺氏之王天下也，仰则观象于天，俯则观法于地，观鸟兽之文与地之宜，近取诸身，远取诸物，于是始作八卦，以通神明之德，以类万物之情。"这种思考是冷静睿智的，象天法地，以设计人类的生活。而到了魏晋之后，在其中突出了情的作用，形成哲理与情感的奇妙结合，仰观俯察才有了审美意义。《兰亭集序》故而写道："仰观宇宙之大，俯察品类之盛，所以游目骋怀，足以极视听之娱，信可乐也。"大自然以其美好形象吸引着人类，这表现出中国人对大自然的亲和感、依赖感，视天地为父母，赞天地之化育而与天地参。但是此外，大自然对人类还有一种拒绝，所以《兰亭集序》接着转入另一种情感抒发："当其欣于所遇，暂得于己，快然自足，曾不知老之将至。及其所之既倦，情随事迁，感慨系之矣。向之所欣，俯仰之间，已为陈迹，犹不能不以之兴怀；况修短随化，终期于尽。古人云'死生亦大矣'。岂不痛哉！"这种拒绝表现为理智对情感的批判，是由绝对大的空间引起的对绝小人生的思考，是由被空间拒绝所产生的时间短促之感。康德讲的"瞬间的生命力的阻滞"[9]车尔尼雪夫斯基讲的："肃然拜倒于伟大之前，承认自己的渺小和脆弱。"[10]都是这种生命短暂、脆弱之感。空间的远不能尽引发出对个体时间永恒的渴望，而"向之所欣，俯仰之间，已为陈迹"，醒悟到时间的流逝，才感到自己的渺小与脆弱。屈原的《远游》："惟天地之无穷兮，哀人生之长勤。往者余弗及兮，来者吾不闻。"正是从天地无穷引发出人生、时间流逝之感。此后，阮籍也写道："孔圣临长川，惜逝忽若浮。去者余不及，来者吾不留。"（《咏怀》）这才在唐初产生了陈子昂的不朽诗篇："前不见古人，后不见来者。念天地之悠悠，独怆然而涕下。"虽然先咏时间，后叹空间，却是由《远游》演化而来，仍然是空间引发的时间思考。李峤于登望之际，也说："伤则感遥而悼近，怨则恋始而悲终。"刘禹锡说得更明确:“有目者必骋望以尽意,当望者必缘情而感时。”(《望赋》)[11]“观物之余,遂观我生。何广覆与厚载,岂有形而无情?”(《楚望赋》)[12]中国艺术从某一角度讲就是时间的艺术,诗文常以情感化的时间或以时间中的情感为描写对象。而这种时间的咏叹往往从空间开始,或以空间为对比、参照,尤其在登高望远之时。巨大的空间引起人们对生命的沉思与遐想,这就是“登高远望,使人心瘁”的内在动因,这种心瘁,化为忧生之感。

古人的忧生有两大走向,一者抒发生命活力不能舒展的伤悲,是入世者的忧生,如曹操、陈子昂、杜甫、辛弃疾、陆游的作品;一者表现生存状态的不自由,是出世者的忧生,如王羲之《兰亭集序》、李白的大量游仙诗,以及宋代婉约词的许多篇章。由于宋词中对登望之悲表现得最精致、最成熟、最完美,我们举宋词为例。翻阅宋人词集,我们发现前者以辛弃疾最沉痛,后者以柳永最细腻。

辛弃疾渡江南来,壮怀激烈,每于登临之际,一掬男儿之泪。他说:“少年不知愁滋味,爱上层楼;爱上层楼,为赋新词强说愁。 而今识尽愁滋味,欲说还休;欲说还休,却道天凉好个秋。”(《丑奴儿》)他少年时代的愁只是低回顾影、无病呻吟;而壮年之愁却是壮志难酬的悲愤,以其强烈的力度震破纸背!如云:“闲愁最苦。休去倚危栏,斜阳正在、烟柳断肠处。”(《摸鱼儿》)以伤春伤逝喻国家残破,是要挽狂澜于即倒,知其不可为而为之,故愈显悲凉。“落日楼头,断鸿声里,江南游子,把吴钩看了,栏杆拍遍,无人会、登临意”。(《水龙吟》)一种伟大的孤独感与陈子昂的“独怆然而涕下”前后辉映。南宋词人爱写登楼,并进而写出羞上层楼、懒上层楼、怕上层楼的复杂心曲。如辛词“谩教人羞去上层楼,平芜碧”。(《满江红》)“不知筋力衰多少,但觉新来懒上楼”。(《鹧鸪天》)张炎词“空怀感,有斜阳处,却怕登楼”。(《甘州》)一腔无可奈何的孤愤映照出用世的壮怀,悲与壮相融相浑,更显崇高。这种用世者生命活力不能舒展的悲慨,与孔子当年的处境与心境十分契合,由此我们理解孔子东上农山,登高望下,油然而悲的表现,也许可以把这一类登望之悲称为“农山心境”。

柳永的生命意识在宋代婉约词人中尤为强烈,这一点尚无人论及。笔者发现,他由于游宦他乡,事业难成,而思乡、惜生,在登临之际对生命意义的反思比谁都多。“伫倚危楼风细细,望极春愁,黯黯生天际。草色烟光残照里,无言谁会凭栏意”?(《蝶恋花》)“是处红衰翠减,苒苒物华休。惟有长江水,无语东流。不忍登高临远,望故乡渺邈,归思难收”。(《八声甘州》)从思乡中、春愁中酝酿出人生苦短之感。天地悠悠而四时代谢,伤春更伤己,在短暂人生中还有这么多思亲、思乡的苦恼,人生之痛就更为深长了。词人们往往以具体的离愁来烘托更深的人生哀痛，几乎成了词的固定程式。而这种落魄寒士的生命悲哀最早不正由宋玉抒发出来的吗？宋玉不同于屈原，屈原是政治家，宋玉却是个落魄寒士。屈原的感情是入世的，是难于实现美政理想的悲哀；宋玉只是个帮闲文人，他所感受的往往是个体的生命之悲，而且显得那样敏感、细腻，见花残而伤春，观落叶而悲秋。“惨凄增欷兮，薄寒之中人；怆怳懭悢兮，去故而就新。坎廪兮，贫士失职而志不平；廓落兮，羁旅而无友生；惆怅兮，而私自怜。”（《九辩》）由宋玉开始了中国的感伤文学，表现下层寒士的生命悲哀。宋玉的嗣响者在晚唐，在宋代。晚唐人从其时代氛围与生活处境中体会出宋玉“登望兴悲”的内容。李商隐《楚吟》诗写道：“山上离宫宫上楼，楼前宫畔暮江流。楚天长短黄昏雨，宋玉无愁亦自愁。”温庭筠也说：“天远楼高宋玉悲。”（《寄岳州李外郎远》）表现了对宋玉之悲的深深理解。柳永也是这样，他说：“当时宋玉悲感，向此临水与登山。”（《戚氏》）“望处雨收云断，凭栏悄悄，目送秋光。晚景萧疏，堪动宋玉悲凉”。（《玉蝴蝶》）对这一类“登望兴悲”作了艺术概括。我们不妨把这类意象称为“宋玉悲凉”，以区别于“农山心境”。两种心境尽管都是对生命的忧郁，却是两类人的悲感，不容混淆。

忧生不是目的，仅仅忧生也不是人的崇高。康德说：“崇高的情绪经历着一个瞬间的生命力的阻滞，而立刻继之以生命力的因而更加强烈的喷射。”[13]“它们提高了我们的精神力量越过了平常的尺度，而让我们在内心里发现另一种类的抵抗的能力，这赋予我们勇气来和自然界的全能威力的假象较量一下”[14]。生命力的暂时被阻滞、被压抑、被拒绝只是走向被激励、被鼓舞的一个步骤，实际上自然力立即以其绝大的形体与力量唤起、推动和提高生命的勇气与抵抗力，把心灵的力量提升到超出惯常的凡庸的境地，让生命感受到自然力的伟大，从而万感交织以至落泪。这种眼泪是男儿之泪，是强者之泪，是奋起之泪，故孔子在“登高望下，使人心悲”的感叹之后，立即要弟子们“各言尔志”，正是高山仰止，见贤思齐的意思；正是感觉到人生的使命，企图超越自然的表现，这才是生命的崇高，才是忧生的目的。一句话，外在的自然以其绝对大的形体与力量提升了人的勇气与自我尊严感。勇气的提升表现在“农山心境”中，自我尊严的提升表现在“宋玉悲凉”中。前者如王勃在《滕王阁序》中抒发的：“老当益壮，宁移白首之心；穷且益坚，不坠青云之志。”岳飞在《满江红》中所吟唱的：“三十功名尘与土，八千里路云和月。莫等闲白了少年头，空悲切。”辛弃疾在词中所愤激的：“可惜流年，忧愁风雨，树犹如此！”（《水龙吟》）“凭谁问：廉颇老矣，尚能饭否”。（《永遇乐》）生命在受挫时迸发出的抵抗力激发起人的勇气，引起一种向上的情感，要求打破自身的局限，战胜自身的渺小与脆弱,“飞向崇高的事物,并在理想中把自己与它等同起来,分享着它的伟大”。[15]后者着力于提升个体的尊严,以主体向客体靠拢,中国文化历来强调人与自然的一体融合,庄子说:“天地与我并生,而万物与我为一。”(《齐物论》)苏轼就是以这种主客统一的意向来提升个体的尊严的,他说:“盖将自其变者而观之,则天地曾不能以一瞬;自其不变者而观之,则物与我皆无尽也。而又何羡乎?”(《前赤壁赋》)生命是短暂的,形体是易朽的,而精神却可以是无限的,永恒的,关键在于一种转换,以主体自身的力量去体接外在的自然,独与天地精神相往还,达到主客之间的相融互应,既超出现实,又诗意地返回现实;既脱出人生,又诗意地返回人生。于是有嵇康的“目送归鸿,手挥五弦。俯仰自得,游心太玄”。(《赠秀才从军》)有李白的“吾将囊括大化,浩然与溟涬同科”。(《日出入行》)柳宗元的“心凝形释,与万化冥合”。(《始得西山宴游记》)宋代吴文英《八声甘州》词结尾:“水涵空,栏杆高处,送乱鸦斜日落渔汀。连呼酒,上琴台去,秋与云平。”琴台高处秋与云平的奇壮景观同样暗示出一种人格、精神上的转换与超升,使人获得了永远追求的崇高的生命力量。[16]

从上述分析可知,“登望兴悲”意象之中含有情与理的矛盾与交融,形成了外忧离别而内忧生命的双层意象结构,其意象内核是宇宙永恒而人生短暂的悲哀,是古人忧生的一种意象表现,这一意象形态不是静止的,而是一个由物到心,由空间到时间的动态过程,其审美表现是崇高。我们以康德等人的崇高理论分析这一意象,发现其动态过程分三个阶段:首先是物的无限表现出崇高;然后是它给予心灵的吸引与推拒,吸引是引发人心的向往与感动,而推拒表现为绝对大的空间对个体生命、个体时间的拒绝,使之产生生命短促、渺小、脆弱的悲哀,渴望建功的用世者有“农山心境”,珍惜生命的出世者有“宋玉悲凉”;然后有一种反弹力、抗拒力从生命本体中生出,提升了生命的勇气与尊严,一者表现向上的情感,要求把自己提升到与外物同等伟大的境地,一者表现个体的尊严,从主客统一中去实现精神上转换,求得生命的自由与对精神家园的回归。总之,“登望兴悲”意象蕴含着生命的内涵,是对生命价值的肯定与追求,人生归宿的眺望与思索,人生理想的期待与设计。

## 注释:

[1] 见钱钟书《管锥编》第3册,中华书局1979年10月版,875—878页;舒展选编《钱钟书论学文选》第2卷,花城出版社1990年1月版,231—238页。

[2]《管锥编》第3册,877—878页。

[3] 李峤《楚望赋》,载《历代赋汇》百十二卷,清陈元龙辑,江苏古籍出版社、上海书店 1987 年 12 月版。

[4][5][6][7][8][9][13][14] 康德《判断力批判》上卷,宗白华译,商务印书馆 1964 年 1 月版,101 页、96 页、89 页、89 页、84 页、84 页、84 页、101 页。

[10] 车尔尼雪夫斯基《美学论文选》,97—98 页。

[11] 刘禹锡《望赋》,载《历代赋汇》外集卷十八。

[12] 刘禹锡《楚望赋》,载《历代赋汇》百十二卷。

[15] 布拉德雷《牛津诗歌讲演集》,1909 年,《论崇高》,转引自《朱光潜全集》第 2 卷《悲剧心理学》,安徽教育出版社 1987 年 10 月版,296 页。

[16] 康德把崇高局限在巨大的体积与威力上,这一点被后人修正。布拉德雷在《牛津诗歌讲演集》中举屠格涅夫写的麻雀抗拒猎狗为例,认为麻雀的崇高在于精神气魄而不在体积。我们认为在古典诗词中,崇高不仅存在于豪放作品中,婉约词只要表现出一种精神追求的力量,也是一种崇高。

(原载《中国韵文学刊》1999 年第 2 期)

# "黑云压城城欲摧"试解

中唐以奇险冷艳的诗风自成一家的李贺是一个"绝去翰墨畦径"、不肯"蹈常袭故"的浪漫主义诗人。其诗汪洋恣肆而又迷离惝恍,创造出一种幽深朦胧的意境。唯其如此,也就造成了后人理解的困难。他的《雁门太守行》诗,尤其首联"黑云压城城欲摧,甲光向日金鳞开",一千年来可谓众说纷纭。笔者拟在前人探讨的基础上,谈谈自己的看法。

这首诗在当时即引起了很大反响,文坛宿耆韩愈十分激赏之。张固《幽闲鼓吹》云:"贺以歌诗谒韩吏部。吏部时为国子博士分司。送客归,极困。门人呈卷,解带旋读之。首篇《雁门太守行》曰:'黑云压城城欲摧,甲光向日金鳞开'。却援带,命邀之。"宋计有功《唐诗纪事》亦有同样的记载。张固唐人,所记基本可信。据此则记载可知:李贺本人对这首诗十分重视,列在卷首;韩愈对此诗,尤其首联二句亦十分赏识,以至援带邀之。韩愈的具体评价虽不可知,但从这一不平常的行动可窥其意旨。作为一代宗师,韩愈的见解是比较高明的，他的奖掖也是很起作用的，这决定了这首诗的地位。

其后，这首诗遭到王安石的非难。宋蔡正孙《诗林广记》云："宋景文诸公在馆中评唐人诗曰：'李白仙才，长吉鬼才。'王安石曰：'长吉《雁门太守诗》云：黑云压城城欲摧，甲光向日金鳞开。是儿言不相副，方黑云如此，安得耀日之甲光也？"元马端临《文献通考》有同样记载。王安石对黑云与日光的矛盾提出了质疑。

再后，又有人起而驳斥王安石。明杨慎在《杨升庵外集》中云："或问此诗韩、王二公去取不同，谁为是？予曰：'宋老头巾不知诗，凡兵围城，必有怪云变气，昔人赋鸿门有东龙白日西龙雨之句，解此意矣。予在滇，值安凤之变，居围城中，见日晕两重，黑云如蛟在其侧，始信贺之诗善状物也。'"杨慎批评王安石不知诗，批评是对的，但证据却并不充分，或曰似是而非。所谓"东龙白日西龙雨"及见"日晕两重"都是指出有这样奇特的自然现象，最多只能说明王安石不知大自然的千奇百怪，得不出"不知诗"的结论。而"东龙白日西龙雨"的现象指两地阴晴悬隔，与李贺诗意殊不相涉，更无足论。

自杨慎说出而王安石说消歇。杨氏看法似已成定评。清贤如姚文燮、方扶南等皆信之不疑。如姚氏云："宿云崩颓，旭日初上，甲光赫耀，角声肃杀。"（姚文燮注《昌谷集》）

迨近人持论则更进一步，多言此诗写围城之役。"黑云压城城欲摧"为围城一方；"甲光向日金鳞开"为守城一方，壁垒分明，即来源于杨慎的"凡兵围城，必有怪云变气"。如叶葱奇《李贺诗集》云："首二句说黑云高压城上，城像立刻就要摧毁一般；云隙中射出的日光，照在战士们的盔甲上，闪现出一片金鳞，这是描绘敌兵压境、危城将破的情景。"钱仲联《读昌谷诗札记》亦曰："云'黑云压城城欲摧'者，谓王承宗叛军之进逼定州也。"亦指敌军围城。陈贻焮《诗人李贺》云："黑云浓重，压城欲摧；战士的盔甲，反射着云隙里露出的斜阳，金鳞闪闪。寥寥几笔，便形象生动感受真切地写出了大军压境、危城将破时的悲壮情景和紧张气氛，以及人们身处此时此境中的惶恐心理。"张燕瑾《唐诗选析》云："一方面是敌人大军压境，气焰嚣张，就好像这浓重的黑云一样，简直要把这座危城压垮……另一方面是唐军将士正戎装待发。透过云隙中漏泄出来的一束束月辉，可以看到他们披挂整齐的战甲在闪闪发光。"综观诸本，除有些解释含糊不明外，大多数都释为围城之役。

我们觉得，把首联两句理解为一种奇特的自然现象的描述，从而得出"贺之诗善状物也"的结论，同样是"不知诗也"——不知李贺诗也。如仅仅是善状物的两句诗，不过写出了日光从云层中射出，照耀在战士们盔甲之上，亦不足为奇,绝不会令“文起八代之衰”的韩文公矍然而起、援带命见。李贺的诗不是写出来的,而是呕心沥血之作。叶衍兰称之“如镂玉雕琼,无一字不经百炼,真呕心而出者也。”(《李长吉集跋》)黎二樵更称云:“每首工于发端,百炼千磨,开门即见。”(《黄陶菴评本〈李长吉集〉》宋人曾季狸对《雁门太守行》只称得两字曰“语奇”(《艇斋诗话》)。诸说皆深得贺诗之髓。《雁门太守行》首联尤其百炼千磨,如仅是描绘一种奇异现象,当不必评为“语奇”,只能是“事奇”。语奇者,谓其想象奇特、出语怪异也。故宋老头巾对黑云、日光提出质疑,其不知诗的原因在不知贺诗奇特的形象思维。其诗“文思体势如崇岩峭壁,万仞崛起”(《旧唐书·李贺传》),至其辞,则又“尚奇诡,所得皆警迈”(《新唐书·李贺传》)。故不可以常语度之。如其《李凭箜篌引》云“空山凝云颓不流”,岂云真不流哉?《金铜仙人辞汉歌》云“忆君清泪如铅水”,岂金人真能流铅泪哉?《雁门太守行》诗首联亦取一种奇特的表现方法,而不是对自然现象的如实描状。其实王琦、叶葱奇诸人诠释“黑云”,皆引了《晋书》所云:“凡坚城之上有黑云如屋,名曰军精。”而释意时又丢弃了这一诠释,可谓释字而忘意,两不照应。按《晋书》所释,黑云为坚城上之浓云,则黑云之起实在坚城本身;名曰“军精”,更指为坚城之中军队的精灵,与围城者了不相涉。同时此坚城也不必为危城,与危城亦无涉。据此,则黑云与甲光并无矛盾,皆互为补充地夸张坚城守将的众志成城。黑云不是“日晕两重,黑云如蛟在其侧”的自然现象,而是众志成城的抽象意志的具体比喻。李贺其他诗中也有这类夸张的比喻,如“髯胡频犯塞,娇气似横霓”(《送秦光禄北征》),“北方逆气汗青天”(《吕将军歌》)等。至于危城之说则源于对“城欲摧”的理解。其实“城欲摧”也不是指城池在强敌压境下的势如危卵,“摧”字不过是夸张地形容“军精”的无比威势,如同“雄发指危冠,猛气冲长缨”(陶渊明《咏荆轲》)的夸张一样。

我们之所以这样来解释这首诗的首联,是基于这样一个基本认识,即李贺基本是一个阅世不深的主观的诗人。不要说他从来没有去过边塞,没有见过如杨慎所见的“日晕两重,黑云如蛟在其侧”的奇异现象,不能像岑参那样尽情描绘大自然的千姿百态;即使从他的创作个性看,也是偏重于内心感情的抒发。在他笔下,对大自然的描写只是按着内心要求的规律去重新创造出一个意境奇特的世界。因此他爱借助神话传说来为诗歌的主题服务,如《梦天》、《天上谣》等即如此。以至诗人杜牧在《李长吉歌诗叙》中云“鲸吸鳌掷,牛鬼蛇神,不足为其虚荒诞幻也。”今天看来,这即是指李贺诗歌耽于幻想,长于想象的创作个性。即使在少数基本倾向为现实主义的诗篇如本首《雁门太守行》中,他也绝不会放弃这种浪漫主义的幻想。因此在他的想象中,万众一心的坚城之上出现了号称军精的层云，浓压城池，城池欲摧。同时，李贺又是一个追求艺术形象的音响色彩变幻之美的诗人，最有名的是《李凭箜篌引》中对音响色彩的追求，而在《雁门太守行》中，诗人也是故意把黑云、白日这两种不可调和的色彩集中在他的主观调色板上，一开头就色彩警迈地创造出一种新奇意境，起到强烈的艺术效果，以至韩昌黎也感到耳目一新而援带命见。

（原载《学语文》1986年第6期）

# 词学研究

## 文坛三气与宋词三派

自明代张南湖《诗余图谱》分词为婉约、豪放二体，清代王士禛《花草蒙拾》改“体”为“派”，两派说遂风行天下，延续至今。这种两分法勾勒出词史的大致轮廓线，不失为一种粗略地把握词学派别的方式；但是这又是一种粗线条的扫视，源出于非此即彼的线性思维格局，不能解释词史衍变的深刻历史文化动因与词派形成的生机盎然的内在机制。我们准备换一个角度去观照词史，把宋词的流派与古典美学的文气说联系起来，希望借此得出另外一种包含了历史文化动因的结论。

### 一

有这样一种文学史的误会，即认为文气有二：阳刚之气与阴柔之气。误会大概发端于曹丕的“气之清浊有体”(《典论·论文》)，而大成于姚鼐《复鲁絜非书》对阳刚之气与阴柔之气的描绘：

> 其得于阳与刚之美者，则其文如霆，如电，如长风之出谷，如崇山峻崖，如决大川，如奔骐骥；其光也，如杲日，如火，如金镠铁；其于人也，如冯高视远，如君而朝万众，如鼓万勇士而战之。其得于阴与柔之美者，则其文如升初日，如清风，如云，如霞，如烟，如幽林曲涧，如

沦，如漾，如珠主之辉，如鸿鹄之鸣而入寥廓；其于人也，漻乎其如叹，邈乎其如有思，暖乎其如喜，愀乎其如悲。[1]

姚鼐此文虽神采飞扬，比喻迭出，却有着明显的缺陷，尤其对阴柔之美的描摹并不准确。我们不要因为这段文字文笔轻松疏快，淋漓尽致，就造成一种误解，似乎古代文学作品中存在而且只存在阳刚、阴柔两种美，从而忽视了文中所谈到的第三种文气、第三种美：

惟圣人之言，统二气之会而弗偏……自诸子而降，其为文无弗有偏者。

这是认为圣人之文秉"二气之会"而生，才达到了文章的极则，诸子以下就只能偏阴偏阳了，姚鼐从三千年古典文学机体中看出了应文之气有三：阴柔之气，阳刚之气与二气会合的中和之气，而以和气为文气之最。姚鼐弟子管同对此表述得更为透辟：

文之大原，出乎天得，其备者浑然如太和之元气；偏焉而入于阳，与偏焉而入于阴，皆不可以为文章之至境。[2]

管同所谓的"太和之元气"也就是中和之气。太和者，阴阳会合也。姚管辈对中和之气的体认嚆矢于中国文化两大源头之一的道家文化。老子在谈到宇宙的发生时说：

道生一，一生二，二生三，三生万物。万物负阴而抱阳，冲气以为和。(《老子》四十二章)[3]

按照老子的说法，宇宙大化之间先有混沌的气，也就是道。这种混沌的气裂变成阴阳二气，阴阳二气又相糅相合，相荡相激，成为第三种气——冲气。《说文》："冲，涌摇也。"《老子》的研究者们都认为这就是"和气"。如高亨《老子正诂》云："冲气以为和者，言阴阳二气涌摇交荡以成和气也。"万物由这种和气产生。这里已经指出并界说宇宙间的三种气，并以和气为万物赖以化生的直接生发基。

作为"仁学"的儒家文化把注意力系结在人类社会上，孔子不谈宇宙发生，不谈气，然而在对社会形态的多色调过滤中提出了"中和"的概念。他主张中庸之道，反对极端，说"过犹不及"，"礼之用，和为贵"。他所揭橥的"中和之美"与老子注目的"中和之气"出发点与基本内涵如此相似！古代两种支配了封建社会几千年的学术派别在这一点上不谋而合，是因为我们的先民生活在这一块得天独厚的土地上，温带内陆型的自然环境铸塑了古人以自给自足为主的农业经济。先民们神秘地感受到大自然与人类的情感交流，由衷感激大自然的厚爱与厚赐，从而产生了一种“赞天地之化育”的农业文化。人们虽然也曾震慑于长天愤怒的雷鸣电闪，沉湎于地母怀抱的温柔旖旎，而最钦服、仿效的还是大自然那种和谐静穆的、有秩序的生命节奏，认为如果阴阳失调就会使社会这座大厦失重、失偏，只有阴阳谐和才是中国社会赖以存在的支柱。换句话说，只有中和之气才化生出符合中国文化要求的芸芸众生、洋洋万类。当这样的中和之气进入到美学领域，也就自然产生了中和的文气，产生出中和之文气统摄的文艺作品。

在这一种审美趣味影响下，中国文学讲究中和之美。当然由于有三种文气的存在，也就产生了三种审美表现形态：阳刚之美、阴柔之美与介于其间的中和之美。表现阳刚之美的作品有经传文学，汉代大赋，建安作品，盛唐边塞诗，杜甫、白居易的政治诗，韩孟诗派奇崛险怪的男儿诗。表现阴柔之美的作品有南朝宫体，北里倡风。而古诗十九首，陶渊明田园诗，二谢山水诗、盛唐王孟诗派及其后继者韦应物、柳宗元诗透溢出的就是一种中和之美。这种弘扬中和之美的作品，由于应和着大自然的生命节奏，以阴阳二气相糅相荡，“冲气以为和”，所以最符合本民族的群体审美心理。更进一步探究，可以发现这类作品尤其符合本民族中士大夫阶层的群体审美趣味。这是因为中国的士大夫阶层作为封建社会的核心力量，他们的理想、信念、人格、趣味代表了社会、民族的主导方面。中国的封建社会没有现代意义上的职业作家，而由官僚机器的运转者士大夫兼任。但是这个阶层从来就没有真正处理好做官与当作家的关系。当他们达则兼济天下时，他们的作家功能就萎缩了，或者溶解到政治功能中去了；而当他们尚未入仕时，或迁谪、远遁时，他们的作家功能就淋漓尽致地发挥出来，应该说，他们的那些优秀作品就产生于这一时期。这时，由于远离社会政治，他们的目光就愈加凝注在自然本体上，从天人交通中去照见自我，构建士大夫的理想形象与人格。这样，我们在古典诗歌、绘画、书法中所见到的古人面貌，就只是一种脱略形迹的、意态萧远的高人雅士的形象了。他们似乎镇日在那儿“目送归鸿，手挥五弦，俯仰自得，游心泰玄”（嵇康诗），在那儿“心凝形释，与万化冥合”（柳宗元《始得西山宴游记》）。士大夫这种从感应自然而得的淡泊宁静的形象反映出他们的审美态度与趣味，就是一种由大自然的中和之气操持的中和之美，即一种冲淡之美，出语平淡而内涵丰富。司空图《诗品》列”冲淡”为一品，并描绘为“饮之太和”，正是看出了中和与平淡的内在联系。苏轼也说：“韦应物、柳宗元发纤秾于简古，寄至味于澹泊。”（《书黄子思诗集后》）顺便说一句，姚鼐文中对阴柔之美的种种比喻，实际并不是阴柔，恰恰是这种士大夫式的中和之气的物化形态。

## 二

以上我们探讨文坛三气，实际是以唐代为界石的。现在我们将进一步考察文坛三气在宋代的审美表现，尤其在宋词中的审美表现。

北宋开国的历史与北宋人的心路历程是颇耐玩味的。一方面带着对大唐盛世发达文明的透视与五代乱离的思考，北宋人的心态是紧缩的。如此辉煌灿烂的大唐文明竟如冰山一般融化了，这冷却了宋人对煌煌事功的热情，诱发了他们一种厌倦情绪。另一方面北宋开国，结束了五代乱离。百年无事、偃武修文、歌台舞榭、穷极物欲享受，使宋人在事功之外又发现了一个世界，发现了自身，自身的需求与力量。梁启超说：

> 自唐天宝间两京陷落，过去的物质文明已交末运。跟着晚唐藩镇和五代一百多年的纷乱，人心越发厌倦。所以入到宋朝，便喜欢回到内生活的追求。[4]

内生活的追求即追求闺房乐趣、家庭生活以及个人的内心世界抒发，这实际正构成了北宋词的基本内容。宋代的时代精神已经从马上走入了深闺，从世间走入了人的心境。这样一种时代精神选择什么文学样式作为载体呢？它不可能选择诗与文。文以载道，诗也要谲谏，历史包袱都太重了；词是小道、诗余，是茶余饭后的消遣，床头案边的小陈设。词的这种低下地位正好为柔情抒发保留了一块虽然狭小却足够驰骋的自由天地。北宋词人们在词中抛弃了阳刚之美，甚至也无须以柔济刚，从而也抛弃了中和之美，而纯任天倪，创造出一种气局不大而悲哀尤深的阴柔之美的作品。代表作家为柳永、秦观、周邦彦。秦观词“两情若是久长时，又岂在朝朝暮暮”（《鹊桥仙》）；周邦彦词“低声问，向谁行宿，城上已三更。马滑霜浓，不如休去，直是少人行”（《少年游》）。简直是代女儿立言，昵昵喃喃、软语温存，一点丈夫气也没有了。

北宋词的阴柔特点与它的“应歌”地位有关。王灼在《碧鸡漫志》中曾有详细表述：

> 今人独重女音，不复问能否。而士大夫所作歌词，亦尚婉媚，古意尽矣。政和间，李方叔在阳翟，有携善讴老翁过之者，方叔戏作品令云：“唱歌须是玉人，檀口皓齿冰肤。意传心事，语娇声颤，字如贯珠。老翁虽是解歌，无奈雪鬓霜须。大家且道，是伊模样，怎如念

奴。”方叔固是沈于习俗，而语娇声颤，那得字如贯珠？[5]

王灼抑柳扬苏，故对“独重女音”提出异议。但他的批评却从反面证实了这种“独重女音”正是当时社会“婉媚”“习俗”的孵化物。文气从来就是时代社会风“气”的反映。钟嵘《诗品序》云：“气之动物，物之感人，故摇荡性情，形诸舞咏。”李廌《品令》更明确表明了词受阴柔之气运化的特点。作为一种由玉人歌唱的、意传心事的歌词，无论其内容、形式，还是演唱者都是女性化的，是女性阴柔之气的物化形态。歌词作者必须模拟女性声口，写出喁喁昵昵的“应歌”之作，自然风云气少，儿女气多。可以说，正是当时社会百年无事的太平富庶环境及随之而起的耽溺逸乐的社会风气影响了士大夫的群体形象与意识：崇文抑武、弱不禁风、沉湎女色。而士大夫的这种群体意识又选择了词作为其文学载体，这就是北宋词多尚阴柔之美的内在动因。

苏轼的词在北宋出现，是又一重要的审美现象。一般论者多认为苏词豪放，而苏词可称豪放的仅只一首《江城子》(密州出猎)，可以看出对范仲淹《渔家傲》词的承绪，其远祖可以上溯到盛唐边塞诗。这正是一种阳刚之气的宣泄。至于苏轼的《水调歌头》与《念奴娇》，许多论者(如王国维)认为其特点不在“豪”而在“旷”。而这种旷，正是一种刚柔相济的中和之美的显现。吴熊和《唐宋词通论》就认为：

苏词一些名作，倒是体兼刚柔，刚柔相济的。《念奴娇》述周瑜不世之功，却以“小乔初嫁”衬托他的“英姿”，《水调歌头》怀念子由，亦借婵娟秋月以互通情谊。[6]

其实清末冯煦已经看出苏词在刚柔之外，自成一体：

而东坡刚亦不吐，柔亦不茹，缠绵芳悱，树秦、柳之前旃；空灵动荡，导姜、张之大辂。(朱祖谋注《东坡乐府》冯序)[7]

这是再明白不过指出了宋词有三派，而苏词得其中。王国维亦看出这点，他说：

东坡之词旷，稼轩之词豪。(《人间词话》)

东坡之旷在神，白石之旷在貌。(《人间词话删稿》)[8]

由上可知，北宋词亦有阴柔、阳刚与中和三派，而以阴柔为大宗。苏词大部分为中和一派。阳刚之词在北宋不多见，代表作是范仲淹《渔家傲》与苏轼的《江城子》，然而就是这有数的篇章，到了南宋，与时代风气汇合，竟然轰轰烈烈地演化出辛弃疾一派的阳刚之作。

三

靖康之变，民族矛盾愈演愈烈，已经成为社会的中心事件。一切诗、词、文都必须以反映现实来显示自己的存在。辛弃疾一派词应运而生。他们几乎是抛弃了北宋的阴柔之美，而创制出以表现时代风云与个人雄放之气的具阳刚之美的作品。这一词派以张元干为先导，张氏一变原来的妩秀而为慷慨长歌，气度豪雄。而辛弃疾以一世之雄脱颖而出，以气节自负，以功业自许，他的词被清代王士禛称为“英雄之词”（《倚声集序》），不但不同于柳、秦、周的阴柔之体，甚至也不同于苏轼词的中和超旷。故陈廷焯在《白雨斋词话》中比较苏辛，认为苏“词极超旷，而意极平和”，辛“词极豪雄，而意极悲郁”[9]。谭献在《止庵词辨》中亦说：“东坡是衣冠伟人，稼轩则弓刀游侠。”[10]对稼轩词颇有贬意。如果换“弓刀游侠”为“弓刀英雄”，则允当得多。辛词大多数确是一种战士之词，可以说是近师范仲淹、苏轼之“豪气词”，而远绍唐代高、岑之边塞诗。苏轼词的大部分乃是士大夫词，继承了唐代王、孟诗派的中和特点。我们说苏轼开启了辛派，不如同意冯煦、王国维的观点，认为他开启了姜夔一派。

姜夔词在南宋的出现正是宋词中和一体的发扬光大。由于时局的动荡，张元干、辛弃疾已经一手推开了阴柔之体。姜夔自然也感到神州陆沉、满目疮痍，黍离麦秀之感溢出笔端，阴柔之气已经无法操持。而辛派的使事用典、叫嚣怒张又不合口味，他只能在两派之间取其中。姜夔一生不仕，虽往来权贵之门却无曳裾之态，如花中文杏、疏梅，有骨干，有志节；文如其人，故其词“如野云孤飞，去留无迹”（张炎《词源》），既非英雄之词，又非女郎之词，而是高人雅士之词，亦即士大夫中未出仕的文人之词。他糅合阴阳刚柔，以健笔抒柔情，含袅娜于刚健。如：

数峰清苦，商略黄昏雨。（《点绛唇》）

波心荡，冷月无声。（《扬州慢》）

千树压，西湖寒碧。（《暗香》）

篱角黄昏，无言自倚修竹。（《疏影》）

淮南皓月冷千山，冥冥归去无人管。（《踏莎行》）

这样的句子清幽冷峭，比弓刀英雄少了风云气，比拈花女郎又多了丈夫气。这是一种中和之气。这种气才真正符合古典美学“冲气以为和”的审美要求，符合士大夫阶层的审美趣味。从这种审美趣味出发，姜夔爱咏荷、梅等清幽绝尘而有一种洁净之美的事物，其咏梅之作几占七十多首词的四分之一。

在宋词百花园中出现姜夔词，既有社会风气的原因，也有文学审美的要求。从社会风气看，北宋的歌台舞榭应歌之作被南宋紧张的民族战争化解了，而词人结社风气兴起，往往以一贵族官僚宅院为中心，集中许多在野文人拈题分韵，咏物寄怀，这就是北宋应歌与南宋应社的区别。其作者大多为姜夔一类或怀才不遇，或气傲心高的迁客骚人、山林隐逸，也就是士大夫中未出仕的士。而其词作则多闲云野鹤之意态，高人雅士之吐属。这是社会风气影响于文气的一大明证。再从文学审美来看，北宋词的女儿气长期不能为正统士大夫所接纳，故北宋词当时就规格不高，词作者或自称诗余艳科，或自称谑浪游戏，或自扫其迹，或以诗为词，这是因为正统士大夫所欣赏、接纳的乃是一种中和之美的作品。故一到南宋，乘民族矛盾之机，借辛派豪雄之气，姜夔代表的糅合阴阳二气的中和一派词应运而生。姜夔还是一个诗论家，他的《白石道人诗说》崇尚王、孟，以含蓄旨归评诗。谢章铤认为“读其说诗诸则，有与长短句相通者”(《赌棋山庄词话》[11])，可见姜夔是在平淡中和的审美要求下以词上比于诗。经过他的鼓吹与实践，内含中和之气的平淡含蓄风格进入到词坛。山水田园诗在南宋找到了嗣响，士大夫的审美追求在南宋找到了文学载体，这就是姜夔词一出而声势浩大，嗣音不绝的原因。

姜夔而后，又有吴文英一派出，他不同于姜夔，也不同于辛弃疾，论者以为直接上承周邦彦，主张词要柔婉。其传授沈义父家法云：“发意不可太高。高则狂怪而失柔婉之意。”(《乐府指迷》)对于姜、辛都有批评。但他与周邦彦又有不同，没有周的市井之气与俗媚之态，而主张醇雅，转向隐秀，这又是受姜夔的影响了。但总的看来，吴文英承绪的还是周邦彦等北宋词的独重女音、风流袅娜特点，在南宋辛派、姜派外，代表了阴柔一派词。

如上所论，从文气角度审视，宋词正好三派，分别应了阴柔、阳刚与中和三气。

其实清人已经有三派论词者。如高佑釲在《陈其年湖海楼词序》中记顾咸三语云：

> 宋名家词最盛，体非一格。苏、辛之雄放豪宕，秦、柳之妩媚风流，判然分途，各极其妙。而姜白石、张叔夏辈，以冲澹秀洁，得词之中正。

江顺诒《词学集成》引蔡小石《拜月词序》云：

词胜于宋，自姜、张以格胜，苏、辛以气胜，秦、柳以情胜，而其派乃分。[12]

顾氏之说不但明确指出了宋词的三派，而且指出各派特点。秦柳之妩媚风流显为阴柔之美，苏辛的雄放豪宕自为阳刚之美，而姜、张“以冲澹秀洁，得词之中正”，就是一种中和之美。蔡小石氏亦分宋词为如此三派，与顾氏观点契若符节。由此可以看出，清代词家已经跳出张南湖的豪放、婉约两体的思路，从更深的层次、更新的角度，更细致地去划分宋词的派别了。

我们认为，既然承认文气的美学价值，承认文气的三种形态，承认文气是文学创造的内驱力，我们就没有理由不承认，当三种词气生意盎然地冲溢而出时，词作会显示出三种不同的艺术风格或艺术表现。

**注释：**

[1] 姚鼐《复鲁絜非书》，郭绍虞《中国历代文论选》第 3 册，1980 年版，510 页。

[2] 管同《与友人论文书》，郭绍虞《中国历代文论选》第 3 册，517 页。

[3] 陈鼓应《老子註译及评介》，中华书局 1984 年版，232 页。

[4] 梁启超《中国近三百年学术史》，北京市中国书店 1985 年版，2 页。

[5] 王灼《碧鸡漫志》，唐圭璋《词话丛编》第 1 册，中华书局 1986 年版，79 页。

[6] 吴熊和《唐宋词通论》，浙江古籍出版社 1985 年版，211 页。

[7] 转引自吴熊和《唐宋词通论》，浙江古籍出版社 1985 年版，210 页。

[8] 王国维《人间词话》，《蕙风词话·人间词话》，人民文学出版社 1960 年版。

[9] 陈廷焯《白雨斋词话》，人民文学出版社 1959 年版，166 页。

[10] 谭献《复堂词话》，《介存斋论词杂著·复堂词话·蒿庵论词》，人民文学出版社 1959 年版，26 页。

[11] 谢章铤《赌棋山庄词话》，《词话丛编》第 4 册，中华书局 1986 年版，3478 页。

[12] 高佑釲、蔡小石语均引自吴熊和《唐宋词通论》，161 页。

（原载《江汉论坛》1990 年第 3 期）

# 一则有关苏轼词学观的词话辨析

苏轼及其门下四学士的词学观并不完全一致，甚至互相抵牾，在一些词话中可以看出来。分析这些词话的内涵，可以得到许多启示，有时可以看出当时词学的变化与发展。下面，我们分析苏轼一则为人所忽视的词话。

## 一

据黄昇《花庵词选》卷二苏轼《永遇乐·夜登燕子楼梦盼盼因作此词》附注：

> 秦少游自会稽入京，见东坡。坡曰："久别当作文甚胜，都下盛唱公'山抹微云'之词。"秦逊谢。坡遽云："不意别后，公却学柳七作词。"秦答曰："某虽无识，亦不至是。先生之言，无乃过乎?"坡云："'消魂当此际'，非柳词句法乎?"秦惭服。然已流传，不复可改矣。又问别作何词。秦举"小楼连苑横空，下窥绣毂雕鞍骤"。坡云："十三个字只说得一个人骑马楼前过。"秦问先生近著，坡云："亦有一词说楼上事。"乃举"燕子楼空，佳人何在，空锁楼中燕"。晁无咎在座云："三句说尽张建封燕子楼一段事，奇哉!"

清王弈清《历代词话》引宋曾慥《高斋词话》，亦有类似记载：

> 少游自会稽入都，见东坡，东坡曰："不意别后，公却学柳七作词。"少游曰："某虽无学，亦不如是。"东坡云："'消魂当此际'，非柳七语乎?"坡又问别作何词，少游举"小楼连苑横空，下窥绣毂雕鞍骤"。东坡曰："十三个字只说得一个人骑马楼前过。"少游问公近作，乃举"燕子楼空，佳人何在，空锁楼中燕"。晁无咎曰："只三句，便说尽张建封事。"(《高斋词话》)

《高斋词话》已亡，曾慥在黄昇前，故当代学人杨宝霖认为黄昇所记来自曾慥《高斋词话》。[1]

我们说此则词话往往为人忽视，是因为就在宋代，人们谈到这则词话时，也只是就事论事，断章取义，而没有完整地看待这则词话。据我检索，宋人词话中提到这则词话的还有：

东坡问少游别后有何作，少游举“小楼连苑横空，下窥绣毂雕鞍骤”。坡云：“十三个字只说得一人骑马楼前过。”（俞文豹《吹剑三录》）

客有自秦少游许来见东坡。坡问少游近有何诗句，客举秦水龙吟词云：“小楼连苑横空，下临绣毂雕鞍骤。”坡笑曰：“又连苑，又横空，又绣毂，又雕鞍，又骤，也劳攘。”坡亦有此词云：“燕子楼中，佳人何在，空锁楼中燕。”（杨万里《诚斋诗话》）

按：上面提到的四位词论家的生卒年龄：曾慥（？～1155），杨万里（1127～1206），黄昇（1188～1248后），俞文豹生卒不详，其《吹剑录》作于淳祐年间，即1241年～1253年。可以推定俞文豹与黄昇大致同时或稍后，也就是说，曾慥生活在南渡初，杨万里在南渡后，俞文豹与黄昇在宋亡前。

俞文豹所引只是针对秦观词的十三个字，比较简单，杨万里已经涉及苏轼自己的燕子楼词。黄昇所言与曾慥基本相同，只加了苏轼称赞秦观《满庭芳》，尤其其首句“山抹微云”语，明显来自另一则词话。

程公辟守会稽，少游客焉，馆之蓬莱阁。一日，席上有所悦，自尔眷眷不能忘情，因赋长短句，所谓“多少蓬莱旧事，空回首，烟霭纷纷”是也。其词极为东坡所称道，取其首句，呼之为“山抹微云君”。（胡仔《苕溪渔隐丛话后集》引《艺苑雌黄》）

叶梦得《避暑录话》亦有记载：

秦观少游亦善为乐府，语工而入律，知乐者谓之作家歌。元丰间，盛行于淮楚。“寒鸦千万点，流水绕孤村”，本隋炀帝诗也。少游取以为《满庭芳》词，而首言“山抹微云，天粘衰草”，尤为当时所传。苏子瞻于四学士中最善少游，故他文未尝不极口称善，岂特乐府。然以气格为病，故尝戏云：“山抹微云秦学士，露花倒影柳屯田。”“露花倒影”，柳永《破阵子》语也。

把不同词话中关于一首词的评价糅合到一起是可以的，可以看出苏轼对这首词的既欣赏又有所不满的矛盾心态，看出苏轼一个十分重要的完整的词学观点。

但是长期以来，苏轼这一词学观点没有被后人重视和研究，而是被割裂开来，成为对于秦观《满庭芳》词、《水龙吟》词或苏轼《永遇乐》词的片段批语。如对于苏轼《永遇乐》：

如东坡《永遇乐》云：“燕子楼空，佳人何在，空锁楼中燕”。用张

建封事……此皆用事，不为事所使。（张炎《词源》）

“燕子楼空，佳人何在，空锁楼中燕。”化实为虚，不著迹象。（冯振《诗词杂话》）

对于秦观《满庭芳》词，即引黄昇此则词话之前半部，或批评其词气格不高，引叶梦得《避暑录话》语。

对于秦观《水龙吟》词，即引俞文豹、杨万里语，或曰：

若为大词，必是一句之意，引而为两、三句，或引他意入来，捏合成章，必无一唱三叹。如少游《水龙吟》云：“小楼连苑横空，下窥绣毂雕鞍骤”，犹且不免为东坡所诮。（张炎《词源》）

盖意足则不暇代，语妙则不必代。此少游之“小楼连苑”、“绣毂雕鞍”所以为东坡所讥也。（王国维《人间词话》）

他们所引论的，只是曾慥、黄昇所引的内容，观点则是自己的具体发挥，我们从中所得到的印象，就只是苏轼对秦观有批评，至于批评的内容，那就见仁见智了；曾慥、黄昇所引所认同的苏轼的这一词学观则被掩埋，被忽略了。

## 二

平心而论，黄昇指“消魂当此际”为“柳词句法”，实在有些牵强，“消魂当此际”是“学柳七作词”，即主要是学习柳永俗词的语言，而不是学习柳永词的句法。曾慥《高斋词话》说：东坡云：“‘消魂当此际’，非柳七语乎？”即指语言，而非句法，这样说是对的。曾慥、黄昇在这儿反对的是词的俗化，主张雅化，叶梦得《避暑录话》说苏轼既喜欢秦观此词，又批评其气格不高，也是对词中的俚俗不满，俚俗，指语言的鄙陋不雅，举其“消魂当此际”语，同于张舜民《画墁录》所记，晏殊批评柳词“彩线慵拈伴伊坐”语，也同于李清照《词论》所说柳词“词语尘下”。这类批评可以看作士大夫文艺对词的市民化倾向的反拨。因为词这一体制说到底还是士大夫的文艺体制，它的基本要求还是雅正。苏门在当时提倡士大夫的审美趣味，拈出一个“韵”字来加以规范。“韵”的基本特质中是包含着雅正的要求的，所以苏轼及苏门反对柳永的俚俗正是时代的必然，是文艺审美的必然要求。兹引秦观《满庭芳》词于下：

山抹微云，天粘衰草，画角声断谯门。暂停征棹，聊共引离尊。多少蓬莱旧事，空回首、烟霭纷纷。斜阳外，寒鸦万点，流水绕孤村。销魂。　当此际，香囊暗解，罗带轻分。谩赢得青楼，薄幸名存。

此去何时见也？襟袖上、空惹啼痕。伤情处，高城望断，灯火已黄昏。

秦观此词总体上是典雅的。起句“山抹微云，天粘衰草，画角声断谯门”，写景苍凉老重，岁暮之景容易引发士大夫沧桑之感。“抹”、“粘”二字极炼，形象地表现出山头微云、天边衰草，加浓了苍茫凝重的气息，不但苏轼激赏，传苏门“韵”学理论的范温也得意地当宴自称“山抹微云女婿”。（蔡絛《铁围山丛谈》）接下回忆“多少蓬莱旧事”，以景语表现：“空回首，烟霭纷纷。斜阳外、寒鸦万点，流水绕孤村。”用隋炀帝“寒鸦千万点，流水绕孤村”语典，斜阳寒鸦、流水孤村，语言闲雅，情感蕴借，一片烟水迷茫中涵泳着士大夫宦游失意的感触，故当时晁补之即说：“虽不识字，亦知是天生好言语。”（《评本朝乐章》）下片换头回到离别歌妓的描写“销魂当此际，香囊暗解，罗带轻分，谩赢得青楼，薄幸名存”，是词中唯一一处艳情抒发，用俗语来表达。极近柳永《雨霖铃》词“执手相看泪眼，竟无语凝咽”。苏轼批评为“学柳七作词”，“非柳七语乎”？然而伤情处高城独坐，所见灯火黄昏之景又涵容万汇，使人百感丛生。这首词写艳情，用市井语直接抒发，描景则语言高华，完全是士大夫之吐属，而坎壈的遭际。落拓的身世又不自觉地附丽在景语之上，不是有意寄托，而是无可强为，无用强求的万不得已的词心之自然流露。两种语言分写情景，情浅景深，情俗景雅，以少游之长才，将两种写法和谐地糅合在一起，周济别具慧眼地指出此词“将身世之感打并入艳情”（《宋四家词选眉批》）。而苏轼对其在赞赏之余，又十分惋惜地批评“消魂当此际”为柳七语。苏轼通过对秦观词偶有学习柳词“词语尘下”的毛病的批评，高举雅正之旗，为贯彻他们“韵胜”的词学要求正本清源。

## 三

黄昇这则词话比曾慥以及杨万里、俞文豹多出的是苏轼所说的“柳词句法”一语。可以看作黄昇对苏轼词学观的体悟与概括，但不是针对秦观词的“销魂当此际”语，而是概括了这则词话的后半部的内容，也就代表了曾慥、杨万里、俞文豹的观点。

苏轼反对柳词的核心内容就是“柳词句法”，苏词在词坛的改革则是“诗人句法”。苏轼自己及当时人多次提到，也被后人忽略了。请看：

颁示新词，此古人长短句诗也。得之惊喜，试勉继之。（苏轼《与蔡景繁书》）

乃独嬉弄于乐府之余，而寓以诗人之句法，清壮顿挫，能动摇人心。（黄庭坚《小山词序》）

其后元祐诸公，嬉弄乐府，寓以诗人句法，无一毫浮靡之气，实自东坡发之也。于湖紫微张公之词，同一关键……所谓骏发踔厉，寓以诗人句法者也。（汤衡《张紫微雅词序》）

文伯起曰："先生虑其不幸，而溺于彼，故援而止之，特立新意，寓以诗人句法。"（金·王若虚《滹南诗话》）

可见，当时人十分重视苏轼所提倡的"诗人句法"，他们称赞苏轼、晏几道、张孝祥等人，都是指其词的"诗人句法"，那么，"诗人句法"指什么样的句法呢？我们认为指诗的作法，这一作法在当时意义巨大。当时柳永词流行，天下靡然从风，而"柳词句法"是赋的句法，铺叙的句法，这一句法的缺点在于直露，说尽，而无含蓄，没有韵味。苏门所提倡的"诗人句法"，正是针对"柳词句法"，从提倡词的韵味出发，开出的补偏救弊的药方，前举苏秦的对话充分说明了这一点。

我们比较一下诗的句法与赋的作法的不同。这由诗赋的体例特点所决定。关于诗赋的体例特点，前人论述良多。晋代陆机《文赋》说："诗缘情而绮靡，赋体物而浏亮。"就是说诗是抒情的，赋是写物的，这是诗赋的根本区别。晋代挚虞《文章流别论》也说："古诗之赋，以情义为主，以事类为佐。今之赋，以事形为本，以义正为助。"古诗之赋指的是继承"诗三百篇"传统精神的"诗人之赋"，也就是楚辞；今之赋指"辞人之赋"，也就是我们所说的汉赋。挚虞所说的两者的区别也在于抒情与写物。赋的根本写法是描景写物，刘勰在《文心雕龙·诠赋》篇中说："赋者，铺也，铺采摛文，体物写志也。"又解释这种体物的写法是"写物图貌，蔚似雕画"。也就是赋的写物图貌，文采丰富像雕刻和绘画。这使我们想起德国启蒙运动时期莱辛的著名美学论著《拉奥孔》。在这部论著中，莱辛论述了绘画和诗的界限，也就是空间艺术与时间艺术的界限。画适宜于表现物体，表现静止；诗适宜于表现动作，表现流动，表现过程。赋的写法接近绘画，因此也适宜于描摹景物，体物而浏亮，以铺叙手法展开横向的描摹，景物密集，以景物量的积累来暗示情感，因此情感表现比较浅显。而诗的写法适宜于写事件。写过程，不多作横向的描景，而以纵向的过程叙述表现情感，这就是陆机所讲的：缘情而绮靡。景物显得空疏，但情感往往表现得深厚凝重。中国古代诗歌往往以表现时间或情感中的时间为对象，由时间进而探询生命的价值与意义，因此诗的写法尤为合式，尤为发达，汉赋的衰亡从反面说明了这一点。现在柳永要捡起已经衰亡的赋的写法来表现词的境界，虽然有"形容盛明，千载如逢当日”（李之仪《跋吴思道小词》）的长处，也面临如何深厚地表现情感，表现生命的难题。

秦观词“小楼连苑横空，下窥绣毂雕鞍骤”，是铺叙，是“柳词句法”，苏轼说“十三个字只说得一个人骑马楼前过”，就是认为这种对景物的铺叙过于繁复，景物密集，反而难以表达情感，不合于以景语表现情感的艺术手法。杨万里《诚斋诗话》说：“坡笑曰：‘又连苑，又横空，又绣毂，又雕鞍，又骤，也劳攘，’”是符合苏轼的原意的。张炎《词源》认为是把一句话做两句、三句说，王国维《人间词话》认为是用替代字，都进一步指出了赋的写法的缺点。应该认为，他们的批评是切中肯綮的，柳永把赋的写法引入慢词的创作，带有其与生俱来的缺欠，需要后来者加以改造。

苏轼主张用诗的作法来代替赋的作法，诗的作法适宜于写事件。写过程，不多作横向的描景，而在纵向的过程叙述中夹叙夹议，表现情感，我们看他的《永遇乐》词：

> 明月如霜，好风如水，清景无限。曲港跳鱼，圆荷泻露，寂寞无人见。紞如三鼓，铿然一叶，暗暗梦云惊断。夜茫茫、重寻无处，觉来小园行遍。　天涯倦客，山中归路，望断故园心眼。燕子楼空，佳人何在，空锁楼中燕。古今如梦，何曾梦觉，但有旧欢新怨。异时对、黄楼夜景，为余浩叹。

这首词写夜宿燕子楼，梦见唐时的美人关盼盼。开头写景，明月好风，港鱼荷露，是诗中的对仗，而不是赋中的对句，因为景物不重复堆砌，更以“无人见”写心情，再回过来写惊梦，是诗中的倒叙。下片以“倦客”照应“寂寞”，正写自己的思乡，然后才出现燕子楼的盼盼，并不写梦之内容，而慨叹佳人已去，景事中充满感慨，最后叹息古今如梦，异时之人也将对黄楼夜景，浩叹自己的逝去。全词充满了生命之悲，在过程的叙述中夹以议论，景与事都为情服务，一路写来，感慨系之，是诗的章法，而不是赋的写法。其中心是生命之悲，关盼盼之事也在此中，仅以“燕子楼空，佳人何在，空锁楼中燕”三句抒写，既不涉艳情，是雅词，又充分表现了对美人的叹息，是《念奴娇》“赤壁怀古”词以美人烘托英雄的写法，写得风光无限，韵味十足。仅此三句，用诗的写法夹叙夹议，不多用笔墨，却写尽关盼盼一段情事，是大手笔，恐怕赋的写法难以做到，所以晁无咎说：“三句说尽张建封燕子楼一段事，奇哉！”张炎称其“用事，不为事所使”。

## 结束语

黄昇这则词话深刻地表现了苏轼完整的词学观。苏轼反对的一是俚俗，二是赋的写法，而这两点恰恰是当时柳永词的作法，是柳永所倡导而天下靡然从风的词风。苏轼要改革当时的词风，以柳永为对手，他抓住了柳永词风的要害。当然，柳永的词风也有着存在的合理性，通俗是文学发展的要求，尤其在宋代，可以说代表了文学创作的一种方向，后来的元明清文学证明了这一点。赋的写法也许正是为了适应这一发展的需要，"形容盛明，千载如逢当日"。但其缺点也是明显的。俚俗还不完全等同于通俗，赋的写法的单调乏味也是文学创作的大忌，任何民族都追求文学的高雅、高贵，诗意化，审美化，我们认为这才是文学发展的根本方向。苏轼及其门下在当时提倡韵味，主张"行于简易闲澹之中，而有深远无穷之味"，[2] 正是基于这一目的。"韵"的内涵中含有对"不俗"的要求，更反对了无余味的创作，包含了对柳词"赋的写法"的批评。黄昇所发掘出的这则词话，可以说完整地反映了苏轼的这一观点，从一个角度弘扬了对"韵"的审美要求，这正是这则词话的意义所在。

**注释：**

[1] 杨宝霖《词林纪事·词林纪事补正》："[补] [《唐宋诸贤绝妙词选》卷二苏轼《永遇乐》题下注] ……（霖按：此本《高斋诗话》之语。《历代诗余》卷一百十五引之。）"上海古籍出版社 1998 年版，425 页。

[2] 苏轼及其门下提倡"韵"，以之作为宋代文艺审美的最高准则。苏门第三代范温著长文对"韵"加以发挥，此文藏《永乐大典》卷八〇七，钱钟书先生发掘出来。文中对"韵"的解释从"不俗"、"潇洒"、"生动"、"简易"开始，认为都是"韵"的一种表现，而"韵"的准确表达为"行于简易闲澹之中，而有深远无穷之味"。参见拙著《宋韵——宋词人文精神与审美形态探论》，安徽大学出版社 2002 年版。

（原载《南阳师范学院学报》2006 年第 6 期）

# “秀气胜韵，得之天然”

## ——晏几道词艺术分析

晏几道（1038—1110），字叔原，号小山，晏殊第八子，宋仁宗至和中，为太常寺太祝，宋神宗熙宁七年（1074），以郑侠上书反对新法受牵连而下狱，元丰二（1079）、三年（1080）在京师与黄庭坚等人多次唱和，元丰五年（1082），监颍昌府许田镇，宋徽宗崇宁四年（1105）由乾宁军通判转开封府推官，未老即乞修，退居京师赐第，卒年七十三岁。

晏几道作为晏殊暮子，早年锦衣玉食，晚年生活坎坷，颇类清代的曹雪芹，其人的清高傲世可以想见，据说元祐年间，苏轼通过黄庭坚要见他，他说：“今政事堂中，半是吾家旧客。”[1]终于未见，可见其傲。但是这种傲，还是一种文人本色，一种不愿依附权贵的文人本色，黄庭坚《小山词序》对此做了描述：

> 仕途连蹇，而不能一傍贵人之门，是一痴也；论文自有体，不肯一作新进士语，此又一痴也；费资千百万，家人寒饥而面有孺子之色，此又一痴也；人百负之而不恨，已信人终不疑其欺己，此又一痴也。乃共以为然，至若此。[2]

“仕途连蹇，而不能一傍贵人之门”，“论文自有体，不肯一作新进士语”都是他的傲，黄庭坚称之为“痴”。在这种“痴”的另一面是“费资千百万”而“家人寒饥”，“人百负之而不恨”的朋友意气，这样的性格是可爱的，正是孟子所称道的“赤子之心”，当然，这也造成了他的仕途连蹇，终生坎坷。

关于他的生活与词创作，有他自己的《小山词自序》[3]做了说明：

> 叔原往者浮沉酒中，病世之歌词不足以析酲解愠，试续南部诸贤绪余，作五七字语，期以自娱，不独叙其所怀，兼写一时杯酒间闻见，所同游者意中事……始时，沈十二廉叔、陈十君龙，家有莲、鸿、苹、云，品清讴娱客，每得一解，即以草授诸儿，吾三人持酒听之，为一笑乐而。已而君龙疾废卧家，廉叔下世，昔之狂篇醉句，遂与两家歌儿酒使具流转于人间……追惟往昔过从饮酒之人，或垄木已长，或病不偶，考其篇中所记，悲欢离合之事，如幻如电，如昨梦前尘，但能掩卷抚然，感光阴之易迁，叹境缘之无实也。

这篇自序说明了他的词写作的目的在于自娱与怀旧，“感光阴之易迁，叹境缘之无实”，所怀念者不仅为友人沈廉叔与陈君龙，还有两家的歌女莲、鸿、苹、云，可见小晏的作品大多为“应歌”之作，这是北宋当时的习俗，而小晏应歌的作品有其独特性，不是那种类型化的情感抒发，而有着具体的活生生的爱恋在里面，有着无比的感伤与自悼，所以才显得那样哀转欲绝。表现具体的爱恋情感，近于五代的韦庄与北宋的张先。

晏小山生活的年代已经是苏轼及其门下秦观、黄庭坚等人在词坛活跃的时期，苏轼等人已经用词来抒发自己的士大夫感慨，慢词在柳永之后取得大的发展，苏门诸人也用慢词这种长篇的形式来表达复杂的生活与心情，晏几道与苏门诸子也是朋友，如上举的黄庭坚，还有贺铸，而其词却还在宋初晏殊、欧阳修、张先的情词圈子里流连，大多为莲、鸿、苹、云诸女子所作，所以黄庭坚说他的词“可谓狭邪之大雅，豪士之鼓吹。其合者，高唐、洛神之流，其下者，岂减桃叶、团扇哉！”（《小山词序》）所以时人多把小山词仍然归入宋初晏、欧词，这是有道理的。

## 一、小山词学习花间，还是南唐

晏几道词对于五代词，是学习花间还是南唐呢？最早的说法来自宋人，从黄庭坚的高唐、洛神、桃叶、团扇的比方看，他是主张接近花间的，另一个宋人陈振孙《直斋书录解题》说：“词在诸名胜中，独可追逼花间，高处或过之。”明人毛晋《小山词跋》说：“诸名胜词集删选相半，独小山集直逼《花间》，字字娉娉袅袅，如揽嫱、施之袂，恨不能起莲、鸿、苹、云，按红牙板唱和一过。晏氏父子，具足追配李氏父子云。”[4]毛晋说“独小山集直逼《花间》”，显然来自宋人陈振孙，其对于小山词的描述“字字娉娉袅袅，如揽嫱施之袂”，也是对花间一类词的评价，可见也是主张小山词是学习花间的，但他又以晏氏父子追配李氏父子，似乎说小山学习李煜词，细思是指晏氏父子的词学地位可以追配李氏父子。到清代后期，则冯煦等人又有说法，冯煦说：“淮海、小山，真古之伤心人也，其淡语皆有味，浅语皆有致，求之两宋词人，实罕其匹。子晋欲以晏氏父子追配李氏父子，诚为知言。”（《蒿庵论词》）[5]冯煦的说法还是如同毛晋所言，认为晏氏父子的词学位置略等于李氏父子，但从古之伤心人角度也有此比。后来的夏敬观则曰：“晏氏父子嗣响南唐二主，才力相敌，盖不特词胜，犹有过人之情。”（《吷庵词评》）[6]同样是从才力与伤心之情感言。还有一个容易误解的地方，晏几道自称“试续南部诸贤绪余，作五七字语”，这“南部诸贤”何指？一般认为指南唐词，因为宋初晏殊、欧阳修词继承冯延巳，也就是继承南唐词，但并没有证据说明宋初以“南部诸贤”指南唐，从地理位置看，南唐与西蜀都可以说是南方，相对于北宋的汴京，都可以称“南部”。所以晏几道并没有认为自己的词是学习南唐的，而宋人的看法是值得注意的，无论是黄庭坚，还是陈振孙都认为小山词接近花间，代表了宋人的一般看法。清代常州词派的中坚人物周济也说：“晏氏父子仍步温韦，小晏精力尤胜”(《介存斋论词杂著》)，[7]在对晏几道的认识上，是有其体会的。

细细品味冯煦与夏敬观的话，他们以晏几道比李煜，主要是在才力与伤心之情的抒发上。从才力方面看，无论李煜，还是晏几道，都给人翩翩浊世的佳公子的感觉，他们的词作也显得才气充溢，秦观也如此，所以民国时期的薛砺若在《宋词通论》中评价秦观时，说：“他的词翩翩如少年公子，他与南唐李煜和晏几道可称为词中的三位‘美少年’。”[8]

我们看晏几道的《鹧鸪天》：

> 彩袖殷勤捧玉钟，当年拼却醉颜红。舞低杨柳楼心月，歌尽桃花扇影风。　　从别后，忆相逢，几回魂梦与君同。今宵剩把银缸照，犹恐相逢在梦中。

这样的词，无论是语言还是情感的抒发，都显得那样才气充溢，其词中的富贵气也如此，在这一点上，他与李煜实在可以说是词中美少年。而小山词的伤心之处也是令人不忍卒读的，他始终沉浸在早年的歌酒生活中，而感叹随着沈廉叔与陈君龙的或废弃，或下世，莲、鸿、苹、云的烟消云散，“悲欢离合之事，如幻如电，如昨梦前尘”，从而“感光阴之易迁，叹境缘之无实”，说他是千古伤心之人是毫不牵强的。这取决于他的昔盛今衰的大起大落的境缘，以及他的多情易感的心灵，这种敏感是他不同于别人的词人特质，也许只有秦观与李煜与他的心灵相通。但是，他们的伤心又有所不同，我们以李煜为例来加以说明。他们都沉浸在往事的追怀中不能自拔，这一点是相同的，但是晏几道的追怀是具体的一己的离愁，从离愁中感到生命的悲哀，从其表达的诚挚来讲，晏几道达到了很高的高度，只是他的抒发也到此为止，停留在一己的痛苦上，后人对他的词的感应也仅止于此，没有更高更深的联想；李煜却不是这样，本来作为国君的亡国之痛更是一己的特殊的，无论如何悲哀也不大可能激起别人的共鸣，李煜的表现却超越了一己的痛苦，抒发的是所有失去过去美好事物的那种情感，其情感的特质是人类共同的，所以能够激发起天下后世无数失去美好事物、美好过去的人们心灵的深刻共鸣，所以王国维说：“后主之词，真所谓以血书者也。宋道君皇帝燕山亭词亦略似之。然道君不过自道身世之感，后主则俨有释迦基督担荷人类罪恶之意，其小大固不同矣。”道君皇帝燕山亭词的悲哀抒发可作为晏几道悲哀抒发的比况，都是自道身世之悲，而李煜的“俨有释迦基督担荷人类罪恶之意”，意思是包容人世整体的气势，表现人类共有的普适的情感。这一点上，晏几道不能与李煜相比。

还有一点，李煜等人的词已经是抒发士大夫的一己情感，其表现内容也从男欢女爱中走出，往往写士大夫的离别之情，对国事的担忧，以及亡国后对败亡的追悔之情，这些都不同于晏小山。小山词始终停留在男女恋情的追忆中，所以同是伤心之情，其本质是不一样的。黄庭坚、陈振孙、毛晋、周济等人认为小山词学习花间词，正是看出了小山词在写男女恋情上与花间词的相似。周济说：“晏氏父子仍步温韦，小晏精力尤胜”，更是进一步指出小山词在花间词中学习温、韦。我们认为，小山词与温庭筠词并不相似。从情感表达看，温词是类型化的情感，感情显得不够深厚，而小山词都有具体的爱恋，是个性化的情感抒发；从写作手法看，温词以铺叙景物为主，在景物描写中暗含情感，而小山词以抒情为主，是诗的写法而非赋的写法，所以黄庭坚说他“独嬉弄于乐府之余，而寓以诗人之句法”（《小山词序》），李清照说他的词“苦无铺叙”（《词论》）；从语言的色彩看，温词色彩浓丽，如李商隐诗，而小山词色彩清丽。这样三个方面的衡量，可以看出词人的基本风格特点，因此晏小山词与温庭筠词是不相同的，而恰恰与花间词的另一个词人韦庄是接近的。我们可以具体看一首韦庄词：

> 如今却忆江南乐，当时年少春衫薄。骑马倚斜桥，满楼红袖招。　翠屏金屈曲，醉入花丛宿。此度见花枝，白头誓不归。

与前举小山词一样，恰恰也是事后的追忆。是具体的爱恋生活的描写，也是诗的写法，注重叙事，而不是铺叙景物，语言也是清丽而非秾丽，同时在情感抒发上，只有具体的爱恋与男女离愁，而没有士大夫的比较大的家国、事功的情感的寄托或流露，不像冯延巳、李煜的词。当然细较一下，也可看出小山词与韦庄词在情感层次上的不同，韦词的情感显得浅显一些，停留在表面的男女相悦上，“骑马倚斜桥，满楼红袖招”，满足于感官的享受上；“醉入花丛宿”，而小山词的情感境界要高得多，“从别后，忆相逢，几回魂梦与君同”，是思念，“梦魂惯得无拘检，又踏杨花过谢桥”，是梦中的赴约，都写得那样的风光旖旎，令人神往，而没有丝毫的感官追求，把男女的恋情净化到玲珑剔透的境地，是韦庄无法望其项背的。

小山词的这种表现，在宋初词人中，如果说接近其父晏殊，不如说接近当时的词人张先，晏殊词大量写士大夫的日暮情怀，也有一些写男女情感的，如

《蝶恋花》“槛菊愁烟兰泣露，罗幕轻寒，燕子双飞去。明月不谙离恨苦，斜光到晓穿朱户。　　昨夜西风凋碧树，独上高楼，望尽天涯路。欲寄彩笺兼尺素，山长水阔知何处。”是以女性声口来写，又时露士大夫的情感，其中女性的情感是类型化的，没有独特的个性。张先词往往写自己的经历、自己的遭遇，如《谢池春慢》：

缭墙重院，时闻有，啼莺到。绣被掩余寒，画幕明新晓。朱槛连空阔，飞絮知多少？径莎平，池水渺。日长风静，花影闲相照。　　尘香拂马，逢谢女，城南道。秀艳过施粉，多媚生轻笑。斗色鲜衣薄，碾玉双蝉小。欢难偶，春过了！琵琶流怨，都入相思调。

据《绿窗新话》卷上引《古今词话》：“张子野往玉仙观，中路逢谢媚卿，初未相识，但两相闻名。子野才韵既高，谢亦秀色出世，一见慕悦，目色相授。张领其意，缓辔久之而去，因作《谢池春慢》以叙一时之遇。”这就是这首词的本事。与小山词为莲、鸿、苹、云所作是相似的，这首词以叙事手法写情感，上片写谢娘居处，户外是啼莺、静风、花影，创造出一个春天的环境，户内则以一首五言绝句写谢娘居处，在珠光宝气中暗示其伤春之意。下片写相遇城南，同样以一首五言绝句写谢娘妆束神态，乍看显得浅近，细思句句用情，结尾“琵琶流怨，都入相思调”，言尽意永，一唱三叹，结得悠长不尽。

我们看晏几道《临江仙》词：

梦后楼台高锁，酒醒帘幕低垂。去年春恨却来时。落花人独立，微雨燕双飞。　　记得小苹初见，两重心字罗衣。琵琶弦上说相思。当时明月在，曾照彩云归。

也是写给具体的女子小苹，以环境的凄迷表现男女主人翁的伤春之意，也以叙事手法写出了人物的情感，“琵琶弦上说相思”与张词的“琵琶流怨，都入相思调”都是言尽意不尽的结尾。除掉张词因为是慢词要稍加描摹外，两词十分相似，不过从感情的表达看，晏几道词还是要深厚一些。而从继承与发展的痕迹看，可以看出从韦庄到张先词，再到晏几道词的沿革的轨迹。

由上面的分析，我们认为，晏几道词在才力上嗣响李煜，其写一己的男女爱情以及表达的方式则继承花间词人韦庄与宋初词人张先，他是从韦庄到张先的第三站，而情感的表达比韦庄等人要深厚，这是宋代词人注重情感表达的体现，从总体看，我们认为晏几道词是继承学习花间韦庄词。

## 二、晏几道词最大的特点是韵味

晏几道词最大的特点是韵味，宋人王灼在《碧鸡漫志》里说："叔原如金陵王谢子弟，秀气胜韵，得之天然，将不可学"。[9]他的词有一种高贵的气质，是不可学的。那么，叔原词的韵味表现在什么地方呢？我们认为，表现在他对往事的追忆上，正如他自己所说的"追惟往昔过从饮酒之人，或垅木已长，或病不偶，考其篇中所记，悲欢离合之事，如幻如电，如昨梦前尘，但能掩卷抚然，感光阴之易迁，叹境缘之无实也"。所以他的词中，记梦特多，他往往将现实的追忆借助梦境来加以表现，而在迷离恍惚的梦境中，表现自己的真实的悲哀。我们看他两首名词：

梦后楼台高锁，酒醒帘幕低垂。去年春恨却来时。落花人独立，微雨燕双飞。　　记得小萍初见，两重心字罗衣。琵琶弦上说相思。当时明月在，曾照彩云归。(《临江仙》)

小令尊前见玉箫，银灯一曲太妖娆。歌中醉倒谁能恨，唱罢归来酒未消。　　春悄悄，夜迢迢。碧云天共楚宫遥。梦魂惯得无拘检，又踏杨花过谢桥。(《鹧鸪天》)

前一首《临江仙》词，陈匪石《宋词举》说是"别后追忆"，[10]唐圭璋《唐宋词简释》说是"感旧怀人"。梦后酒醒，已经是楼台高锁，帘幕低垂，唐圭璋先生说："昔日之歌舞豪华，一何欢乐，今则人去楼空，音尘断绝矣。即此两句，已似一篇《芜城赋》。"[11]在这样恍惚的追忆中，自己在落花微雨中独立沉思，真是如幻如电，如昨梦前尘，凄迷之景烘托出怅惘之情，现实与梦境都是那样的凄美，引人遐思，这就是韵味。范温说：韵是"行于简易闲淡之中，而有深远无穷之味。"[12]下片怀人。小萍初见时，穿的是两重心字罗衣，含蓄表现两人的一见钟情，心心相印，而后借琵琶弦上的相思声进一步写出两人的深情，更是简易闲淡中见无穷情感，最后以一翩然而去的身影结束全词，余味缭绕。无论情与景都是那样迷蒙而深厚，在这样恍惚如梦境一般的情景中，诉说着自己无可奈何的思念与怅惘。

后一首《鹧鸪天》词，也是一样的歌舞繁华，不过写法上不是倒叙，而是顺写，先写晚宴上的银灯一曲太妖娆，自己的歌中醉倒，没有写自己与玉箫的眉目传情，但从后面的情节看，一定也有歌舞中情的暗示，不然词人不会歌中醉倒而归来酒未消。下片写深夜的思念，因思念而入梦，梦中的魂灵没有人间的种种束缚，可以无顾忌地"又踏杨花过谢桥"。这一首比起上一首来，没有那种浓得化不开的深厚之情，原因我们推测，一是那首是事后的追忆，情感早经时间的酝酿与发酵，这首是初次识面，还有待深入，二是那首所见之人是“莲、鸿、苹、云”中的苹儿，难免日久生情，这首的玉箫可能是初次见到的歌姬，素昧平生，当然情感要淡得多，即此可见晏几道的率真，真实地记载下自己的情感深浅，有类李煜的天真。妙在结尾的梦境，踏着杨花过谢桥，写得旖旎摇曳，风光无限，连理学夫子程颐也不禁莞尔，曰：“鬼语也。”（邵博《闻见后录》）谢娘、萧郎，是六朝时代的美女情郎的美称，即在字面也有美感；谢桥杨花，从谢娘萧郎转化而来，景色具色彩美，是一种清丽疏淡的色彩美，构成小山词的色彩基调，可入画境，再加上萧郎一般的晏几道的人物风流，醉踏杨花，斜过谢桥，则由画境进入化境了。俞陛云称其结句“情韵均胜”（《唐五代两宋词选释》），[13]的为知言。

小山词的韵味更值得体味的是其中的深情，或者可以说，小山词的深情加深了其词的韵味。他往往写酒尽人散的场面来加浓其中的情感。看他两首词：

彩袖殷勤捧玉钟，当年拚却醉颜红。舞低杨柳楼心月，歌尽桃花扇影风。　　从别后，忆相逢。几回魂梦与君同。今宵剩把银缸照，犹恐相逢是梦中。（《鹧鸪天》）

醉别西楼醒不记。春梦秋云，聚散真容易。斜月半窗还少睡，画屏闲展吴山翠。　　衣上酒痕诗里字。点点行行，总是凄凉意。红烛自怜无好计，夜寒空替人垂泪。（《蝶恋花》）

郑骞说：“小山多写高堂华烛，酒阑人散之空虚。”（《成府谈词》）[14]这两首都是如此。前一首《鹧鸪天》词写高堂华烛的热闹，尤其写在这热闹中的女子的舞低杨柳、歌尽桃花的美丽与蕴涵其中的深情，然后转入酒尽人散，别后的追忆，写得十分深情专注，几回魂梦与君同，此次又怀疑相逢在梦中。陈廷焯说：“后半阕一片深情，低回往复，真不厌百回读也。言情之作，至斯已极。”（《闲情集》）[15]后一首写醉别西楼，而衣上酒痕诗里字，还聚集着当时的情态，令人时时凄凉也！春梦秋云，尤显酒阑人散之空虚，最后的红烛替人垂泪，感伤更甚。前引的《临江仙》词也这样，极力描写“梦后楼台高锁，酒醒帘幕低垂”的场景，都是为了表现自己的深情。用这样特定的场景来表现深情，深刻地体现情感的浓挚，因为其中渗入了如梦如幻的迷茫和酒阑人散的世事浮沉，凄婉的基调中涵泳着某种人生如梦、世事难违的悲哀，显得十分沉重。这也许正是晏几道在坎坷的人生中所体悟到的生命哲理，用这样凄婉的情感表现出来，显得如此沉重，如此深厚。陈廷焯说：“李后主、晏叔原皆非词中正声，而其词则无人不爱，以其情胜也。情不深而为词，虽雅不韵，何足感人。”[16]

正因其情胜，近人冯煦说："淮海、小山，真古之伤心人也。其淡语皆有味，浅语皆有致，求之两宋词人，实罕其匹。"(《蒿庵论词》)郑骞说："小山词境，清新凄婉，高华绮丽之外表，不能掩其苍凉寂寞之内心，伤感文学，此为上品。《人间词话》云：'小山矜贵有余，但可方驾子野、方回，未足抗衡淮海。'是犹以寻常贵公子目小山矣。""小山多写高堂华烛、酒阑人散之空虚，淮海则多写登山临水、凄迟零落之苦闷。二人性情家世环境遭遇不同，故词境亦异，其为自写伤心则一也。"(《成府谈词》)冯煦提出，秦观与晏几道为古代的伤心人。是看出了两人词的独特质地，自写伤心之怀抱。王国维则认为，小山是贵公子性情，矜贵有余，不能比秦观的刻骨伤心。郑骞说，这是王国维以寻常贵公子看小山，小山词高华绮丽之外表，不能掩其苍凉寂寞之内心，与秦观一样为古之伤心人，只是秦观多写旅途飘零的身世之感，而小山多写酒阑人散的身世之感，其内心都是苍凉寂寞的。我们觉得，酒阑人散的苍凉寂寞更具华屋山丘的巨大反差，其所表现出的人的伤心更彻底，更沉痛，也更具彻悟的哲理，说小山为古之伤心人是不错的。

我们还是从其词来看：

> 梦入江南烟水路。行尽江南，不与离人遇。睡里消魂无说处，觉来惆怅消魂误。　　欲尽此情书尺素。浮雁沉鱼，终了无凭据。却倚缓弦歌别绪，断肠移破秦筝柱。(《蝶恋花》)
>
> 旧香残粉似当初，人情恨不如。一春犹有数行书，秋来书更疏。
>
> 衾凤冷，枕鸳孤。愁肠待酒舒。梦魂纵有也成虚，那堪和梦无？(《阮郎归》)

《蝶恋花》写梦入江南的寻访，而行尽江南也没有找到那位恋人，写得无望，梦中无望，醒来后反觉这种无望的寻觅误了自己，是翻进一层的伤心。下片从寻觅的无望转为寄信，但鱼雁无凭，谁真借助鱼雁寄达过书信呢？更加无望，最后只好倚弦寄恨，却因恨急而将筝柱移破，此时之断肠达于极点矣！写离情写到极处，用这种极致的无望表现出彻底沉痛的伤心，透露出的不正是一种彻悟的哲理吗？《阮郎归》在表现上有异曲同工之妙！旧香残粉似当初，而人的情感恨不如香粉之依旧。春天还有几封书信，到秋天却更少了，也是翻进一层的写对方的寡情。下片写自己的孤单，只能以酒舒愁肠，虽知梦境为虚，也只好借梦境相见，哪知连梦也没有呢？同样是把离情写到极致，借以表现情感的沉痛彻底，其内心的苍凉寂寞可以想见！

小山词以情胜，他借梦境来表现情伤，以高堂华烛、酒阑人散之空虚来加浓其中的情感,往往把伤情写到极致,使人感到他是古代伤心人的典型。诚然,他所写的情感往往是一己的男女恋情,不比秦观词的登山临水中涵泳着士大夫的身世之悲概,使得后之学者往往注意到并肯定秦观词的忧郁,如周济《宋四家词选眉批》说秦观"将身世之感打并入艳情",[17]冯煦《蒿庵论词》说:"寄慨身世,闲雅有情思,酒边花下,一往而深,而怨诽不乱,悄乎得小雅之遗。"[18]小山词确乎没有这种士大夫的身世之感的直接抒发,他似乎只是写酒宴歌席的男女之恋,但是他在酒尽人散后的悲哀中所表现出的那种华屋山丘的巨大变化,更加宣泄出人生的生命悲慨,繁华易逝,红颜渐老,兰亭已矣,梓泽丘墟,这是魏晋人对生命短暂的叹息,其中所蕴涵的生命悲歌比起士大夫身世之感的抒发还要彻底与沉痛!这就是我们在读晏几道词时所疑惑之处,他的词并没有如其他词人那样抒发士大夫的悲慨,却使我们感到全词弥漫着一股彻头彻尾的凄凉,凄神寒骨,冷到心脾。我们能够说晏几道不是古之伤心人吗!

### 三、晏几道的慢词:小令作法

晏几道生活在黄庭坚、秦少游的时代,其时柳永慢词兴盛,连苏轼这样的大文豪也不敢小觑,秦少游就用柳永的铺叙方法写慢词,而晏几道却没有理会柳永,他少写慢词,多作小令,在当时就是一个异数,就是他所写的少数慢词,也不用柳永的铺叙,而用小令的作法。李清照《词论》说:"晏苦无铺叙。"以小令作法写慢词,在晏几道前面有柳永同时代词人张先,晚清夏敬观看出了这点,他说:"张先《山亭宴慢》'宴亭永昼'长调中纯用小令作法,别具一种风味。晏小山亦如此。"又评价小山词"《泛清波摘遍》'催花雨小'纯用小令作法,气味甚古。"(《吷庵词评》)我们看晏几道的《泛清波摘遍》:

> 催花雨小,著柳风柔,都似去年时候好。露红烟绿,尽有狂情斗春早。长安道。秋千影里,丝管声中,谁放艳阳轻过了。倦客登临,暗惜光阴恨多少。　　楚天渺。归思正如乱云,短梦未成芳草。空把吴霜鬓华,自悲清晓。帝城杳。双凤旧约渐虚,孤鸿后期难到。且趁朝花夜月,翠尊频倒。

我们比较一下柳永的名作《倾杯》:

> 鹜落霜洲,雁横烟渚,分明画出秋色。暮雨乍歇。小蕺夜泊,宿苇村山驿。何人月下临风处,起一声羌笛?离愁万绪,闻岸草切切蛩吟如织。　　为忆芳容别后,水遥山远,何计凭鳞翼?想绣阁深沉,争知憔悴损天涯行客?楚峡云归,高阳人散,寂寞狂踪迹。望京国,

空目断、远峰凝碧。

柳词是典型的铺叙。上阕写羁旅行役，通过景物描写来表现，下阕抒情，思念帝京的情人。上阕描景，用赋的手法，层层铺叙，先写骛落雁横的秋色，再写暮雨，写苇村山驿，接着以笛声、蛩吟进一步烘染。景物的铺叙是有层次的。下阕抒情，也分层次铺叙，先写无计得归，再悬想对方不知自己的憔悴，再接写对方的寂寞，最后以景结情，写自己空凝望，远峰凝碧。而晏几道词则没有铺叙，全词也是写离情，上阕回忆去年在京城的生活，下片写今日的离愁，基本合于慢词的章法。但是上阕写京城生活，基本不是景物的描写，而是抒写情感："尽有狂情斗春早"，"谁放艳阳轻过了"，"暗惜光阴恨多少"，景物在其中只起到穿插作用，也没有明显的先后次序。下片写离愁，写梦中未见芳草，醒来自悲清晓，勉强有个次序，然后写对帝京的期盼。整首词基本是依照思绪的发展变化来写，景物在其中的作用如同道具，是情中之景，前引柳词描景表情则为景中之情，下片的抒情也极有次序。明显看出表现的不同。

柳词的表现当然是赋的表现，而晏几道慢词的表现是诗的表现，是小令的作法。小令的作法来自诗中的绝句，往往把情景相融相浑，没有单纯的铺叙景物，而通过情景相融的意境表现出内在的意蕴，达到一种韵味。晏几道的慢词也用这种小令的作法，实际是把词的形式拉长了，是拉长了的小令，还是用诗中绝句的写法来表现，所以黄庭坚说："嬉弄于乐府之余，而寓以诗人之句法。"(《小山词序》)夏敬观正确地指出晏几道在这一点上与张先一样，张先也是以小令作法写慢词，我在《论张先"以小令作法写慢词"》[19]一文中已经详细论述了，这儿不再重复。需要指出的是，张先、晏几道的这种作法虽然有保存词的韵味的作用，在气局上却显得比较狭小，我们看上举两首词就可以感觉到，所以这种写法只能作为柳永铺叙的对照与补充，是不能代替柳词的。

晏几道词学习花间的韦庄，成为从韦庄到张先的第三站，他的小令以韵味取胜，往往写往事前尘，写梦写幻，在如梦的凄迷中表现华屋山丘的变化，他的词并没有如其他词人那样抒发士大夫的悲慨，却使我们感到弥漫着一股彻头彻尾的凄凉，真是古之伤心人也。他的慢词也如小令一般写法，保留着诗一般的韵味。而作为一个过去时代的追忆者，他始终生活在对往事的凭吊中，不能不说是他的人生大悲剧。

**注释：**

[1] 西山老人《小山集跋》，吴熊和《唐宋词汇评》第1册，浙江教育出版社

2004 年版,329 页。

[2] 黄庭坚《小山词序》,施蛰存《词籍序跋萃编》,中国社会科学出版社 1994 年版,51 页。

[3] 晏几道《小山词自序》,施蛰存《词籍序跋萃编》,中国社会科学出版社 1994 年版,52 页。

[4] 毛晋《小山词跋》,施蛰存《词籍序跋萃编》,中国社会科学出版社 1994 年版,52 页。

[5] 冯煦《蒿庵论词》,《介存斋论词杂著·复堂词话·蒿庵论词》,人民文学出版社 1959 年版,61 页。

[6] 夏敬观《吷庵词评》,《词学》第五辑,华东师大出版社 1986 年版,201 页,下引不注。

[7] 周济《介存斋论词杂著》,《介存斋论词杂著·复堂词话·蒿庵论词》,人民文学出版社 1959 年版,13 页。

[8] 薛砺若《宋词通论》,上海书局 1985 年影印版,123 页。

[9] 岳珍《碧鸡漫志校正》,巴蜀书社 2000 年版,34 页。

[10] 陈匪石《宋词举》,钟振振校点,江苏古籍出版社 2002 年版,155 页。

[11] 唐圭璋《唐宋词简释》,上海古籍出版社 1981 年版,80 页。

[12] 范温长文论"韵",保存在《永乐大典》卷八〇七《诗》字条,钱钟书先生《管锥编》第四册引,中华书局 1979 年版,1362 页。

[13] 俞陛云《唐五代两宋词选释》,上海古籍出版社 1985 年版,179 页。

[14] 郑骞《成府谈词》,吴熊和《唐宋词汇评》晏几道部分,浙江教育出版社 2004 年版,第 1 册,332 页,下引不注。

[15] 陈廷焯《词则·闲情集》卷一,上海古籍出版社 1984 年影印版,18 页。

[16] 陈廷焯《白雨斋词话》卷七,人民文学出版社 1959 年版,196 页。

[17] 周济《宋四家词选眉批》,唐圭璋《词话丛编》第 2 册,中华书局 1986 年版。

[18] 冯煦《蒿庵论词》,《介存斋论词杂著·复堂词话·蒿庵论词》,人民文学出版社 1959 年版,61 页。

[19] 孙维城《论张先"以小令作法写慢词"》,《安庆师范学院学报》1997 年第 2 期。

(2008 年词学国际学术研讨会论文)

# 陆游:南北宋词坛的承启人物

## ——兼论陆游三类词的艺术成就

南宋大诗人陆游同时也是一个重要的词人,但他的词名往往为诗名所掩。细究起来大致有这样两个原因,首先是他的诗写得不但好,而且多,所谓"六十年间万首诗",而他的词只有一百余首,《四库全书总目·放翁词提要》说:"游生平精力尽于为诗,填词乃其余力,故今所传者,仅及诗集百分之一"。其次是他自己对于词的态度,他在《长短句序》中说:"余少时汩于世俗,颇有所为,晚而悔之。然渔歌菱唱,犹不能止。今绝笔已数年,念旧作终不可掩,因书其首以志吾过。"晚悔少作,绝笔不为。而对于陆游词,晚清陈廷焯评价颇高,他在《云韶集》中说:"放翁词胜于诗,以诗近于粗,词则粗精恰当。"认为超过其诗,未免称誉过当,但是他的评价也传递出一个信息,就是陆游词也有相当的价值,应该引起我们的重视。

其实也不能说学界不重视对陆游词的研究,只是说相对于陆游的诗来说,显得重视不够。而且,对于陆游词的研究,基本集中在他的豪放词上,几本文学史把他归为辛派词人,更加大了这种误会。现在一般认为宋词有三种类型,以秦观、周邦彦代表的婉约,以苏轼、辛弃疾代表的豪放,和同样以苏轼以及张孝祥代表的,介于婉约、豪放之间的类型,这一类型目前还没有统一的称谓,有称旷达,也有称超逸,称冲澹。陆游词既有豪放的,也有婉约的,还有飘逸而近乎超逸旷达的。明代杨慎在《词品》卷五中说的"放翁词纤丽处似淮海,雄慨处似东坡",最为后人称引。所谓纤丽、雄慨,正是婉约、豪放的另一说法,他的目的是指出陆游词一近苏轼,一近秦观,而后人着眼的却主要是陆词有豪放与婉约两类。南宋著名词选家黄昇却在他前面说过:"杨诚斋尝称陆放翁之诗敷腴,尤梁溪复称其诗俊逸,余观放翁之词,尤其敷腴俊逸者也。"(《中兴词话》)敷腴或可称为婉约,而俊逸则不是豪放,而接近飘逸。黄昇同时的著名诗人、词人刘克庄在《后村大全集·诗话续集》中更有全面的概括:"放翁长短句,其激昂感慨者,稼轩不能过;飘逸高妙者,与陈简斋、朱希真相颉颃;流丽绵密者,欲出晏叔原、贺方回之上;而歌之者绝少。"刘克庄所指出的,正是豪放、飘逸与婉约三类词。下面,我们就陆游的三类词试加分析。

## 一

豪放词的提法总觉不太妥当，实际这类词是偏向阳刚一类的作品，内容上指向外部世界，情感上比较激昂，句式诗化或散文化，语言比较刚硬。前人称陆游词"雄慨"、"激昂感慨"，认为"似东坡"，"稼轩不能过"，也就是说，陆游有一些词可称为豪放词，接近苏、辛这类词。而无论辛弃疾，还是陆游，都有一个别人没有的特点，就是他们都是战士，在前线接受过铁马秋风的洗礼，他们的这类词是战士之词，英雄之词，自然充满了阳刚之气。豪放词不一定是战士之词、英雄之词，而战士之词、英雄之词却一定是豪放词。下面看他的这类词，最有名的自然是那首《诉衷情》：

> 当年万里觅封侯。匹马戍梁州。关河梦断何处，尘暗旧貂裘。　　胡未灭，鬓先秋。泪空流。此身谁料，心在天山，身老沧洲。

这首词慷慨悲凉，极近稼轩之豪放，是英雄之词，战士之词，是陆词之上品。放翁豪放词也如同稼轩词之用典，"万里觅封侯"用班超投笔从戎事，"尘暗旧貂裘"用苏秦游说诸侯不遇事。使事用典，可以借助典故的丰富内涵来加厚词作的内在容量，使词作显得含蕴深沉。但放翁词实际又比不上稼轩词，原因何在？试看一首稼轩同类型的词《鹧鸪天》：

> 壮岁旌旗拥万夫，锦襜突骑渡江初。燕兵夜娖银胡䩮，汉箭朝飞金仆姑。　　追往事，叹今吾，春风不染白髭须。却将万字平戎策，换得东家种树书。

上片忆昔，下片叹今，结构相同。高下在下片显出来。陆词"胡未灭，鬓先秋"，直接抒情，显得直露，辛词不说"鬓先秋"，而换一个说法："春风不染白髭须。"变叙述为描写，写出髭须变白的过程，如同不说消瘦，而说"革带移孔"一样，形象出来了。结尾处，陆词说"心在天山，身老沧洲"，仍是直接抒情，平直浅露，辛词说："却将万字平戎策，换得东家种树书。"用"种树书"与"平戎策"的具体文件，写出身份转换的特点与过程，婉曲有形象，而感慨即寓于过程中，显得沈郁深厚，陈廷焯《白雨斋词话》卷八说："放翁《蝶恋花》云：'早信此生终不遇，当年悔草《长杨赋》。'情见乎词，更无一毫含蓄处。稼轩《鹧鸪天》云：'却将万字平戎策，换得东家种树书'亦即放翁之意，而气格迥乎不同，彼浅而直，此郁而厚也。""悔草《长杨赋》"虽有形象，仍是直接抒情，还是显得平直浅露。

陆游此词使人想起后出的辛派词人刘辰翁《柳梢青》词：

铁马蒙毡，银花洒泪，春入愁城。笛里番腔，街头戏鼓，不是歌声。　那堪独坐青灯，想故国、高台月明。辇下风光，山中岁月，海上心情。

“辇下风光，山中岁月，海上心情”，与“心在天山，身老沧洲”一样，只是一种对比，都少一种深厚郁结的韵致。

这是举陆词小令为例，我们再看看陆游的长调：

羽箭雕弓，忆呼鹰古垒，截虎平川。吹笳暮归，野帐雪压青毡。淋漓醉墨，看龙蛇、飞落蛮笺。人误许，诗情将略，一时才气超然。　何事又作南来，看重阳药市，元夕灯山。花时万人乐处，攲帽垂鞭。闻歌感旧，尚时时、流涕尊前。君记取，封侯事在，功名不信由天。（《汉宫春·初自南郑来成都作》）

壮岁从戎，曾是气吞残虏。阵云高、狼烽夜举。朱颜青鬓，拥雕戈西戍。笑儒冠、自来多误。　功名梦断，却拟扁舟吴楚。漫悲歌、伤怀吊古。烟波无际，望秦关何处。叹流年又成虚度。（《谢池春》）

前词写自从南郑前线回到成都之时，后词写于晚年闲居山阴之时；而两词写法相同，都是上片回忆战场金戈铁马的生活，下片叹息眼前的投闲置散的日子。上片写得神采飞扬，下片写得无奈悲慨，上下片对比，大开大合，气势很旺，与辛弃疾的长调工力悉敌，也可与自己的写战场风云的诗相比。如《书愤》：“早岁那知世事艰，中原北望气如山。”但是细究起来，又没有辛词的可咀嚼的味道，原因在于辛词多用比兴，其《摸鱼儿》、《青玉案》不必说，即如其最为雄放恣肆的《永遇乐·京口北固亭怀古》：

千古江山，英雄无觅、孙仲谋处。舞榭歌台，风流总被，雨打风吹去。斜阳草树，寻常巷陌，人道寄奴曾住。想当年，金戈铁马，气吞万里如虎。　元嘉草草，封狼居胥，赢得仓皇北顾。四十三年，望中犹记，烽火扬州路。可堪回首，佛狸祠下，一片神鸦社鼓。凭谁问，廉颇老矣，尚能饭否。

以古人自比，以怀古兴起时事，“斜阳草树，寻常巷陌”与“佛狸祠下，神鸦社鼓”之景都能兴起苍凉之情，前举“却将万字平戎策，换得东家种树书”也是以事件、过程兴起悲凉感慨之情，比兴是辛词重要特点之一。而陆词以至陆诗则都是赋体，而少比兴。清末沈曾植说：“放翁、遗山，工力并到，但赋体多而比兴少耳。”比兴少，词就缺少含蓄的韵味。陆词纯粹赋体，以气取胜，前举小令也如此，“心在天山，身老沧洲”，纯用赋体，没有比兴，对比中虽有一些含蕴，到底不够深厚。

这两首词还有一处值得注意，其结尾“功名不信由天”和“叹流年又成虚度”，都是散文化的句子。散文化的句子使得文笔更加恣肆，更加雄奇陡峭，但也同时又减少了词的深长韵味，这一点后来的陈亮、刘过、刘克庄更甚。王国维《人间词话》说：“南宋词人，白石有格而无情，剑南有气而乏韵，其堪与北宋人颉颃者，惟一幼安耳。”“有气而乏韵”恐怕是陆游以及所有辛派词人难及辛弃疾之处，他们所有的是一股正气雄风，而没有辛弃疾的含蕴不尽的韵致。也许辛派词人学到的不是辛词的气韵，而是陆词的横放？陆词恰恰是开了豪放词散文化的先河？

## 二

陆游的婉约词，前人评价不低。南宋后期黄昇称其词“敷腴”，刘克庄谓其词“流丽绵密者，欲出晏叔原、贺方回之上”，明代杨慎说“放翁词纤丽处似淮海”，都是认为陆游婉约词接近北宋著名婉约词家秦观、晏几道、贺铸，这三人婉约词风格接近，都是流丽绵密的。我们举两首黄昇激赏的陆词看：

> 鸠雨催成新绿，燕泥收尽残红。春光还与美人同。论心空眷眷，分袂却匆匆。　　只道真情易写，奈何怨句难工。水流云散各西东。半廊花院月，一帽柳桥风。（《临江仙》）

这首词黄昇认为“思致精妙，超出近世乐府”，我觉得十分接近北宋秦观的小令。他写那种男女的恋情，没有寄托，情感非常真挚、热切。像“论心空眷眷，分袂却匆匆”，接近秦观的“北随云黯黯，东逐水悠悠”（《风流子》），情感真挚，是精致的对仗，语言却又是通俗的，而“半廊花院月，一帽柳桥风”，又接近秦观的“柳外青骢别后，水边红袂分时”、“夜月一帘幽梦，春风十里柔情”、“片片飞花弄晚，蒙蒙残雨笼晴”（《八六子》），“自在飞花轻似梦，无边丝雨细如愁”（《浣溪沙》），对仗工整，语言高华富贵。清潘游龙《古今诗余醉》卷二说：“‘半廊’二句殊饰。”殊不知，词与诗不同，她的最原始状态就是纤丽的，不像诗的最原始状态是朴实的，但是与最原始状态的诗又有相同之处，都是纯粹天然的。词是一种精致的诗体，它从中晚唐诗而来，带有中晚唐诗的精致与美丽，正要有一点雕饰，这种雕饰正是词的本色。另一个清代词家先著就看得较准确，他在《词洁辑评》卷二中说："以末二语不能割弃。"正如况周颐《蕙风词话》卷一所说："词太做，嫌琢，太不做，嫌率。欲求恰如分际，此中消息，正复难言。"北宋词吸收五代温韦词的特点，又加上北宋的高贵，基本不用典故，而稍有一点雕琢，恰到好处，反而增加了她的纯粹天然，这是南宋词所没有的。南宋词正是况周颐所说的"词太做，嫌琢"，太精致，太个性化了，主观压倒了客观，词的本色就少了，所以许多后世词家认为北宋词超过南宋。陆游词在这一点上不同于姜夔等词家，故黄昇说"超出近世乐府"。

我们再看另一首：

> 霁景风软，烟江春涨。小阁无人，绣帘半上。花外姊妹相呼。约樗蒲。　修蛾忘了章台样。寻思一晌。感事添惆怅。胸酥臂玉消减、拟觅双鱼。倩传书。(《月照梨花》)

这首词的有点雕琢也如同上一首，如开头的"霁景风软，烟江春涨"，但接下来就基本口语化了，而且是叙述一个故事，展开一个情节：一个女子独自在小阁上寻思，花外姊妹喊她去做樗蒲游戏，也不去，她甚至忘记了梳洗打扮，专注地思念出外的情人，以至于玉颜消减，最后，她想找到信使为传书信。黄昇认为："此篇杂之唐人《花间集》中，虽具眼未知乌之雌雄也。"陆游这类词不少，再举一首看看：

> 雨断西山晚照明。悄无人、幽梦自惊。说道去多时也，到如今真个是行。　远山已是无心画，小楼空、斜掩绣屏。你嚎早收心呵，趁刘郎双鬓未星。(《恋绣衾》)

这种口语化的语言与相思的内容，加上一个简单的情节，从花间词以来就有，可以随手举一首张泌的《蝴蝶儿》：

> 蝴蝶儿，晚春时。阿娇初着淡黄衣，倚窗学画伊。　还似花间见，双双对对飞。无端和泪拭胭脂，惹教双翅垂。

而北宋词人中，这样写的也多，最著名的是柳永、周邦彦。如周氏的《少年游》：

> 并刀如水，吴盐胜雪，纤指破新橙。锦幄初温，兽香不断，相对坐吹笙。　低声问：向谁行宿？城上已三更。马滑霜浓，不如休去，直是少人行。

我曾经认为，"叙事是周邦彦词的最大、最显著的特点，是周邦彦对词的写法的最大贡献……我们对周词进行了深入的研究，发现其中的铺叙并不多，周词的特点并不是横向的铺叙，而是纵向的叙述，是写过程。”[1]叙事，是唐诗尤其古体诗的特点，花间词从唐诗来，继承了这一特点，再加上通俗化，使词走得更远。可以说，影响到后出的元曲，北宋后期周邦彦把这一点更加发展了，他的慢词以叙事腾挪为最大特点，甚至小令都有叙事的表现。而陆游在南宋词坛的初期，注意到周词这一特点并加以继承，是颇具只眼的。

我们再来看看陆游的婉约慢词，看他的一首《一丛花》：

> 尊前凝伫漫魂迷。犹恨负幽期。从来不惯伤春泪，为伊后，滴满罗衣。那堪更是，吹萧池馆，青子绿阴时。　　回廊帘影画参差。偏共睡相宜。朝云梦断知何处，倩双燕、说与相思。从今判了，十分憔悴，图要个人知。

陆游婉约类慢词的内容与小令一样，都是男女恋情，离别相思，没有更深的含义，没有比兴寄托，但以情感的深厚动人，这些都接近柳永、周邦彦的慢词。写法上，慢词不同于小令的以神韵为主，而强调章法结构，以意境取胜。这首词既有情景交融、以景衬情的意境，如以“吹萧池馆，青子绿阴时”的时空来烘托离别伤春之情，以“回廊帘影画参差”的景致渲染春睡；又有离开外在的景，直抒内在情感的“人心境界”[2]，如最后的深情倾诉：“倩双燕、说与相思。从今判了，十分憔悴，图要个人知。”这后一点最得王国维、况周颐的欣赏。王国维称这类句子为“专作情语而绝妙者”，举周邦彦“许多烦恼，只为当时，一晌留情”等为例（《人间词话删稿》），况周颐亦举周邦彦词句为例，说：“此等语愈朴愈厚，愈厚愈雅，至真之情，由性灵肺腑中流出，不妨说尽而愈无尽。”（《蕙风词话》卷二）陆游离周邦彦的时代近，此等处明显受到周氏影响，所以清人贺裳《皱水轩词筌》说：“词家用意极浅，然愈翻则愈妙。如周清真《满路花》后半云：‘愁如春后絮，来相接。知他那里，争信人心切。除共天公说。不成也，还似伊无个分别’，酷尽无聊赖之致。至陆放翁《一丛花》则云：‘从今判了，十分憔悴，图要个人知’，其情加切矣。”全词在艺术表现上的特点是，外在的描景衬情显得语言典雅高华，而内在的抒写“人心境界”，则逼肖女性声口，显得口语呢喃，尤其能够写足当时之情。前举小令也如此。这种写法在北宋秦观、周邦彦词中经常出现，显示出词在雅化与通俗化结合方面的成熟。陆游婉约词在这一点上继承秦、周，在南宋词坛是个重要现象。

在南北宋之间的婉约词坛，没有其他较重要的婉约词人，陆游的婉约词就显得尤为重要。他的婉约词有秦、周的典雅与通俗，显得情韵兼胜，在婉约词中应属于上品。晚清谭献对此看得很准,他说:“放翁乐府曲而至,婉而深,跌宕而昭彰。”(《老学后庵自定词序》)“放翁纤浓得中,精粹不少,南宋善学少游者惟陆”(《复堂词话》)。作为秦、周婉约词的重要传人,陆游上结北宋婉约词,而对后出的南宋婉约词家姜夔等应有一定的影响,当然,姜夔又有自己的变化。

## 三

陆游还有一类飘逸的词,引几首于下:

懒向青门学种瓜。只将渔钓送年华。双双新燕飞春岸,片片轻鸥落晚沙。　　歌飘渺,橹呕哑。酒如清露鲊如花。逢人问道归何处,笑指船儿此是家。(《鹧鸪天》)

世事从来惯见,吾生更欲何之。镜湖西畔秋千顷,鸥鹭共忘机。

一枕苹风午醉,二升菰米晨炊。故人莫讶音书绝,钓侣是新知。(《乌夜啼》)

不惜貂裘换钓蓬。嗟时人、谁识放翁。归棹借、樵风稳,数声闻、林外暮钟。　　幽栖莫笑蜗庐小,有云山、烟水万重。半世向、丹青看,喜如今、身在画中。(《恋绣衾》)

俞陛云谓《鹧鸪天》词:“襟怀闲适,纵笔写来,有清空之气。”[3]这三首词都有清空之气,镜湖西畔,鸥鹭忘机,云山烟水,飘然不群,如“缑山之鹤,华顶之云”(司空图语),表现出摆脱世俗、飘然御风的状态,正是司空图所称道的“飘逸”,[4]所以刘克庄称其词:“飘逸高妙者,与陈简斋、朱希真相颉颃。”飘逸虽高妙,却有不足之处,词中的渔者并不是真正的渔民,而是作者幻想中不食人间烟火的人物,几首词的质感都是冷清的,使人感到他已远离了现实的人间,进入画中的仙境。陆游的词是飘逸,而不是超逸或旷达,区别在一个“飘”字。对于飘逸,司空图描写为:“如不可执,如将有闻。识者已领,期之愈分。”是飘然而逝,离开人间的。而真正的超逸是远离人生与深入人生的统一。[5]入世、出世,入仕、出仕,无可无不可,不在于刻意地脱离红尘。老子说:“虽有荣观,燕处超然。”而强调精神的自由与生命的独立,生活的诗意是最高的存在,要“独与天地精神相往来”。(旷达也如此,司空图描写为:“花复茅檐,疏雨相过。倒酒既尽,杖藜行歌”。[6])惟有苏轼做到了这种超逸旷达,如他的《超然台记》、

《前赤壁赋》文与《念奴娇》"赤壁怀古"词所表现的。朱敦儒的《鹧鸪天》词也堪称超逸：

我是清都山水郎，天教吩咐与疏狂。曾批给雨支风卷，累上留云借月章。　　诗万首，酒千觞，几曾着眼看侯王。玉楼金阙慵归去，且插梅花醉洛阳。

朱敦儒是南北宋之交重要的超逸词人，于陆游是前辈，陆游从小就仰慕朱敦儒的为人，周密《澄怀录》记陆游语云：

朱希真居嘉禾，吾尝与朋侪诣之，闻笛声自烟波间起，问行者，曰：此先生吹笛声也。顷之，棹小舟而至，则与俱归其家，所谓落济川者。室中壁间悬琴、筑、阮咸之类，皆希真平所留意者。檐间育珍禽，皆目所未睹，室中蓝缶贮果实脯醢，客至，挑取以奉客。其诗曰：青罗包髻白行缠，不是凡人不是仙。家在洛阳城里住，卧吹铜笛过伊川。想见其风致也。

仰慕归仰慕，陆游自己很难做到超逸，如他也有一首《鹧鸪天》：

家住苍烟落照间。丝毫尘事不相关。斟残玉瀣行穿竹，卷罢黄庭卧看山。　　贪啸傲，任衰残。不妨随处一开颜。元知造物心肠别，老却英雄似等闲。

不是渔父词了，不是单纯的渔钓年华了，与朱氏的疏狂也有些相类了，"贪啸傲，任衰残。不妨随处一开颜"，但结尾却不是"玉楼金阙慵归去，且插梅花醉洛阳"的超逸，而是"元知造物心肠别，老却英雄似等闲"的叹息，对于当年的功名事业，他实际是难以忘怀的。对于目前的闲居生活，他也是不甘心的。在《南乡子》中，他也说："看镜倚楼俱已矣，扁舟。月笛烟蓑万事休。"在《感皇恩》中又说："如今熟计，只有故乡归路。石帆山脚下，菱三亩。"相对于前几首词的远离人间，这儿又过于执著于人间，说明他的"飘逸"也不能彻底，也许，这才是真实的陆游。而无论是刻意远离人间，还是终于难以割舍人间，陆游都无法做到超逸，达不到那种超越出处的"独与天地精神相往来"，如苏轼酣畅淋漓地享受清风明月，朱敦儒旁若无人地"且插梅花醉洛阳"，张孝祥大气磅礴地吸江斟斗，宾客万象。所以陆游这类词，也许接近超逸，而终于不能达到超逸，只能称为飘逸词。

对于陆游这类词，前人评价很少，我觉得，从艺术上看，主要特点是平淡。语言清淡，切合山水田园的色彩，如"酒如清露鲊如花"，通俗清丽，"一枕苹风午醉，二升菰米晨炊”，不但清淡，还有水乡气息。乡土气息，与他豪放词的张扬的语言，婉约词的纤丽的语言判然不同，可看出陆氏驾御语言的能力。风格也平淡，娓娓叙来，如“懒向青门学种瓜，只将渔钓送年华”，说自己懒得学种瓜，只选择了不用学习的渔钓，而青门种瓜实是用典，秦东陵侯召平在秦亡后种瓜东门，瓜味美，称东陵瓜，后以此典喻弃官归隐，陆游此处说自己连弃官归隐的名分也懒得要了，一心改变身份地位，只当渔者，意思是很强烈的，叙述却十分平淡。“故人莫讶音书绝，钓侣是新知”，连典故也不须用，只是告诉故人，我们联系少了，原因是我已经交上了新朋友，也很平淡，而实际是告诉别人，自己的新朋友是钓侣，同样是十分强烈的只当渔者的决心。“逢人问道归何处，笑指船儿此是家”也一样。艺术表现上景语寓情，也符合平淡的风格特点，如“双双新燕飞春岸，片片轻鸥落晚沙”，“镜湖西畔秋千顷，鸥鹭共忘机”，新燕轻鸥，在轻快中含有愉悦的心情，同时“轻鸥”与下一首的“鸥鹭忘机”，都轻快地用了典故，表现自己回归大自然，不用机心的愉悦。描景语言稍加锤炼，如“一枕苹风午醉，二升菰米晨炊”，“归棹借、樵风稳，数声闻、林外暮钟”，“有云山、烟水万重”，“家住苍烟落照间”等。“苹风菰米”，“樵风暮钟”，“云山烟水”，“苍烟落照”，清淡中显出恰到好处的凝重，不改变其清淡的语言特色，又以稍许的凝重加强了语言的内在张力，景语中体现出情感；再加上一些事件、动作的点缀，如“午醉晨炊”、“归棹声闻”、“家住”等，使得情感的表现由隐而显，给人一种苍凉落寞之感，有力地烘托出“元知造物心肠别，老却英雄似等闲”的不甘。以平淡的风格写飘逸之词，南宋词家还无人能超过陆游，所以今人刘师培《论文杂记》说：“剑南之词屏除纤艳，清真绝俗，逋峭沉郁，而出之以平淡之词，例以古诗，亦元亮、右丞之匹，此道家之词也。”

## 结束语

陆游(1125—1209)，比周邦彦、李清照、张元干、朱敦儒等人小得多，而比张孝祥(1132—1170)大7岁，比后出的辛弃疾(1140—1207)大15岁，比姜夔(1155—1221)大30岁，在南北宋之交的词坛是一个重要的词家。他所在的南北宋之交的词坛，以周邦彦、李清照代表的婉约词仍在流行，苏轼影响下的旷达词正由朱敦儒、张孝祥等词人发展着，而同样由苏轼尝试创作的豪放词，也由张元干等人开始加进抗金的内容。这三类词都给予陆游很大的影响，以前我们只重视他的豪放词，并把他归之于受辛弃疾影响的一派词人，是欠妥的，即使在豪放词的创作上，他也是辛弃疾等人的先声。他的婉约词在他的全部词作中占有相当分量，学习秦观、周邦彦，而对南宋婉约词有影响。他的飘逸词，在苏轼、朱敦儒之后，使词的"逸"或"旷"的特点得到延续。总之，陆游三类词都有成就，他继承前代词人的成果，对南宋词坛有启发作用。每一种文学的变化发展时期都会有一个承启人物出现，如唐诗初盛之交的陈子昂，宋词从北宋初期到兴盛时期的张先，我觉得，宋词南北宋之间也是一个变化发展时期，也需要有这样一个承启人物，而陆游，从其年龄的阶段，其词的广泛继承及其成就，其文学才气与文坛地位，其与前代词人如朱敦儒，稍后词人或后代词人如辛弃疾等的联系或交往等方面看，正是这样一个承启人物。陆游词在豪放、婉约、飘逸三方面都取得了不俗的成就，但都没有多大的突破，他在词坛的意义正在于结北开南，承前启后。我们大胆地提出这样一个断语，正确如否，尚待方家的批评。

**注释：**

[1] 孙维城《宋韵——宋词人文精神与审美形态探论》，安徽大学出版社2002年版，159页。

[2] 王国维《人间词话》："境非独谓景物也，喜怒哀乐，亦人心中之一境界。"人民文学出版社1960年版，193页。

[3] 俞陛云《唐五代两宋词选释》，上海古籍出版社1985年版，348页。

[4] 司空图《二十四诗品》"飘逸"："落落欲往，矫矫不群。缑山之鹤，华顶之云。高人画中，令色絪缊。御风蓬叶，泛彼无垠。如不可执，如将有闻。识者已领，期之愈分。"何文焕《历代诗话》上，中华书局1981年版，44页。

[5] 参见叶朗《中国美学史大纲》，上海人民出版社1985年版，312—313页，徐复观《中国艺术精神》，华东师范大学出版社2001年版，186—195页。

[6] 司空图《二十四诗品》"旷达"："生者百岁，相去几何。欢乐苦短，忧愁实多。何如尊酒，日往烟萝。花复茅檐，疏雨相过。倒酒既尽，杖藜行歌。孰不有古，南山峨峨。"

（原载《词学》第17辑）

# 况周颐美学思想的困惑与演进

19 世纪末，20 世纪初，一连串的历史事件掩袭着中华大地。生活在这一变动氛围中的士大夫况周颐像一个幽灵踽踽独行，或蹒跚踟躅于江干，或憔悴行吟于沪渎，激荡的现实胁裹着孤寂的灵魂；易感的心旌承载着多难的春秋。历史、现实、人生、文学，全部打着旋投进词人的灵魂深处，像一个个怪圈套住了况周颐，使他瞻顾左右、不能自拔。他是 19 世纪末一个痛苦彷徨的灵魂！

王国维曾高度评价况周颐，认为"天以百凶成就一词人"。(《人间词话》附录[1])况周颐这一末代词人挣扎于矛盾的怪圈之中，唯其矛盾，才有况周颐；唯其矛盾，才熔铸了其人其词其词论。

## 一、人生位置的艰难体认

况周颐(1859～1926)，原名周仪，以讳宣统名改周颐。字夔笙，号玉梅词人，晚号蕙风词隐。广西临桂(今桂林)人。故居在风光旖旎的七星岩前、芙蓉石畔。山光水色投影到周颐心中，酿就了他多情易感的心灵，经过了漫长痛苦的人生体验，从孤臣到逐臣到遗老，从出与处、忠与怨到不甘心与知足长乐，况氏最终找到了立足地，还原了生命的原汁。这是一种通脱的人生哲学，既贴近了现代意识，却又植根于东方传统文化土壤之上。委心任运以谋求人身自由，张扬出的不是一种鼎沸涌动的人生，而是一种静穆的人生。(我们能要求这位遗老词人什么呢?)而况氏从生命位置的艰难体认中悟解出的哲学意识又渗透到他的词学追求中，成为《蕙风词话》[2]的核心美学观点："词有穆之一境，静而兼厚、重、大也。"(卷二・一)

## 二、美学思想的困惑与演进

在《蕙风词话》中，我们常常能发现许多矛盾抵牾的美学观念。这部结集于晚年而包容了许多早期美学观念的皇皇大著实际记录了况周颐词学审美观念的矛盾演进过程。况周颐所面对的是周吴、苏辛、姜张，不同的风格纷陈；浙西派、阳羡派、常州派，不同的山头林立，再加上他自己矛盾的人生体验，使得况周颐的词学观念也踯躅而彷徨。这是他人生痛苦之外事业的痛苦。

当况周颐带着少年时代的词集来到京师时，王鹏运接待了他，批评他的习作虽有才气而少凝重，并进以"重拙大"之旨：重者轻之反，拙者巧之反，大者小之反。王鹏运所谓的“重拙大”带有浓厚常州派气息，而与况周颐之习性不合。况周颐少颖悟，钟灵毓秀的桂林山水又陶冶了他的性灵，早年缥渺而来又飘然而去的未成姻缘在他心中刻烙下一个美丽朦胧的影子，却留下一座清晰的“绿阴芳树、微波初通”的署园，供他凭眺，供他想象，这些都给了他素材，给了他灵感，给了他一丝淡淡的哀怨，使他从一开始写词就走入了侧艳一路，甚至至老不易，至死不悔。这与“重拙大”之旨可谓水火不容。一方面是习性是纯情，另一方面是名人是“正理”，况周颐在陷入人生泥淖之前，就已经陷入了词学的泥淖！

重者，沉着之谓。在气格，不在字句。(卷一·四)

填词先求凝重……凡轻倩处，即是伤格处，即为疵病矣。天分聪明人最宜学凝重一路，却最易趋轻倩一路。苦于不自知，又无师友指导之耳。(卷一·一九)

《蕙风词话》卷一记录了不少王鹏运观点及自己的初期体会。况周颐正是这样的“天分聪明人”。而这儿所强调的气格凝重沉着，实际源于明七子及清代叶燮、沈德潜的格调论，指一种格调朗练，具有阳刚之美，以风骨称的诗作。王鹏运从常州派的尊体出发，以词上比于诗，强调词体也要刚劲凝重，虽意愿良好，却抹杀了词体之阴柔特点。况周颐目眩于王鹏运的人品词名与皇皇大论，引以为师友，却无法在创作与欣赏中对格调说贯彻到底。以欣赏言，词话中实际常常艳羡一些轻清鲜丽之作。如云：“空同词如秋卉娟妍，春蘅鲜翠。”(卷二·七三)“魏文节杞虞美人咏梅云：‘只应明月最相思。曾见幽香一点未开时。’轻清婉丽，词人之词。专对抗节之臣，顾亦能此。”(卷二·四O)

经过一番痛苦的挣扎与求索，况周颐终于还是坚持了词的婉约特点，对“重”的内涵加以改造。在卷二中，他再次解释“重”时，我们感到了与卷一所论之离异，实际是美学观念的演进与反铸：

重者，沉着之谓。在气格，不在字句。于梦窗词庶几见之。即其芬菲铿丽之作，中间隽句丽字，莫不有沈挚之思，灏瀚之气，挟之以流转。令人玩索而不能尽，则其中之所存者厚。沉着者，厚之发见乎外者也。(卷二·八一)

以内在深厚之情涵盖了外在格调之沉着，终于悄悄完成了对“重”的内涵改造。自卷二始，况周颐以沉着深厚并提，如云“犹近于沉着、浓厚也”(卷二·二)，“此词沉着厚重”(卷二·一()，“多沉着浓厚之作”(卷五·一)，可看出况氏改造“重”之内涵的自觉意识。

关于“拙”，卷一同样记下了王半塘的权威意见：

半塘云：“宋人拙处不可及，国初诸老拙处不可及。”（卷一·五）

“恰到好处，恰够消息。毋不及，毋太过。”半塘老人论词之言也。（卷一·一三）

王鹏运的“拙”论有其内在的美质，源于以古为美的民族审美心态。从古人与自然的拙稚形态中发现其赤子之心，素朴之真，而以之为参照系，疗救艺术的失真与失诚。况周颐少学史达祖，而史词，正如周济所云：“用笔多涉尖巧。”（《介存斋论词杂著》[3]）王氏此论深中况氏痼疾。况氏于此心有戚戚，故云：“作词最忌一矜字。矜之在迹者，吾庶几免矣。其在神者，容犹在所难免。”（卷一·一七）是深知自己语。然而况氏并不满足于“拙”，也许半塘亦如此。作为一个真正的艺术家，他们当然知道“拙”只是一种初级形态之美，况氏在此基础上，提出了“妙造自然”一说。平淡自组丽中来，自然从雕琢中出，落其芳华，复归朴素，斯为最高之自然。这是艺术家毕生追求而难达到的无尚境界。这样，况氏的审美追求就没有消融在稚拙之美的浅表层面上，而是跟踪追索“既雕既琢，复归于朴”的更高艺术层面，显示出词学审美的勃勃生机。

最后看“大”。况氏对此没有明确表述，但在具体例证中可以体会出来：

玉梅后词玲珑四犯云：“衰桃不是相思血，断红泣，垂杨金缕。”自注：“桃花泣柳，柳固漠然，而桃花不悔也。”斯旨可以语大。所谓尽其在我而已。千古忠臣孝子，何尝求谅于君父哉？（卷一·六O）

况氏光绪十六年（1890）在苏州娶桐娟，并且写出词集《玉梅词》，自号玉梅词人。桐娟早逝，况氏也为朝廷所弃，浪迹江湖。后来况氏在光绪三十年（1904）再游苏州时，悲悼桐娟早逝，感叹自己被朝廷所弃，作《玉梅后词》，以艳笔写哀思。这首词取楚辞香草美人的比兴手法，以桃花自喻，以柳喻君父，所以说“忠臣孝子，何尝求谅于君父”。况氏认为“斯旨可以语大”，可见“大”就是寄托。强调比兴寄托，是常州词派提高词品的做法。但是常州词派强调比兴寄托达到了牵强附会的程度，一定要词中寄托邦国大事，而不顾及词以抒写个人情感为主的阴柔特点。王鹏运深受常州词派影响，并以此为心法传授于况周颐。况氏这则词话记录在卷一，可以视为受王氏影响的结果。在后期的《续话》中，他痛快淋漓地对寄托说加以改削：

词贵有寄托。所贵者流露于不自知，触发于弗克自已。身世之感，通于性灵，即性灵，即寄托，非二物相比附也。横亘一寄托于搦管之先，

此物此情，千首一律，则是门面语耳，略无变化之陈言耳。(卷五·三二)

此论实在公允！况氏一生颠沛流离，以逐臣而遗老，晚年作品确实多所寄托，而他的词论从艺术审美出发，并不以偏概全，强求寄托。这则词话在《蕙风词话·续话》中，可以看出况氏后期词学观念的重要发展。

在艺术的审美追求上，况周颐经历了长久孤独、痛苦的跋涉。他出入于王鹏运的"重拙大"理论。当他从尊词体尊常州出发，只得接受这一理论时，他是多么沮丧地告别自己学史达祖、高观国的幼作，告别侧艳言情之体。然而当他沉潜于词学本体，长久谛视后，他的艺术良知，他的少年兴会又鼓动他情不自禁地对"重拙大"加以改造，悄悄地，然而是坚实地把词从诗教畦封中再次解脱出来。"重拙大"在况周颐那儿获得了新的美学生命，成为况氏词学审美的初级形态。在此基础上，他提出了意境说(几乎与王国维同时)，并以穆境——静而兼厚重大为最高词境。

静而兼厚重大是"重拙大"的发展。厚重即沉着深厚，这儿只是以"静"代替了"拙"。而"静重大"之境被况氏誉为最高词境。"拙"与"静"有何联系？我们体会，"拙"指一种师法自然的表现，而"静"既是自然之美的特殊向度，又是我们民族领悟自然美的独特方式，当它投注到艺术之中，就成为"妙造自然"的结晶体。况周颐在一番人生位置的艰难体认后，最终接受了委心任运、不失为我的人生哲学，也就同时接受了"静美"这一传统审美的历史——文化心态。故云："词境以深静为至。"(卷二·八)然而当况周颐的审美观照深入到静穆之美时，他又面临着新的矛盾，新的惶惑，新的痛苦与新的探索开拓。

## 三、理论与创作的错位与整合

古典美学所激赏的静美，大多为一种冲淡之美，一种清新秀雅、含蕴丰富之美。从词境看，这正是一种淡穆之境。而从词派看，这样一种美在姜夔那儿表现得最为突出。姜夔论诗以含蓄为旨归，切入了传统诗体的艺术堂奥。也许他亦从词向诗靠拢出发去尊词体，故词作亦疏雅含蕴，通于山水诗之意境。但姜夔的悲剧亦同于李商隐、黄山谷，在于被后人生吞活剥。自浙派高语清空，词人学姜，陷入滑佻，常州派之勃兴正为矫正浙派末流。这样，况周颐自不能冒天下之韪提倡学姜，只能倡言周邦彦、吴文英之秾丽，何况况氏自己也时露秾丽之态呢？故况周颐说：

淡而穆不易，浓而穆更难。(卷二·一)

浓穆之境的提出，亦有其合理性。从花间词以来，诗庄词媚已成定势，独尚女音、袅娜不尽的软而媚风调成为词之独专，任何一个尊重事实的人都不会看不及此。常州派揭橥花间，推重周吴，也就同时认同了浓艳这一事实。应该说，艳，也不该一概排斥，尤其在词学领域。在浓与淡，学周吴还是学姜之间，况周颐又面临着艰难的选择与体认。

任何一个理论都必须有自己的学派宗主。自常州派中坚周济倡宋四家说以来，吴文英开始受到重视，到王鹏运则推崇更甚。王氏从校雠入手弘扬词学，最显著者即在校梦窗词；先后拉况周颐、朱祖谋同校，朱氏继之，四校梦窗，几成显学。况周颐不满于校词，然而在理论上张扬吴文英不遗余力：

> 近人学梦窗，辄从密处入手。梦窗密处，能令无数丽字，一一生动飞舞，如万花为春；非若雕璚蹙绣，豪无生气也。如何能运动无数丽字？恃聪明、尤恃魄力。如何能有魄力？唯厚乃有魄力。梦窗密处易学，厚处难学。（卷二·七九）

很显然，吴文英正是况周颐理论之宗主、型范。然而他所称道的，并不在吴词的密实，而在吴词的深厚与生气，同时不排斥吴词的秾丽。我们不能认为况周颐是言不由衷，他所树立的词坛宗主确实代表了他的词学审美理想："外蕃丽而内幽怨。"这正是一种浓穆之境，既切入词体之特质，又贴近况氏个人的习性，同时也契合时代所提供给这些遗老词人的生存方式。值得注意的是，况周颐并不过分强调吴词密实的特点，这就向姜夔一派洞开了一扇窗户。

况周颐并不像其他常州派词人那样对姜夔不屑一顾。他批评周济四家词说道："张诚不足为山斗，得谓南宋非正宗耶？"（卷二·八三）只云张炎而不及姜夔，良有深意，在另一则词话中更以姜、吴并举（见卷二·六九），似乎微露融合姜、吴两派之意。但是总体看来，词话对姜夔没有专章论述，而对吴文英则赞颂之辞溢出言表。由此，我们可以判断出他的理论投向虽有惶惑，而总倾向仍在吴文英一边。

然而奇怪的是，拿他的创作与理论相较，则有着龃龉与错位。蕙风入室弟子赵尊岳云："先生袱被去都，依违江湖间，身世之感，已流露于吟事，此亦后来词境入于白石之所由。"（《蕙风词史》）[4] 相知极深的朱祖谋在蕙风死后所撰挽辞亦云："持论倘同途，词客有灵，流派老年宗白石。"[5] 这也许始终困扰着况周颐，理论上他必须站在吴文英一边，而创作上却又不断加重姜夔的砝码。

为什么词作多学姜白石呢？也许姜氏之人品与经历更与况氏之心境契合。吴文英数为权贵幕僚，且有寿贾似道之举。清末虽有刘毓崧为之辩诬，况氏亦引为同调，但终不及白石老仙，虽结识诸多权贵，却无曳裾侯门之态，闲云野鹤，去留无迹。况周颐以狷洁之身旅居沪上，虽鬻书卖文，却不坠其操守，远离尘嚣，淡泊名利，不失为我，不愿其外，这一点与姜夔多么相近。难怪在词话中他大赞风度云：

> 花中疏梅、文杏。亦复托根尘世，甚且断井、颓垣，乃至摧残为红雨，犹香。（卷一·二九）

这赞的正是姜夔一派之人品词风，也是自己晚年所追慕效法的人生态度。

然而矛盾的况周颐在学姜中又时露秾丽之色。这仍是早年习性所钟，至中年弥难忘怀，其玉梅词、玉梅后词皆以艳笔出之，虽遭郑文焯、王鹏运反对而不悔；到老年更不能忘情于少作，曾有词题云“为词不能艳叹”（见《蕙风词史》），而拟作少年时之《存悔》集、《新莺》集。其咏梅兰芳演剧，咏朱素云，咏樱花诸阕，亦时出艳笔秾墨，看出习之所近。但更重要的是词心抒发之需要，一种彻骨的哀思，仅出之以淡笔，他感到远远不够了，只好以外在秾艳对比内在沉痛，即外蕃丽而内幽怨，这是词笔又趋于秾艳之根本原因。由早年之史达祖秾丽始，中经姜白石的清淡，而最终达到吴文英的秾艳；其词境亦由侧艳而重拙大而穆，况周颐的创作走过了一个圆圈，一个充满痛苦体验的圆圈。

词学理论可以说一直浸润在难以冰释的矛盾与困惑中。浙派倡南宋，却不主寄托；常州派掉过来，主北宋，却高倡寄托。到晚清，承常州余绪，尤重吴文英，却又反对秾丽。理论的困惑抵牾导致了创作的进退失据。况周颐长期出入于吴姜、秾淡之间，他锤炼自己的审美包容力，寻找一种统一的标准。他以吴姜并提，认为“淡而穆不易，秾而穆更难”。实际淡穆之境即为姜词清淡静深之境，而秾穆之境即为吴词蕃丽幽怨之境。他消解淡化了密与疏的对立，只从浓与淡方面分派，而两方面都加以肯定与学习。

## 四、伦理认同与艺术良知间的两难心态

也许最大的矛盾、最难以克服的徘徊，还是发生在伦理与艺术之间。况周颐的艺术良知、审美天赋与人生经历使得他的词论往往能超越政治伦理而潜入到审美意境的深层，他改造了“重拙大”，使之焕发出新的生命；他摈弃了浙常两派的偏见而初步融合吴姜两家的词风，力图建构起自己独立的词学审美价值体系。然而长期儒家思想的统治在中国士大夫的心灵中早已形成一种心理定势。多少年来，人们评价杜甫、白居易，往往不是从艺术、审美而是从政治伦理，不是从韵趣意境而是从美刺讽谏出发。这种历史——文化心态如同一座巨大的十字架，始终沉沉地压在中国士大夫那孱弱的双肩上，况周颐也同样

承受着这种重负。同时，清庭覆灭的严酷现实又投影到这一颗充溢着儒家思想的易感心灵上，形成了巨大的刺激丛。况周颐就是生活在这样的矛盾心态中，当他拿起笔试图投向艺术的怀抱中时，政治伦理就板着面孔出现了。

偶阅闽词钞宋陈以庄菩萨蛮云："举头忽见衡阳雁，千声万字情何限。叵耐薄情夫，一行书也无。　　泣归香阁恨，和泪淹红粉。待雁却回时，也无书寄伊。"歇拍云云，略失敦厚之旨。所谓尽其在我，何也？然而以谓至深之情，亦无不可。(卷二·七七)

此则词话插在评杨泽民、尹焕与沈端节、吴文英词之间。前后数则词话多涉艺术，这儿却谈敦厚诗教，且是"偶阅闽词钞"，与前后几则词话引书不同，可以看作政治伦理对况氏艺术审美追求的粗暴干预。他迫不及待地自明忠心，要尽其在我，与评论己作《玲珑四犯》"衰桃不是相思血"如出一辙！而逸出了艺术境界，表现出政治上的保守落后。但是当他的目光再次凝注在艺术本体上时，他就又实现了对政治伦理的超越，鼓吹"至深之情"，与主张温柔敦厚的况周颐俨若俩人。在伦理与艺术之间，我们扪摸到了况周颐的两难心态。

我们还注意到况周颐特别喜欢评价末代词、遗民词。评宋词偏重于南宋尤其南宋末年，金词亦是元遗山一类末代词，元词则实为南宋遗民词，明词亦多集中于明末。实际上这正是况周颐心理的秘密认同，借古人之酒杯，浇自己之块垒。他似乎特别喜爱元遗山：

元遗山以丝竹中年，遭遇国变，崔立采望，勒授要职，非其意指。卒以抗节不仕，憔悴南冠二十余稔。神州陆沈之痛，铜驼荆棘之伤，往往寄托于词……知人论世，以谓遗山即金之坡公，何遽有愧色耶？充类言之：坡公不过逐臣，遗山则遗臣、孤臣也。(卷三·二五)

隐然有自我之慨！元遗山亦遗臣、孤臣，况周颐在历史上找到了同调，从而混淆了不同时代的差别。由此开始，况周颐的词学评论呈现滑坡态势，由艺术审美滑向了政治伦理。元遗山词学苏轼，况周颐亦高评苏词，如云："东坡、稼轩，其秀在骨，其厚在神……余至今未敢学苏、辛也。"(卷一·五四)很显然元遗山无法上企苏轼，然而从政治伦理出发，况氏的词论大谈逐臣或遗臣孤臣，已少有艺术气息了。

更有甚者，元舒帆岫入明不仕，但其文对明朝则多颂扬，《四库提要》认为其"不忘旧国之恩"、"不掩新朝之美"。况周颐大为不满，说"对于新朝歌功颂德，殊可不必。亦如元遗山入元初，其心何尝不可大白于天下。唯是寄书耶律，荐举人材，亦复蛇足。凡此诚不足为盛德累，窃意不如并此而无之。万一后人援以自解，乃至变本加厉，岂非二公之遗憾哉”。（卷三·七七）则已经离开了词学的艺术殿堂，沉入到政治纠葛中去，鲜明地表现其遗老思想了。事情牵缠到遗民的立场，况周颐的态度就是如此冥顽不化，不可理喻。

但是，此外，况周颐的表现却豁达大度。从艺术审美出发，他能够无视佞臣的无耻而誉其词作，如翁孟寅词、张檠词，他也能够宽容名臣之小节而赞其情致之作，如晏殊词、赵鼎词，然而却极不满于刘过之变易词格，迎合稼轩，偏激地要他“自焚其稿”。这些都透现出况周颐作为一个真正艺术家的良知与勇气。况周颐曾经鲜明地提出：“真字是词骨。情真，景真，所作必佳。”（卷一·一五）他瓣香赤子之心，在诠释“哀感顽艳”之“顽”时，他说：“若赤子之笑啼然，看似至易，而实至难者也。”（卷五·三六）凭着艺术家的敏感与良知，况周颐实现了对以前词论与自己遗民立场的超越。他的理论不从认识价值、教育价值出发，而从独立的审美价值出发，以真实的情感作为衡量作品价值的主要尺度，使得他的词学理论既具有对古典词学的总结意义，又贴近了现代揭橥心灵、张扬人性的艺术审美观，这是十分了不起的。

历史老人似乎在开玩笑，他选择了一直到五四运动后还恪守着遗老立场的落伍者况周颐作为千余年词学理论的殿军；然而恰恰是况周颐最有资格充当这一角色，因为词毕竟是那逝去时代的文学样式之一。作为词学理论的结穴，况周颐的确有着必然性。首先，从始终恪守的遗老立场出发，他成为封建文化的最末一个继承者。而二十世纪初西方文化大量涌进的人文生态环境作为一个巨大的参照系，又使得他在对传统文化的审视中多少带有一种批判意识。其次，封建文化中最能远离伦理道德的束缚，具有较为独立的审美价值的东西往往存在于老庄思想中，而由孤臣而逐臣而遗老的特殊经历，使得况周颐最终接受了老庄哲学，并从中引发出多少带有叛逆性的自由意识，这使得他的理论具有现代自由的、审美的价值取向。况周颐在惶惑中前进，在矛盾中认同，全面审视了传统词学；并建立起自己的词学审美体系（这一观点，我们将另文研讨）。作为封建时代最末一个词人与词论家，词学史将永远叠印下他那痛苦求索的身影。

**注释：**

[1] 王国维《人间词话》，《蕙风词话·人间词话》，人民文学出版社 1960 年版，244 页。

[2] 况周颐《蕙风词话》，《蕙风词话·人间词话》，人民文学出版社 1960

年版，下引只注卷数、条数。

[3] 周济《介存斋论词杂著》，《介存斋论词杂著·复堂词话·蒿庵论词》，人民文学出版社1959年版，7页。

[4] 赵尊岳《蕙风词史》，龙榆生主编之《词学季刊》第1卷第4号。

[5] 夏承焘《天风阁学词日记》，浙江古籍出版社1984年版，396页。

（原载《社会科学家》1990年第2期）

# 论况周颐对王鹏运"重拙大"词学观的改造

论及晚清著名词论家况周颐，自然就会想起他在《蕙风词话》中提出的"重拙大"词学观。其实"重拙大"的发明权不属于况周颐，而属于他的同乡师友，清末四大词家中另一个著名词人王鹏运。况周颐的贡献在于赋予"重拙大"以全新的内涵，使之成为评价词的艺术价值的基本标准。

清代词坛经历了从清初浙西词派到清中叶常州词派再到后期清末四大词家（王鹏运、朱祖谋、郑文焯、况周颐）的发展过程。以朱彝尊为代表的浙西词派，高倡南宋姜夔、张炎的清空骚雅，其末流走向空疏油滑，于是有清中叶以张惠言为代表的常州词派出来力矫其弊，常州词派主张以北宋周邦彦、秦观词纠正浙西词派的空疏芜蔓、无病呻吟，主张比兴寄托，但是又把词中的寄托强调到极端，比如说温庭筠词有离骚初服之意，经学气、诗教味太重，常州词派后劲周济主张"非寄托不入，专寄托不出"（《宋四家词选目录序论》），[1]其后又有谭献主张"作者之用心未必然，而读者之用心何必不然"（《复堂词录叙》），[2]正是看出了张惠言深文罗织的毛病，而他们的观点仍然没有走出寄托说的藩篱。王鹏运比谭献年齿稍后，观点亦相近，他提出的"重拙大"，简称"重大"，仍然是强调寄托邦国大事，龙榆生《清季四大词人》指出：王鹏运"官内阁时，与端木埰往还尤密。埰固笃嗜碧山者，于周氏宋四家词选之说，浸润最深，鹏运声气之求，不觉与之俱化……然则鹏运平生所蕲向，固沿'常派'之余波；初未能别辟户庭，独树一帜也。"[3]这一段话十分准确地分析了王鹏运词学观之来龙去脉，并指出王氏只是阐释常州词派观点，未能自立门户，独树一帜。

况周颐初问词于王鹏运。赵尊岳《蕙风词史》[4]说："先生初为词，以颖悟好为侧艳语，遂把臂南宋竹山、梅溪之林。自佑遐进以重大之说，乃渐就为白石、为美成，以抵于大成。”可见《蕙风词话》[5]卷一说：“作词有三要，曰重、拙、大。”乃记载王鹏运的观点。今天的论者多认为况氏全盘接受了王鹏运的“重拙大”词学观，而且这种“重拙大”词学观能够总结词学理论，这实在是极大的误会。王鹏运以词上比于诗，强调诗教并且浸透了经学气息的观点显然不符合词体的艺术品位。在急剧变化的近代社会如此固步自封，必将被历史所淘汰。况周颐如果只是演绎王鹏运的观点，则一部《蕙风词话》就毫无价值。所幸况周颐没有这样做，他的艺术天赋不允许他这样做，他所处的新旧交替，西学东渐的时代（与王国维同时）也不允许他这样做。我们深入分析《蕙风词话》，就能发现况周颐的词学观是逐渐发展变化的，《蕙风词话》记录了这一演变的动态过程，展示了况氏对传统词学批判吸收的态度。他改造了王鹏运的“重拙大”，抛弃了其中浓厚的经学、诗教气息，坚持了词不同于诗，更不同于政治教化的独立品格。

我们先看“重”。在《蕙风词话》卷一，况周颐说：

> 重者，沉着之谓，在气格，不在字句。
>
> 填词先求凝重……凡轻倩处，即是伤格处，即为疵病矣。天分聪明人最宜学凝重一路，却最易趋轻倩一路，苦于不自知，又无师友指导之耳。

我们有理由相信这是王鹏运当年规诫况周颐的少作而说出的一番话，当年的况周颐不就是那位天分聪明而无师友指导的后生吗？王鹏运对“重”所下的定义是凝重沉着，同时认为凝重沉着的重点在气格。气格指词格，词的格调。格调说是诗坛学说，由明七子首倡，而为清代沈德潜郑重提出。沈氏说：“诗之为道，可以理性情，善伦物，感鬼神，设教邦国，应对诸侯，用如此其重也；秦汉以来，乐府代兴，六代继之，流衍靡曼，至有唐而声律日工，托兴渐失，徒视为嘲风月，弄花草，游历燕衎之具，而诗教远矣……今虽不能竟越三唐之格，然必优柔渐渍，仰溯风雅，诗道始尊。”（《说诗晬语》卷上）[6]这是他的诗话开宗明义第一章，也可视为他的格调说之总纲。其内容有三：第一、讲诗格，以唐诗为法；第二、讲诗教，温柔敦厚，上溯风雅，而且讲究“托兴”，即比兴寄托；第三、推崇有骨气的刚健的诗作，即具有阳刚之气的作品。张惠言的词学观十分接近沈氏格调说，他推尊词体，上比于诗，说“盖诗之比兴，变风之义，骚人之歌，则近之矣”。《词选序》[7]其后周济也说：“感慨所寄，不过盛衰，或绸缪未雨，或太息厝薪，或已溺已饥，或独清独醒，随其人之性情学问境地，莫不有由衷之言。”（《介存斋论序杂著》）[8]主张以词抒发与时代盛衰息息相关的感慨，张、周词学观为王鹏运所继承，甚至可以说王鹏运的“重大”之说全面继承了沈氏格调说。“重”指气格，要求词也应具有诗的凝重沉着，阳刚之美，“大”即指比兴寄托，强调诗教（这一方面下文再述）。况周颐目眩于王鹏运的人品词名与皇皇大论，引为师友，因此在词话卷一记录下王鹏运“‘重’在气格沉着”的权威意见，但在实践中他却无法把这种观点贯彻到底。他常常强调“词人之词”，就是看出词作为一种独特的文学样式，不同于诗的个性特点，这导致了他最后扬弃了王氏对沉着凝重的词格要求，在词话卷二，他发表了自己的看法：

> 重者，沉着之谓，在气格，不在字句。于梦窗词庶几见之。即其芬菲铿丽之作，中间隽句艳字，莫不有沉挚之思，灏瀚之气，挟之以流转，令人玩索而不能尽，则其中之所存者厚。沉着者，厚之发见乎外者也。欲学梦窗之致密，先学梦窗之沉着，即致密，即沉着，非出于致密之外，超于致密之上，别有沉着之一境也。

这实际是以吴文英词为标准，对“重”的内涵做了全面的修正与界说。首先是以内在深厚之情代替了或涵盖了外在格调的沉着凝重。自第二卷开始，况氏论重，大都以沉着与深厚并举，如说：“犹近于沉着、浓厚也。”“此词沉着、厚重”（卷二），而且明确指出“填词以厚为要旨”（卷三），“沉着者，厚之发见乎外者也”。他所谓的内在深厚之情，指吴文英一类词的内在情感，显然不同于格调说所主张的经国忧世之情。即使对于外在的沉着，况氏也要加以界定。他认为沉着即是致密，“非出于致密之外，超于致密之上，别有沉着之一境也”。这实际上是以致密代替了沉着。致密即密实，是周邦彦、吴文英一派词的章法特点。况氏提倡周吴，自然是继承常州词派后劲周济的宋四家词说：“问涂碧山，历梦窗、稼轩，以还清真之浑化”（《宋四家词选目录序论》），继续反对浙派末流的空疏芜蔓。但是以致密代替沉着，扬弃了王鹏运的气格说，对于常州词学又是一种反拨。第三，况氏把外在的致密表现与内在的深厚之情相结合，把隽句艳字与沉挚之思，灏瀚之气相结合，称之为“重”，表现出折中柔厚，融合豪放、婉约两类词的气派。在卷五，况氏更说：“以性灵语咏物，以沉着之笔达出，斯为无上上乘。”则不但折中柔厚，而且要以袁枚性灵说来补救沈德潜格调说的诗教气，不仅对词坛有价值，而且对诗坛也有着深远意义了。所有这一切都可看出，处于新旧交替的近代社会的况周颐在总结传统词学时，摈弃门户之见，不墨守成说，而力图融汇各派的胸襟气魄，难怪谭献要称赞他“将冶南北宋而一之”（《复堂词话》）了。

再看“拙”。这是一种诗词表现手法，况氏同样在《蕙风词话》卷一记录了王鹏运的话：

半塘云："宋人拙处不可及，国初诸老拙处亦不可及。"

正是这一点上，少年况周颐所受教育最深。他以少年兴会为词，学史达祖的词风。而史达祖，正如周济所说："用笔多涉尖巧。"（《介存斋论词杂著》）王鹏运的教诲对少年况周颐影响很大，他深有体会地说："作词最忌一'矜'字，矜之在迹者，吾庶几免矣，其在神者，容犹在所难免，兹事未遽自足也。"（卷一）又说"词忌做，尤忌做得太过。巧不如拙，尖不如秃"。（卷五）拙、秃与巧、尖相对。拙、秃就是不做作，尤其忌讳过分做作。《蕙风词话》中常以"质"、"拙"、"朴"这些词来赞赏写得好的作品，如说："其不失之尖纤者，以其尚近质拙也。"（卷二）"朴质为宋词之一格"（卷二）。实际强调的是一种自然之美，这种对自然之美的追求，凝聚了我们民族师法自然、师法古人的传统文化心态。老子说："人法地，地法天，天法道，道法自然。"[9]由此那种未经雕琢的，由大自然创造出来的质拙形态就成为人们叹为观止的永恒美学话题。与此相适应，人们对于最靠近大自然的"天人合一"的上古社会也心仪目注。以至于法先王、法三代，以尧舜时代为最理想的社会。孔子说："好古，敏以求之。"（《论语·述而》）[10]由此产生了以古为美的美学思想。历代文人复古主义主张就导源于这种文化——审美心态。我们认为师法自然，师法古人的文化心态一般会导致两种相反的心理：一种是食古不化、泥古不变的心理畸变，如明前后七子的一味模拟，艺术的本性严重失落；另一种从古人与自然的稚拙创造中发现古人的赤子之心，素朴之美，而以之疗救当前艺术的失真造作。这后一种正体现了我们民族文化的精华，因此，原始的天真未凿，并不成熟，却以质朴真诚为本的艺术吸引了无数后世艺术家，或叹为鬼斧神工，或誉为笔补造化，古代文学、绘画、书法、雕塑等都渗入了这种以稚拙为美的艺术倾向。

王鹏运继承常州词派的衣钵，反对浙西派末流的空疏油滑，以"拙"来补偏救弊，针滑药佻，这一点是无可厚非的。况周颐接过王氏"拙"的词学观，并加以发扬光大，要求宁拙毋巧，宁秃毋尖，但是稚拙毕竟只是一种初级形态的美，况周颐所追求的最高表现形态不是师法自然，而是妙造自然！自然从雕琢中出，落其芳华，复归朴素，斯为至境。所以况周颐说：

花庵词选谢懋杏花天歇拍云："余醒未解扶头懒，屏里潇湘梦远。"昔人盛称之。不如其过拍云："双双燕子归来晚，零落红香过半。"此二语不曾作态，恰妙造自然。（卷二）

谢懋《杏花天》词歇拍两句显得有些作态，矜之在神，因此不拙，不自然；而过拍两句自然地描景，景中含情，不但自然，而且是研练后的返朴归真，所以况氏称其“妙造自然”。“妙造自然”一语出自唐司空图《诗品·精神》：“生气远出，不著死灰，妙造自然，伊谁与裁。”而其源头在《庄子》。庄子说：“既雕既琢，复归于朴。”并以“佝偻承蜩”、“庖丁解牛”、“轮扁斫轮”、“津人操舟若神”、“吕梁丈夫蹈水”等故事反复申说这种练极返朴的功夫。司空图用“妙造自然”加以概括，宋人更加以发挥，欧阳修首倡一个“老”字，他说：“有如妖韶女，老自有余态。”[11]苏轼进一步解释说“为文当使气象峥嵘，五色绚烂，渐老渐熟，乃造平淡。”[12]葛立方说：“大抵欲造平淡，当自组丽中来，落其华芬，然后可造平淡之境。”[13]这种平淡从组丽中出的美学观反映了封建后期士大夫的人文心态，又符合艺术美的最高要求，所以清代文论家十分赞同，刘熙载就说过：“极炼如不炼，出色而本色，人籁悉归天籁。”(《艺概·词曲概》)王鹏运提倡的“拙”也已经包含了这一内容，况周颐《餐樱词自序》[14]说：“半唐于词夙尚体格，于余词多所规诫……所谓重拙大，所谓自然从追琢中出。”

况氏对于“拙”的发挥，值得一提的还有对赤子之心的阐释。他说：

> 问哀感顽艳，“顽”字云何诠。释曰：“拙不可及，融重与大于拙之中，郁勃久之，有不得已者出乎其中而不自知，乃至不可解，其殆庶几乎？犹有一言蔽之：若赤子之笑啼然，看似至易，而实至难也。”(卷五)

“顽”即“拙”，而且是“拙不可及”。“融重与大于拙之中”，也就是把深厚的情感与宏大的意旨通过自然流露的方式宣泄出来，如同赤子之笑啼，不自知，不可解。这一观点接近周济的说法。周济在解释词的表现时说：“赋情独深，逐境必寤，酝酿日久，冥发妄中，虽铺叙平淡，摹缋浅近，而万感横集，五中无主，读其篇者，临渊窥鱼，意为魴鲤，中宵惊电，罔识东西，赤子随母笑啼，乡人缘剧喜怒，抑可谓能出矣。”(《宋四家词选目录序论》)也是指由组丽入平淡，极炼如不炼的艺术表现。周济说的“赤子随母笑啼”，况周颐说的“若赤子之笑啼”，还有王国维说的“词人者，不失其赤子之心者也”(《人间词话》)，如出一辙。这一提法近师明代李贽“童心说”，远绍孟子的“大人者，不失其赤子之心者也”(《离娄下》)，其实质在于对艺术的真实表现，所以刘永济先生说：“况君诠释顽字，归本于赤子之笑啼，实则一真字耳。”(《词论》)

总之，况氏所标举的“拙”，是一种自然流露的表现手法。而“拙”的表现又有两个层次：从师法自然到妙造自然。师法自然是一种初级形态的艺术表现，存在于封建社会中前期，以天真质朴为美；而妙造自然主张自然从追琢中出，人籁悉归天籁，是一种最高形态的艺术表现，是封建社会后期艺术达到烂熟程度的表现，带着封建后期的社会心态，无论是推尊词体的常州词派，或王鹏运，还是高倡艺术本体价值的况周颐，在艺术表现上都会以之作为最高追求，这就是“拙”的艺术价值所在。

最后看“大”。况氏对此没有明确表述，但在具体例证中可以体会出来：

> 玉梅后词玲珑四犯云：“衰桃不是相思血，断红泣，垂杨金缕。”自注：“桃花泣柳，柳固漠然，而桃花不悔也。”斯旨可以语大。所谓尽其在我而已。千古忠臣孝子，何尝求谅于君父哉？（卷一）

况氏光绪十六年（1890）在苏州娶桐娟，并且写出词集《玉梅词》，自号玉梅词人。桐娟早逝，况氏也为朝廷所弃，浪迹江湖。后来况氏在光绪三十年（1904）再游苏州时，悲悼桐娟早逝，感叹自己被朝廷所弃，作《玉梅后词》，以艳笔写哀思。这首词取楚辞香草美人的比兴手法，以桃花自喻，以柳喻君父，所以说“忠臣孝子，何尝求谅于君父”。况氏认为“斯旨可以语大”，可见“大”就是寄托。强调比兴寄托，是常州词派提高词品的做法。但是常州词派强调比兴寄托达到了牵强附会的程度，一定要词中寄托邦国大事，而不顾及词以抒写个人情感为主的阴柔特点，所以王国维曾经大加鞭挞：“固哉，皋文之为词也！飞卿菩萨蛮、永叔蝶恋花、子瞻卜算子，皆兴到之作，有何命意？皆被皋文深文罗织。”（《人间词话删稿》）王鹏运深受常州词派影响，并以此为心法传授于况周颐。况氏这则词话记录在卷一，可以视为受王氏影响的结果。到了词话第二卷，况氏又记录下他与王鹏运的一场词学讨论：

> 《花间集》欧阳炯《浣溪沙》云：“兰麝细香闻喘息，绮罗纤缕见肌肤，此时还恨薄情无？”自有艳词以来，殆莫艳于此矣。半塘僧骛曰：“奚翅艳而已？直是大且重。”苟无花间词笔，孰敢为斯语者？（卷二·六）

花间词人欧阳炯这几句词并不深奥，况氏认为是艳情之最，显然是符合作品本意的，王鹏运却从尊体出发，仿效张惠言评价温词的作法，故作高深地认为“大且重”，也就是寄托，不知寄托怎样的邦国大事与忧国情感？况周颐故而叹息：没有花间词笔，是不敢写“大且重”的艳词的，从况氏的叹唱声中，我们聆听到了他的并不心服与别有会心。而这一做法的发展结果，是况氏积五十年填词经验体会到填词主要是表达内心，抒发性灵，在后期的《续话》中，他痛快淋漓地对寄托说加以改良：

> 词贵有寄托。所贵者流露于不自知，触发于弗克自已。身世之感，通于性灵，即性灵，即寄托，非二物相比附也。横亘一寄托于搦管

之先，此物此情，千首一律，则是门面语耳，略无变化之陈言耳。

此论实在公允！况氏一生颠沛流离，以逐臣而遗老，晚年作品确实多所寄托，如咏二云（傅彩云、朱素云）词，赵尊岳说："先生有所寄托，讳以二云也。"咏樱花，赵氏说："甲午以还，鉴于东祸之亟，故咏樱花，每多寄托。"（《蕙风词史》）而他的词论从艺术审美出发，并不以偏概全，强求寄托，这实在比张惠言、周济、王鹏运等人要高明得多。也许因为张惠言以治《易经》的经师身份论词，周济以治《春秋》经的经师眼光看词，特别重视比兴寄托，学人气息浓重。况周颐是词人而非学人，故他的词论更能切入艺术的堂奥。这则词话在《蕙风词话·续话》中，可以看出况氏后期词学观念的重要发展。最可贵的是，况氏进而对寄托的内涵加以改造。常州词派强调的寄托在于言志，为推尊词体讲究"其称文小而其指极大"，故这种寄托指邦国大事，也就是沈德潜"格调说"所讲的"理性情，善伦物，感鬼神，设教邦国，应对诸侯"，况氏却认为"此物此志，千首一律"，并不可取，而以寄托与性灵并举，"即性灵，即寄托"，也就是要求寄托人的性灵与情感。引性灵说入词学领域，以抒写个人情感与个性为寄托的内容，使得寄托说的位置发生了显著的偏移，由言志的诗教町畦向缘情的词学实际偏移。我们感到，引"性灵说"入词学领域比引入沈德潜的"格调说"要恰当得多，因为"格调说"主要强调风骨气象等阳刚特点，而"性灵说"则接近词的阴柔特点。把性灵、情感的抒发"寄托"在景物的躯体之上，与王国维的"一切景语皆情语"的著名论断若合符节，使得传统寄托说向意境说靠拢，具有更为独立的审美品位，更加符合词的存在现实。

在艺术的审美追求上，况周颐经历了长足孤独、痛苦的跋涉，他出入于王鹏运的"重拙大"的理论，当他从尊词体，并常州词派，尊王鹏运这一可敬师友出发，只得接受这一理论时，他是多么沮丧地告别自己的幼作与昨天，然而当他沉潜于词学本体达五十余年，长久谛视其审美律动以后，他所处的西学东渐、新旧交替的时代，他对艺术的深刻领悟与总结，都鼓动他情不自禁地对"重拙大"加以改造，一方面肯定其中"拙"的艺术价值并加以总结，另一方面坚实地改变"重"与"大"的内涵，把词从常州词派的畦封中再次解脱出来，"重拙大"在况周颐那儿获得了新的艺术生命。其意义在于：在封建社会结束时期，以改造过的"重拙大"理论对词这一封建时代的文学体裁加以真正的总结，使其摆脱经学、诗教的束缚，并且摆脱诗体的束缚，而具有独立的"别是一家"的艺术品格，不仅如此，况氏引入的性灵、情感诸观点，使得"重拙大"成为词作的一种基本意境，与王国维的"意境说"桴鼓相应，把对词学的研究与总结推进到审美领域，无论是对词学，还是对传统美学都有着不可磨灭的价值。

**注释:**

[1] 周济《介存斋论词杂著》附录,《介存斋论词杂著·复堂词话·蒿庵论词》,人民文学出版社 1984 年版。

[2] 谭献《复堂词话》,《介存斋论词杂著·复堂词话·蒿庵论词》,人民文学出版社 1984 年版。

[3] 龙榆生《清季四大词人》,《暨南大学文学院集刊》1930 年第 1 集。

[4] 赵尊岳《蕙风词史》,《词学季刊》第 1 卷第 4 号。

[5] 况周颐《蕙风词话》,《蕙风词话·人间词话》,人民文学出版社 1982 年版。

[6] 沈德潜《说诗晬语》,《原诗·一瓢诗话·说诗晬语》,人民文学出版社 1979 年版。

[7] 张惠言《词选》,中华书局 1957 年版。

[8] 周济《介存斋论词杂著》,《介存斋论词杂著·复堂词话·蒿庵论词》,人民文学出版社 1984 年版。

[9]《老子道德经·二十五章》,《诸子集成》(四),河北人民出版社 1984 年版。

[10] 杨伯峻《论语译注》,中华书局 1980 年版。

[11] 欧阳修《六一诗话》,清·何文焕《历代诗话》,中华书局 1981 年版,以下版本同。

[12] 引自宋·周紫芝《竹坡诗话》,清·何文焕《历代诗话》。

[13] 葛立方《韵语阳秋》卷一,清·何文焕《历代诗话》。

[14] 陈乃乾校刻况周颐《蕙风丛书》之《第一生修梅花馆词·餐樱词》。

(原载《安庆师院学报》2001 年第 3 期)

# 桐城派研究

## 桐城派马其昶文集版本琐议

马其昶(1855～1930),字通伯,晚号抱润翁,桐城人,少时从父亲马起升(慎庵先生)学习古文,后从同邑方宗诚、吴汝纶和武汉张裕钊学习(方宗诚、吴汝纶是桐城派后期重要作家,吴汝纶、张裕钊为“曾门四子”中人)。其后马氏游京师,又交郑杲、柯凤荪,学问、文章大进。宣统年间马氏再游京师,授学部主事;辛亥革命后,担任清史馆总纂。马其昶被称为“桐城派的殿军”。桐城派不仅主文,且治经,马氏治《易》、《诗》、《书》,《易》崇费氏,《诗》宗毛氏,《书》宗大传。儒家之外,又精研老庄、屈赋。有《三经谊诂》、《老子故》、《庄子故》、《屈赋微》等著作问世,文集为《抱润轩文集》、《抱润轩遗集》。

笔者近年接受教育部古籍整理课题“马其昶文集”点校任务,又参加大型清史项目《桐城派名家文集汇刊》编纂工作,承担马其昶《抱润轩文集》的点校任务。在准备过程中,遇到问题,有所思考,兹叙述于下。

### 一

《抱润轩文集》传世者,据《清人别集总目》[1],有下列文本:

| | |
|---|---|
| 抱润轩文 1 卷 | 稿本(皖图) |
| 抱润轩文集 10 卷 | 宣统元年安徽官纸印刷局石印本 |
| 抱润轩文集 22 卷 | 光绪刻本(南充师院) |

抱润轩文集 22 卷　　　　民国十二年北京刻本
抱润轩集外文稿 1 卷　　　　排印本(复旦大学图书馆)
马其昶文稿　　　　抄本(北京师范大学图书馆)

我经过千辛万苦复印到宣统元年石印本《抱润轩文集》(下简称宣统石印本)10 卷,民国十二年北京刻本《抱润轩文集》(下简称民国刻本)22 卷,而抄本《马其昶文稿》藏北京师范大学图书馆,笔者近来托同事复印了前半部,并浏览了全文。此本写在民国五年(1916),共收录 43 篇,起宣统元年(1909),迄民国五年(1916),正好在宣统元年石印本《抱润轩文集》10 卷后,民国十二年北京刻本《抱润轩文集》22 卷前。民国十二年的《抱润轩文集》22 卷是作者最后的手定本,既收录了 1916 年后的文章,又对前面的文章进行了文字的修改,是最有价值的文本。令人疑惑的是,光绪刻本《抱润轩文集》也是 22 卷,它在宣统元年石印本《抱润轩文集》10 卷前,不可能收录后面的文章,虽称 22 卷,其篇幅应该不会大于宣统元年 10 卷本,其内容在宣统本中也应该有所肯定或修正。此本藏南充师院,我托人从南充师院查看,证实也是民国刻本 22 卷,所谓光绪刻本是不存在的。从手头现有的本子看,按时间先后,宣统元年石印本《抱润轩文集》10 卷在前,接着是民国五年抄本《马其昶文稿》,最后是民国十二年的《抱润轩文集》22 卷。可以用 22 卷本作为底本,拿前两个本子来对校。其次,排印本《抱润轩集外文稿》1 卷,藏复旦大学图书馆,尚未见到。[2] 我手上有《抱润轩遗集》1 卷,没有序跋,仅署"丙子仲冬孙婿吴常焘敬校刊",即由吴常焘(孟复)刊刻于 1936 年,无锡文新印刷所代印。

宣统元年安徽官纸印刷局石印本《抱润轩文集》10 卷没有序跋,只在卷首有校录者潘勖的一段话,兹引录于下:

> 右《抱润轩文集》,都为十卷。其为类者九,曰论辩,曰杂著,曰序跋,曰书说,曰赠序,曰碑志上,碑志下,曰传状,曰杂记,曰哀祭。此与姚先生《惜抱轩集》编次略同。而小别者,其书之体例行式悉仿诸汪容甫先生《述学》,而又参以包氏《安吴四种》,惟总目,《述学》所无。其篇目首尾相衔,又与惜抱轩异焉。厘定体例,则嘉兴沈公、闽县李公,始稽校原文。复校字者,则合肥张介尊明经。襄校录之役者,则后学怀宁潘勖。宣统元年己酉嘉平月缮写将蒇,并识于左。

厘定全书体例的,是沈公、李公,稽校原文及校字的,是张介尊,协助校录的是潘勖自己,无一语提及马其昶先生。马其昶先生对此书如何评价?我认为:此书印行在马其昶先生健在之时,一定得到先生的首肯,而马其昶先生不发一言，也必有其深意。只是先生不言，我们也不好妄测。

我们再来看最后定稿的民国刻本22卷《抱润轩文集》。此本虽仍无作者的序跋，却有陈三立与王树楠所写的序，弥足珍贵。陈序在前，写于己未年，即1919年。其云：

> 马君通伯所为文，去今二十年间，余获而读之，前两岁，续成近百篇，自京师寄余，且督为之序，余又获而读之。

这段话传递出两个信息：第一，这部文集结集于两年前，即1917年，在原来的宣统元年（1909）石印本后，也在民国五年（1916）抄本《马其昶文稿》后；第二，这个民国刻本所收文章，据我们今天所见，有220篇，陈氏说，其中近百篇是“前两岁续成”，而宣统石印本收文118篇，民国五年抄本收文43篇，去掉删去的文章，也没有百篇，此为约指。在宣统石印本的目录后有陈三立一段话：

> 曾张而后，吴先生之文至矣，然过求壮观，稍涉矜气。作者之不逮吴先生，而淡简天素或反掩吴先生者，以此也。环堵私言，敢质诸天下后世。丙午六月义宁陈三立。

丙午年乃光绪三十二年（1906），在宣统元年（1909）前，证明在宣统石印本印行前，陈氏见过并评价过马氏的文章，这个评价被宣统本的编辑者引用。

再来看看王树楠序，其云：

> 君手勒其文，自丙子以讫今兹，凡得若干篇，而属余为之序……辛酉春新城王树楠序。

这段话也传递出三个信息：第一，“君手勒其文”，说明此本是作者自己手定，反映了马氏自己的编辑思想；第二，此文集收录马氏文章起自丙子，即光绪二年（1876），以讫编订时期，是作者一生文章的概括；第三，王树楠序写于“辛酉春”，即民国十年（1921），在此本正式刊行前两年。

民国刻本在陈、王两序后，还收列了当时名流的题词，计有光绪元年（1875）孙依言题词，光绪二年（1876）张裕钊题词，光绪十九年（1893）吴汝纶题词，民国三年（1914）王树楠题词，民国五年（1916）陈三立题词，民国十二年（1923）柯凤荪题词。其中最早的孙依言评价的文章，马氏没有收入文集，最后的柯凤荪题词在1923年，正是文集刻行的时期。

综上可知，民国十二年北京刻本《抱润轩文集》22卷乃马氏自己手定，从厘定的1917年到正式刻行的1923年，历时七年，当为最后之定本，文集共收录文章220篇，起自光绪二年（1876），以讫编订时期，是作者一生文章的概括。

所以我们点校马氏《抱润轩文集》,当以民国十二年北京刻本为底本,庶几符合作者的原意,而以潘勖校录的宣统元年石印本与民国五年抄本《马其昶文稿》为校本,可起到重要的参考作用。

## 二

民国刻本与宣统石印本对校,可以发现,两本编排体例基本相同,文章的分类是效仿姚鼐《惜抱轩集》,也可看出民国刻本对宣统石印本的继承。

现将宣统本所收文章在民国本中收录情况具体排列于下:

| 宣统石印本(10 卷本) | 民国刻本(22 卷本) |
| --- | --- |
| 卷一:论辩 | 卷一:论辩 |
| 卷二:杂著 | 卷二:杂著 |
| 卷三:序跋 | 卷三:序跋 |
| 卷四:书说 | 卷八、九、十:书说 |
| 卷五:赠序 | 卷六:赠序 |
| 卷六:碑志上 | 卷十三、十五:碑志 |
| 卷七:碑志下 | 卷十七、十八:碑志 |
| 卷八:传状 | 卷十一:传状 |
| 卷九:杂记 | 卷二十一、二十二:杂记 |
| 卷十:哀祭 | 卷七:哀祭 |

从民国刻本对宣统本的编排体例的继承看:文集序跋类,民国刻本把宣统本的卷三扩大为卷三、四、五;书说类,民国刻本把宣统本的卷四扩大为卷八、九、十;杂记类,民国刻本把宣统本的卷九扩大为卷二十一、二十二;民国刻本还把宣统本的卷六、七的碑志类扩大为卷十二到卷二十,收录了大量的名人碑志,不少是应酬之作,我在《马其昶〈抱润轩文集〉〈遗集〉墓志、寿序类浅评》[3]一文中已经阐述,此不赘言。

下面再看看两本收录文章的异同情况。

宣统石印本收文 118 篇,大部分为民国刻本所收录,但也有未加收录的,现引录于下:

1. 杂说二首
2. 说需(卷 1)
3. 桐城古文集略序
4. 书陆清献公手札后

5. 和汉译法新编序
6. 姚叔节排印所著文诗五卷序(卷三)
7. 上孙琴西先生书
8. 与刘仲鲁书
9. 与刘仲仪书
10. 复皖中绅士书(卷四)
11. 赠刘摭园序
12. 方柏堂先生七十寿序(卷五)
13. 孙氏节母何太恭人墓志
14. 张府君墓碣铭
15. 姚闲伯墓表(卷六)

共15篇文章,应该说是马氏亲手删除的,删除原因不好蠡测。其中《方柏堂先生七十寿序》收在《抱润轩遗集》中,文中一再说明不写寿序的原因,及写作此篇的不得已,见拙文《马其昶〈抱润轩文集〉〈遗集〉墓志、寿序类浅评》。《姚闲伯墓表》所记,姚氏永楷,字闲伯,乃姚永朴、永概兄,体羸多病,三十八岁卒。不知此文为何删去。

这样,民国刻本共收录宣统石印本中的103篇,其余117篇是后来补充的。

这117篇文章,有一部分是很有价值的,如补充收入了大量的文集序跋,包括马氏自己的一些重要学术著作的序,一些并世诗人学者的诗集、著作的序跋,还有后作的一些亭台楼记;而一些应酬的文字如大量的墓志铭,还有一些应酬的信件,价值显然低一些,但作为一个学者、作家的作品全貌,还是可以收录的,也许马氏当时正是这样考虑的。

随之而来的问题是,既然这些文章可以收录,为何又要删除那15篇呢?《抱润轩遗集》收录文章共18篇,也属于这一类,又如何处理呢?我的初步想法是,为了保持全貌,只有委屈马氏的初衷,把删除的14篇作为补遗(15篇中《方柏堂先生七十寿序》已经收入《抱润轩遗集》),放在《抱润轩遗集》的后面,不知可否?

## 三

民国刻本与宣统本、民国抄本对校,有不少不同之处。一般情况下,应该把宣统本、民国抄本的不同之处出校记。而这两个本子有自己的特殊情况,两本不是同时出现的，而且后出的民国刻本是先生手定，有些文字是他自己有意删改的，要不要出校记呢？我曾经特意请教过著名文献学专家赵逵夫先生，赵先生认为：如果是作者自己后来改过的，一般不应出校记，这就好像人改正自己的缺点，就不希望别人再提了，再把它引出来，是揭前人的短处。我觉得这真是洞入肺腑之言。比如马氏《郑东父传》，此文写在癸卯年，即光绪二十九年(1903)。主人公郑杲，字东父，直隶人，长于《春秋》，会通《三传》，是著名学问家，马其昶与其处于师友之间。宣统本有云：

桐城马其昶与缔交心，知君学出己上，宜为师，而君顾引与为友。尝登堂拜母，母命坐。君侍立，恂恂有孺子色。母曰："是儿早失父，无教，令辱友，子幸勉其学好矣！"其昶敬悚汗下，不知所为对。

民国刻本此处云：

桐城马其昶与缔交心，知君学出己上，宜为师，而君顾引与为友。尝登堂拜母，母命坐。君侍立，恂恂有孺子色，其昶敬悚汗下。

民国刻本删去"母曰：'是儿早失父，无教，令辱友，子幸勉其学好矣！'"自然又删去"不知所为对"一句。马氏以郑东父为师，此句郑母所说，马氏不引为得体。

宣统本下文又有：

君既死，天下书院率逢诏改学堂，姚永朴教习山东，从其徒友问君所著书，得残稿数种，手录以归。

而民国本此处为：

君既死，姚永朴客山东，从其徒友问君所著书，得残稿数种，手录以归。

文字更为简练，符合桐城文章对"简洁"的要求，这些地方我觉得应该尊重作者的原意，可以不出校记。

写在戊寅年即光绪四年(1878)的《雪夜课经图记》，由于是早期作品，更出现大量的改动，尤其是文章的前一部分。兹将宣统本此文先引于下：

吾友方鞠裳幼随侍其先临江守麟轩先生于任所，于是临江规划既具，百为趋功，庭以无事，往往为之评骘书史，丙夜不止。是时鞠裳虽始学，固已究悉根要。其后先生乞病寓苏州，而鞠裳归桐城，嗣其叔父，连婚余家。余见鞠裳多记古事，心尝愧之。同治壬申余游浮山，先生适归里，因得拜见于山下。明年再见于江宁，余方应省试，先生大伟异余文。后余再试，再黜，先生遇之益厚，命鞠裳与余会文为课。未几，鞠裳供职京师，居三年，汶汶无所试，一旦心悸，乞假省觐，克时日，独身走三千里以归，而先生则已前殁矣！余既别鞠裳，有姚仲实者，年少而才俊，交厚于余，與鞠裳同，姻戚亦同。余每对之，辄益思鞠裳。及闻鞠裳归，治丧浮山家祠，则往慰之，悼怀前事，相與流涕。鞠裳痛父之不可复见，无以寄其悲思，乃命工画者追绘《雪夜课经图》，属余为之记。

再看民国刻本此处云：

姊夫方君鞠裳幼随侍父麟轩先生临江任所，于是临江规划既具，百为趋功，庭以无事，则取书史督课之，丙夜不止。鞠裳虽始学，固已究悉根要。其后先生乞病寓苏州，而鞠裳还里，嗣其叔父。余见鞠裳多记古事，心尝愧之。同治壬申游浮山，先生适归里，因得拜见于山下。明年再见于江宁，时方应省试，先生大伟异余文。后再试，再黜，先生遇之益厚，命鞠裳与余会文为课。未几，鞠裳以部郎供职京师，居三年，汶汶无所试。忽心悸，乞假省觐，未达而赴音至，随奉丧归浮山家祠，痛父之不可复见，命工画者追绘《雪夜课经图》，属余为之记。

民国刻本可见后期文章的简洁、准确、老练、精神。如开头一句："姊夫方君鞠裳幼随侍父麟轩先生临江任所。"比宣统本之"吾友方鞠裳幼随侍其先临江守麟轩先生于任所"，文中再补一句"连婚余家"，显得简洁、准确，直接到题，看出文笔的老道。宣统本叙姚仲实事，于该文为衍笔，按桐城古文的要求，显然不合，在民国刻本中一律删去，益显文章的简洁老练、精神内蓄。此等处，作者已经修改过来，再在校记中引出是没有必要的。

民国刻本中的《先太仆公逸事》，对宣统本同文更是做了全面的改写，笔者打算专文论述，此不赘言。

以上对马其昶《抱润轩文集》的版本情况，宣统本、民国抄本与民国刻本体例与收录文章的异同，民国刻本对宣统本的改动情况做了具体的论述，不妥之处，尚望方家指正。

**注释：**

[1] 李灵年、杨忠主编《清人别集总目》，安徽教育出版社2000年版。

[2] 笔者后得《抱润轩集外文稿》,此本所收文章乃民国十二年以后者,即22卷本刻印后,刻行在1933年,又在刊刻于1936年的《抱润轩遗集》前。此本已由笔者正式出版在《马其昶著作三种》(安徽大学出版社2009年版)中,参见《马其昶著作三种前言》。

[3] 孙维城《马其昶〈抱润轩文集〉〈遗集〉墓志、寿序类浅评》,载《桐城派研究》,2005年第1期,安徽省桐城派研究会主办。

(原载《安庆师院学报》2006年第6期)

## 马其昶墓志、寿序文浅评

马其昶(1855~1930),字通伯,晚号抱润翁,桐城人,少时从父亲马起升(慎庵先生)学习古文,后从同邑方宗诚、吴汝纶和武汉张裕钊学习(方宗诚、吴汝纶是桐城派后期重要作家,吴汝纶、张裕钊为"曾门四子"中人)。其后马氏游京师,又交郑杲、柯凤荪,学问、文章大进。宣统年间马氏再游京师,授学部主事,辛亥革命后,担任清史馆总纂。马其昶被称为"桐城派的殿军"。桐城派不仅主文,且治经,马氏治《易》、《诗》、《书》,《易》崇费氏,《诗》宗毛氏,《书》宗大传。儒家之外,又精研老庄、屈赋。有《三经谊诂》、《老子故》、《庄子故》、《屈赋微》等著作问世,文集为《抱润轩文集》、《抱润轩遗集》。

《抱润轩文集》民国十二年(1923)结集为22卷,比已酉年(1909)的10卷本篇幅要多,当为最后之定本。[1]其中卷一、卷二为论辩,内容涉及经史,基本为其读书所得。卷三至卷五为序跋,包括自己论著的序跋与为他人诗文集所作的序跋,卷六为赠序,卷七为祭文,卷八为疏状文,卷九、卷十为书信,卷十一、十二为逝者之行状与传记,卷十三至卷二十为墓志铭,卷二十一、二十二为记,包括山水馆舍记与人物记等。整个体例与唐宋古文家及桐城派方、姚辈文集相类。拿今天纯文学的眼光看,恐怕只有后两卷是文学作品。而大量的是人物传记,包括卷七的祭文,卷十一、十二的行状与传文,卷十三至卷二十的墓志铭,还有卷二十一、二的一些人物记。其中卷七,还有从卷十一到卷二十,共11卷属于墓志类,占了整个文集的一半篇幅。从篇数看,文集共收录文章220篇,这一类占了112篇,更是超过半数,可见其所占份额之大。而《抱润轩遗集》[2]收录文章共18篇,除一篇为史论文字外,4篇寿序,13篇皆为逝者立传。

寿序从本质上看，与谀墓之作近似。所以如果加上这17篇文字，这一类作品就是129篇，占整个传世文章238篇的54%。无可讳言，这样大量的墓志、寿序类文字影响到文集的质量。尤其时代已经进入近代，新思想、新观念给予时代以新的活力，马氏还在津津于忠孝之道，写人物，无外乎修桥补路，写妇女、孝子，则千篇一律地写其侍病衣不解带，甚至割臂疗亲。修桥补路、侍病养亲非不好，关键在于其中的情绪、语气散发着封建腐烂的气息，与时代格格不入。这是马氏文章中的糟粕，应该加以剔除。但从另一角度看，这类文章是一种接近于人物传记的特殊文章，马其昶在其中加入了自《左传》、《史记》以来的传记文章的风韵，使这类文章生动不少。下面试加论述。

## 一

其实，马其昶对这类文章的写作是慎而又慎的，首先是推辞，推辞不掉则竭心尽力从中找出有价值的东西。尤其对于寿序，他夙有寿文之戒，自己所厘定之文集中一篇不收；《遗集》由其孙婿吴常焘刊行于1936年，其中有4篇寿序，显为后辈所收。在这几篇寿序中，他一再自责。如在《刘云樵封翁七十寿序》中说："其昶夙有寿文之戒，而于京卿之请，又有不能已于言者。""而余不能自坚素戒，欲持此论质之当世"。再如为方柏堂先生寿序。方宗诚，字存之，号柏堂，桐城派后期重要作家，为马其昶的授业恩师。当柏堂先生六十九岁时，宗党姻旧、门人弟子各为诗文以祝颂，马氏说："寿序于古无有，昔卫武公耄而进德，为抑戒之诗，使人颂以自敕。若徒侈述其所已能，贡谀词，长溢志，非君子义所当出。今先生志道不倦，有武公之风，又深达于文律，则吾党所以致敬先生者，要当在此，不得在彼。"(《方柏堂先生七十寿序》)独谢不为，直到第二年，柏堂先生疾，先生二子伦叔、常季再次言及，才允诺。而寿文于其"道德之崇，政事文章之懿美，福祉之繁多，他人竟能言者，乃皆不及之"，独称述先生少时之艰危困顿而自奋于学，对先生之二子及自己寓勉励之意。这样就超出了寿序文字的老套谀词，而赋予新意，写出具有个性特色的东西。吴汝纶先生赞道："致戒其嗣人，最得古意。"

其墓表文字涉及学人者，则往往论其学问源流。如《赠道衔原任工部员外郎马公墓表》，马公瑞辰乃其昶祖父行。此文先述学问，谓天下竞言考据，桐城诸老师皆涉义理为教，其以专精朴学闻于时，则为吾家二先生宗琏，宗琏传业瑞辰，凡两世。瑞辰于毛诗有研究，《墓表》云：

(其)尝谓《诗》自齐鲁韩亡，独毛郑最古。郑君注诗，宗毛为主，其改读，非尽易《传》，而《正义》或误为毛郑异议。郑君先从张恭祖受韩诗，其异训多本韩说。而《正义》又或误合《传》《笺》为一。毛诗用古文经，字多假借；而《正义》或未达于是。撰《毛诗传笺通释》三十二卷。同时长洲陈氏奂著《诗毛氏传疏》，亦为专门之学，故世之治毛诗者，多推此两家之书。(《文集·卷十五》)

可知马瑞辰之治毛诗，确有心得，其于毛传郑笺之差异，叙之明晰，故能与同时之陈奂并称。在墓表之结尾，其昶更明确表示："因颇推论吾邑儒学承传之绪，表于兹阡，俾过者知所矜式，而后世尚论征文献者，亦得以考览焉。"

再如《冀州赵君墓表》所表乃一行贾之人，显为无可奈何之文。而借其孙赵衡能古文发挥，推论北方文教之原由，至所表墓主反为所掩。其云：

冀州自吾乡吴至父先生莅官，一以振起文化，造士为急，延礼通儒王君晋卿、贺君松坡、范君肯堂专教事，一时瑰异之材得所矩范，人人皆知文章利病，旁衍及他郡邑。而武昌张廉卿先生暨吴先生又先后主莲池讲席，师友源澜，同流共贯，徒党蔚兴。于是北方文学之传，与东南侔矣！(《文集·卷十五》)

其所论北方文教之原由，处处不离桐城派之渊源，也可看出马氏以桐城派之传人自居。而墓表文字论学问源流，更可看出马氏之身份地位，他还不仅是桐城派之传人，更是传统文化、文学之传人，其撰墓志时也不会忘记这一点。而他在墓志类文章中撇开墓主，而论学问源流，也可看出他的原则性与他清高的人品。

## 二

马氏对于墓志，是自觉当作人物传记来写作的，其对于人物的描写，常有传神之笔，深得《左传》、《史记》、韩愈、欧阳修、归有光以及桐城派先贤方苞人物描写之精髓。如《大父怡轩府君行状》写其祖父树章，因多病而未走科举道路，一心操持家务，其兄树华曾任通判，矜善风节，树章事之唯谨。文中写兄弟二人侍母游观一节生动传神：

太恭人年几九十，府君食则视膳，寒则视衣，百营而求一愉。于宅中构怡轩双桂楼，于城西构碧梧翠竹山馆，置小肩舆，春秋佳日，每舁母游观，通判公奉前，府君奉后。是时太恭人欢甚，或念赠公乃不见有今日，往往泣下。

文章简洁，其叙舁母游观，仅言树华奉前，树章奉后，而无一赘语，含而不发，神采自现。试想九十老母坐肩舆中，六十余岁的儿子奉前后，何等情趣！家人无法上前，路人指点叹赏，何等风味！再加上太夫人的时欢时泣，更是一幅多么怡人的佳日出游图！

此文后面又叙兄弟情谊及树章的事兄唯谨：

> 每晨兴戒视洒扫，即兄弟集东厅互问安否。通判公就席治书史，府君乃退而课盐米，讥簿籍，皆细字庄写，通问亲友庆吊，及午共餐东厅，日昳复如之，秉烛话往事及诸所当设施者，诸子妇咸侍侧。一日客过，偶置酒为樗蒲戏，通判公适过后堂来，于窗间见之，蹙额而去。府君坐席下，向上微窥见之，即谢客。终不复为。(《文集·卷十一》)

叙事雅洁，是桐城派自方苞以来的传统。此文叙兄弟互问、兄读弟稽、午晚共餐、秉烛话往事，皆要言不烦，深得方苞文章神髓。方苞在《古文约选序例》[3]中说："《易》、《诗》、《书》、《春秋》及四书，一字不可增减，文之极则也。降而《左传》、《史记》、韩文，虽长篇，字句可薙芟者甚少。其余诸家，虽举世传诵之文，义枝辞冗者或不免矣。"对雅洁的要求极高，韩文之后，极少赞许。马氏此文或可达到方苞的要求。后叙树章偶与客为樗蒲戏，树华适于"窗间见之，蹙额而去"，而树章的"向上微窥"，皆言简而神注，寥寥几笔，绝不拖沓，人物神态毕现，两人的个性特点也跃然纸上，可见传神的先决要求在简洁。此等处写凡人小事，而于客观叙述中贯注亲情，以小见大，亦可看出明代归有光文章的影响。

其描写人物，尤其喜欢表现人物之风神气节。如《陈虎臣先生墓表》写其风神：

> 一日贼猝至，不及避。讲诵不辍，无怖容。贼出，戒其侣："勿扰，此儒生。"贼退，乃挈家夜窜七昼夜，达祁门。时曾文正公驻师祁门，招集流冗。李文忠公方为幕僚，先生以旧好诣之。李公曰："曾公饥渴求士，子负干略，而顾与难民为伍乎？"语未卒，文正已搴帏入，倾盖促膝，情款大申。(《文集·卷十五》)

写其在敌前"讲诵不辍，无怖容"，而在曾、李前"倾盖促膝，情款大申"，皆可见其神采，曾公的求贤若渴也通过"语未卒，文正已搴帏入"的细节，一下就展现出来了。

其《沈石翁传》写沈石翁酷爱怀宁邓石如、泾县包世臣书法，亦通过兵乱来表现：

翁尝避寇逃窜山谷，磊然负挈以行。寇窃得之，则断烂古拓及所弆邓山人、包安吴手迹也。寇怒，裂掷之。翁大呼曰："命可舍，此不可裂也！"寇乃熟视良久，笑而去。（《文集·卷十一》）

那种对古文化的痴情，通过"磊然负挈以行"，不顾生命危险地大呼："命可舍，此不可裂也。"表现出来，人物的迂腐可爱，甚至可笑的性格神采毕现，呼之欲出，真是神来之笔！对方的"熟视良久，笑而去"也神情可爱。在战乱中有此传神描写，人性的善良、幽默、风趣，缓冲了战争之残酷。

再如《赠道衔原任工部员外郎马公墓表》写马瑞辰之死：

初，公之家居也，老矣。常未明起，孙曾睡内寝正熟，独挟一册，秉烛出，就厅事呕吟。贼至，二子起团练，而奉公避山中。贼入山，众惊走。公方据案读书，贼以刃胁之降。斥曰："吾大清罢职员外郎，岂降贼者矣！吾且命子杀贼！"贼益怒，挥刃刺之，遂遇害，血渍案上书册，痕斑然，春秋七十七。

其写人物风神，往往通过危急时刻加以表现，并以其人平时之鞠躬退让加以对比，表现其人临大节之不可夺。其"据案读书"，临敌不屈，人品气节宛然纸上，作者并以其遇害时之"血渍案上书册，痕斑然"加以烘托，使人想起《史记》中的一些悲壮描写。

马氏墓志中有不少武将的事迹，常常能写出人物彪悍矫健的身影。看其《廉君家传》：

迫暮，骑皆下马步行，前阻桥，君骤登桥，短兵接。桥下伏炮发，击君踣地。舁归营，君养创未瘳，再奋，欲陷阵，久之，创迸裂，血出，遂卒。（《文集·卷十一》）

读之使人振奋，不由想起韩愈《张中丞传后序》所描写之南霁云：

霁云慷慨语曰："云来时，睢阳之人，不食月余日矣！云虽欲独食，义不忍；虽食，且不下咽！"因拔所佩刀，断一指，血淋漓，以示贺兰。一座大惊，皆感激为云泣下。

马氏之墓志文字，就这样注入了《左传》、《史记》等人物描写的神采，使得这类被称为谀墓之作的文字具有了文学价值。

## 三

作为传记类文字，马氏所撰写的墓志保存了大量的人物第一手资料，可补正史之不足。在129篇墓志、寿序、行状、传略中，有不少贵妇、节妇、孝子的传记，充斥着大量千篇一律的行善积德、侍奉汤药、割臂疗亲的内容，有些十分荒诞不经，是这类文字中最不足取的。但是也有许多重要人物及其夫人的事迹材料，赖此得以留存，如文人学者郑杲，字东父，长于《春秋》，马其昶视为师友，马氏治《易》受他影响；马其昶祖父马瑞辰，曾祖宗琏，并为学问家，马其昶称为"吾家二先生"；赵曾重，字伯远，编修，赵朴初先人，他们的生平事迹赖以保存。如吴汝纶，字挚甫，"曾门四子"之一，桐城派重要作家，朝廷命其为京师大学堂总教习，则请赴日本考察教育，归未及返命而卒。关于此事，《吴先生墓志铭》记载：

> 殊亦无意教授，独欲考究学制得失，厘为定法，俟能者。其归自日本也，自乞先返籍省墓，因兴办桐城小学堂。数月，学堂成，北行待发，卧疾，遂不起。(《文集·卷十七》)

无意任教京师大学堂，而请返籍省墓，并兴办桐城小学堂。此一记载可补正史记载之不足，并在桐城中学校史上留下可靠的依据。

再如《姚叔节墓志铭》记载桐城派后期重要作家姚永概生平事迹。姚永概，字叔节，与兄永朴，字仲实，并称"二姚"。姚范玄孙，姚莹孙，马其昶为其姊夫，又并称"二姚一马"，为桐城派后期殿军式的人物。姚永朴治经，而永概以诗文著，沈曾植曾取其诗与马其昶文合印一册，称为"皖之二妙"。早年师从吴汝纶，民国后任清史馆纂修，与兄永朴同撰名臣传。《墓志铭》于其教育文史之经历叙之十分清晰：

> 朝旨既罢科举，各行省皆兴学。君充安徽高等学堂教务长，改师范学堂监督。君为人孝友笃至，其教士必根本道德，以文艺科学为户牖。与人交，披沥肝胆，无不尽。广坐高谈，音响震越。安徽数更大吏，咸钦君才望，有大计辄就决于君，是非得不谬，乡里往往被其惠，而谤议亦兹起，于是君益浩然无用事之志矣！民国肇建，应北京大学之聘，为文科学长，萧县徐又铮尤国士遇君，创正志学校，君长教务尤久。正志学风出京师诸校上，天下无异词。清史馆之设也，柯、王二君暨余及君兄弟皆从事焉。(《文集·卷二十》)

叔节任安徽高等学堂教务长，改师范学堂监督，后任北大文科学长，正志学校教务长，又与马其昶一起任职清史馆。其任职安徽高等学堂及师范学堂，即安庆师范学院之前身，因此，他对安徽省的高等教育包括安庆师范学院的历史都做出了不可磨灭的贡献。

墓志铭对近代许多历史人物有独家记载，如《资政院议长许君墓表》记许鼎霖（《文集·卷十六》），又《闽县陈君家传》传主陈宝璐，福建闽人，同光体诗人陈宝琛之弟。该传中还记载了著名福建词学家谢章铤之事迹：

> 独时就谢中书商证所学。中书长乐老儒，名章铤，品节高峻，君平生所严事者也，主讲致用书院，殁而贫甚。君嗣其讲席，以束脩为刊其遗集，又育养其孤子女，而婚嫁之。（《文集·卷十二》）

徐树铮，江苏萧县人，字又铮，段祺瑞亲信，官至上将。马氏《澧泉村徐氏阡表》于其家世及其少年时事有传神描述，如云：

> 初，府君以树铮少慧，奇赏之。稍长为诸生，跅弛自喜，课艺得奖金，随手尽，以此负豪荡声。长老或告府君："曷戒诸？"笑不答，切言之，乃曰："会当自止耳，戒何能为？"树铮方奉茶上，微闻之，心愧……至山东，上书巡抚项城袁公。袁公居母丧，不通谒，属幕吏察其才。一见，语不合，退，更遣书诮之。于是府君闻而让之曰："汝之出，将以待用也，未得人用，乃妄拟用汝者，先为而用乎？"树铮谨受教，自是折节读书，为诗文，甚有名。时从贤豪长者游处。其昶初望见稠人中，以为儒生也。（《文集·卷十六》）

此亦可补正史，而加深对徐氏之了解。

墓志铭对近代安徽历史人物的生平事迹有独家记载，如孙家鼐、周馥、江召棠。孙家鼐，安徽寿县人，咸丰状元，官至文渊阁大学士、武英殿大学士，资政院总裁。马氏《武英殿大学士赠太傅孙文正公神道碑文》（《文集·卷十四》）有详细记载。周馥，建德（今东至）人，初任李鸿章文牍，为李鸿章所器重，协助李鸿章办理洋务达三十余年，官至两江、闽浙、两广总督。马氏所撰《清故光禄大夫陆军部尚书两广总督周悫慎公神道碑文》（《文集·卷十四》）及周馥嫡配吴夫人之《吴太夫人墓志铭》（《文集·卷十八》）有详细记载。又《赠太仆寺卿南昌县知县江君家传》所记江召棠，桐城人，任南昌知县时，因教案事，与法国传教士王安之据理力争，被王安之与二教民谋杀，百姓愤而毁教堂，杀王安之。记之甚详，见《文集·卷十一》。

马氏所撰墓志，对于淮军人物更有详细而准确之叙述，如对李鸿章之弟李鹤章，有《赠光禄大夫甘肃甘凉道李公墓碑》(《文集·卷十三》)记载。更有周盛波、刘铭传的神道碑，这两人是李鸿章麾下淮军的重要人物，周盛波军号称盛军，盛字营，刘铭传军号称铭军，铭字营。《湖南提督周刚敏公神道碑》记载周盛波及其弟盛传事迹颇详。周氏合肥人，起自团练，从李鸿章征战，碑文文字可以看作当时淮军战史。并云：

> 其军用西法操练，精锐冠列省防营，所谓北洋新军者也。兵士屯田小站，米粟如江南，其后将帅秉国者多起小站。(《文集·卷十四》)

对小站练兵一事有记载，亦可供研究袁氏小站练兵者参考。马氏对刘铭传事迹的记载更有价值，《赠太子太保兵部尚书衔福建台湾巡抚一等男爵刘壮肃公神道碑铭》详细介绍刘氏生平。刘铭传，字省三，合肥人，家世务农，起团练，从李鸿章，号铭军。破捻军，后督办台湾军务，击退法军的进攻，任第一任台湾巡抚，为开发台湾作出不可磨灭的贡献，碑铭记载：

> 念兵制久敝，不饶给财用，无能革新，于是清丈田亩，赋收倍经额，而诸所创土田茶盐金煤林木樟脑之税，亦充羡府库，始至岁入金七十万，其后至三百万。因益筑炮台，购火器，设军械局、水雷局、水雷学堂，要以兴造铁道为纲纽，而电线、邮政辅之，功费大万百余。(《文集·卷十三》)

墓志所记，凡此之类良多。可见，研究人物及诸代事迹，在正史外，当求之地方志以及家谱、墓志，这是一个很大的研究领域，不应被我们忽视。

以上从论学问、状人物与明事迹三个方面对马其昶《抱润轩文集》、《遗集》的墓志类文字进行了粗浅的梳理，姚鼐曾经把桐城古文归结为义理、考据、辞章三者的结合，而论学问即义理，明事迹即考据，状人物即辞章，从马氏墓志类的文章看，在这三个方面都继承与发扬了姚鼐的理论。马其昶是一个传统文人，始终固守着封建时代的道统与文统，从道统方面看，他的文章中充满旧时代的伦理道德；从文统方面看，他始终坚持着从韩愈、欧阳修到归有光再到桐城派方、姚文章的内容与形式，尤其是姚氏的义理、考据与辞章。但是，时代已经进入了近代，马氏在固守道统、文统的同时，仍然有所变化与进步。思想上他反对袁世凯的称帝，对西方输入的科学思想也能吸纳；文学上，他能考虑到墓志类文字的生动性，把《左传》、《史记》以来的人物描写工夫注入到传主的事迹描写中，而避免了墓志类文字流水账式的履历介绍，尤其他善于"精思冥索"(章太炎语)，推陈出新，化腐朽为神奇，把墓志变成接近于人物传记的一种形式，使这种将死的文体得到了新的生命力。陈三立先生在《抱润轩文集·序》

中说写道:“天地之变无穷,文章之变亦与之无穷,然而非变也,变而通其同异,而后能维百世之不变者欤!”这是对马其昶的文章包括墓志类文章的恰当评价。

注释:

[1] 马其昶《抱润轩文集》二十二卷,癸丑年(即1923年)刊于京师。

[2] 马其昶《抱润轩遗集》不分卷,卷首有“丙子仲冬孙婿吴常焘敬校刊”语,无锡文新印刷所代印。即刊印于1936年。

[3]《方苞集·集外文》卷四,上海古籍出版社1983年版。

(原载《安庆师院学报》2005年第5期,《安徽文学论文集》第3集收录)

# 桐城派后期文章的现代演变

——以现代性解剖马其昶《抱润轩文集》

在新旧时代交替之际,作为传统散文奇葩的桐城派受到责难,被称为“桐城谬种”,而要予以廓清。桐城文章是否一无所用,必须彻底割裂?新时代的散文是否全盘西化?在一场大规模的运动时期也许无暇细究,而此后则必须深入思考。

其实,五四前后的学者对后期桐城派文章也有公正的评价,如周作人先生说:“(曾国藩)较为开通,对文学较多了解,桐城派的思想到他便已改了模样,其后,到吴汝纶、严复、林纾诸人起来,一方面介绍西洋文学,一方面介绍科学思想,于是经曾国藩放大范围后的桐城派,慢慢便与新要兴起的文学接近起来了。后来参加新文学运动的,如胡适之、陈独秀、梁任公诸人都受过他们的影响很大,所以我们可以说,今次文学运动的开端,实际还是被桐城派中的人物引起来的。”[1]胡适一边批桐城派,一边还是说了一些公允的话:“桐城派的影响,使古文做通顺了,为后来二三十年勉强应用的准备,这一点功劳是不可埋没的。”[2]

现代文学不可能是凭空出世的,也不可能是全盘西化的,它与古代文学有着千丝万缕的血脉联系,现代散文与桐城派散文也是如此。我们试以桐城派殿军马其昶的古文为例，看桐城派散文进入近现代以后，为适应时代要求而缓慢发生的转型。

马其昶(1855～1930)，字通伯，晚号抱润翁，桐城人，少时从父亲马起升(慎庵先生)学习古文，后从同邑方宗诚、吴汝纶和武汉张裕钊学习(方宗诚、吴汝纶是桐城派后期重要作家，吴汝纶、张裕钊为"曾门四子"中人)。其后马氏游京师，又交郑杲、柯凤荪，学问、文章大进。宣统年间马氏再游京师，授学部主事，辛亥革命后，担任清史馆总纂。马其昶被称为"桐城派的殿军"，文集为《抱润轩文集》。[3]马氏活到了1930年，文集最后结集在1923年。尽管他作为桐城派的殿军必须信守桐城家法，但新的时代也对他提出了新的要求，马氏不是一个泥古不化的人物，从他的文章中可以看到他的思想、文风也在逐步演进，缓慢地走近现代。

## 一

首先是思想的进步，表现在科学与民主方面。科学与民主，既是五四的口号，更是那一新旧交替时代的必然要求与思想的必然发展。马其昶经历了戊戌变法、庚子之变、辛亥革命、袁氏改制，也经历了五四运动，也应该知道同盟会、国民党与共产党。社会的大动荡大改组必然对他的思想产生巨大的影响。他的老师吴汝纶是一个勇于接受西方思想的人物，马其昶在癸卯年(1903)所作的《吴先生墓志铭》中说："其于西国新法冥心孤探，得其旨要，欧美名流皆倾诚缔结。"这既是吴汝纶的态度，也可以看出马其昶的认同。吴汝纶在光绪二十八年(1902)以京师大学堂总教习身份率团赴日本考察，回国后先至桐城创办小学堂，并聘日本人早川君为教习。其后吴汝纶于光绪二十九年(1903)正月遽逝于桐城，早川君在桐城教学一年后回国，马其昶写了长文《送教习早川东明君还日本序》。在这篇文章中，马其昶表现出思想的与时俱进。他说：

> 泰西诸国自古不与中国通，其强盛乃尤在近今之世，挟其机轮火器以睥睨区寓，彼其所为天算格致创物之学，虽孔子复生，吾又知其必有取也。

对西方的天算格致创物之学不但了解，而且肯定，且大胆地认为孔子也会采纳，表现出通达的学术与人生态度。对于日本的明治维新，他说：

> 日本之于诸国最前识矣！儒之盛也，晞儒，泰西霸，则取资泰西。当明治维新之初，群一国皆骛西学，今其教育家言曰："国粹不可失

也，输入异己者之文明以自益，即吾固有之文明胡可弃邪?”善哉言乎!

对日本的认识是准确的。日本人善于学习，中国强大就学习中国，西方强大就学习西方，在学习中又有所思考，输入西方的文明是为了自己的强大，但输入西方文明，却不能抛弃自己固有的文明。这一看法即在今天也是对的。

马氏对于西方的自然科学成果能及时地接受，在《集虚草堂记》中，他大谈空气之为用：

夫空气之为用博矣，民物资之以生长。运而入之，排而出之，是名炭氧。炭氧者，败气也。计屋容积空气之数几何，人日嘘吸用气当几何，二者乘除相抵，而以法敛放之，必使空气饶羡，则便体蠲疾，反是亦往往生患，盖泰西居宅卫生之学如此。

对西方现代的自然科学知识可以说了解得十分准确，也是心悦诚服地接受，不过在这之后，他又谈到我国古代的“气”论：

气盎然于太虚，有曲有腾，有浊有清。其腾焉者，其清也，其曲焉者，其浊也。

把西方自然之气与我国古代的哲学意味的“气”混为一类，并且认为我国古代的这种“气”要高于西方的自然之气，就有些不伦不类了，但是从当时看，已经够进步了。值得注意的是，这篇文章也写在光绪二十九年(1903)，吴汝纶访问日本回国的第二年，看来，马其昶在这一年，或从 1902 年到 1903 年，从吴汝纶还有日本教习早川君处吸收了大量的现代思想，认识有了一个大的飞跃。

以上谈的是科学思想，下面再谈谈民主意识。马其昶当然不可能是一个民主主义者，但他对当时传入的民主思想也有一定的接纳。我们看他的《上大总统书》，此文作于乙卯年，即 1915 年，其时已是现代，清帝早已退位，袁世凯正积极打算称帝。马其昶与袁世凯私交不错，袁世凯也希望借马氏的声望为自己登基助力。但马氏并不赞成袁世凯称帝，原因固有推崇清室的传统思想，但不可否认主要还是接受了现代的民主意识，他说：

天下非一家之天下，大总统既取而公之，则虽累代相承之共主，亦不得私其位。

“天下非一家之天下”，虽为自古以来的儒家思想，却又有着现代思想的光辉，用在这儿非常恰当，表现出马氏思想的进步。他从古代儒家思想的进步方面汲取符合现代意识的地方，让自己的思想跟上时代的步伐；而公私之论则大义凛然，毫不含糊。下面一段话更能看出他的思想进步：

> 当民国成立之初，大总统对众宣誓，决不使帝制复生，此诚善审名实之间，而为子孙无穷之虑也。皇天后土，实闻斯言，薄海人民所共传诵，列邦称贺，载在盟约，此何等事，而可漫焉尝试？

“决不使帝制复生”是“为子孙无穷之虑”，看出马氏已经认识到共和之代替帝制是历史发展的必然，也认识到这是“薄海人民所共传诵”、所拥护的事情，不管他内心是否还眷念胜清，他也已经痛苦地告别旧的专制制度，而接受了现代的民主思想。

思想是文章的内核，科学与民主思想一旦成为文章的内核，就带来文章的时代意义，它必然告别那个旧的时代，而进入现代；而且，思想的进步也会带来文体文风的改变。下面我们看马其昶文章的其他变化。

## 二

桐城派文章一直为人所诟病的是内容的空疏，因为桐城派讲究义理，其义理来自宋儒的理学，理学的弊端正是空疏。空谈义理，坐而论道，其末流流弊无穷，所谓“平时袖手谈心性，临危一死报君王”。桐城派的义理带有先天的毛病，有鉴于此，他们在义理之外，又加上汉儒的考证，考证虽实，并不是实务，仍然不能挽救桐城派的空疏。所以上个世纪20年代撰写近代文学史的陈子展先生说：“（桐城派）到了末流，只抱着‘宗派’，守着‘义法’，既不多读古书撷取古人之精华；又不随时代而进步，从活泼的时代取得活泼的真理；所以只能做出内容空疏，形式拘束，毫无生气的文字来。”[4]马其昶的文章是不是空疏呢？看来陈子展先生说不着马氏。马氏之文有四大类：一类谈学问，马氏是真下工夫，真有学问，他精研儒家《毛诗》、《周易》、《尚书》、《孝经》、《大学》、《中庸》，又研究诸子，有《老子》、《庄子》，还有其他子学。他看书讲究“精思冥索”（章太炎语），常常从细微处体会，发人所未发，这类文章有迂腐处、过于较真处，但没有空疏处。一类记事，大多是墓志铭或人物传，人物传继承了《史记》的写法，生动传神，墓志铭有大量应景文字，但也能尽量写出墓主的事迹，或借题发挥，写出一点新意，谀墓文字大多是其守旧处，但并不空疏。第三类写景抒情散文，继承欧苏传统，是马氏文中的精华，也不空疏。第四类是议事类文章，如前举《上大总统书》、《送教习早川东明君还日本序》等，还有《宣统二年上皇帝疏》、《代常裕论新政疏》，大都联系当时实际，有感而发，更不空疏。我们还举《上大总统书》为例。

文章开始摆出当时的形势，筹安会主张君主制，中外人士有不少赞同者，而马氏自己认为不妥，这是提出论点。接着分几部分论述之。首先论武昌起义后，袁氏知皇帝之名不可居而创设共和，崇清帝以慰旧臣之望，称共和以息新党之争，天下底定，这是谈历史。接着论继承人的问题，袁氏春秋未高，不虑争夺，而关于继承问题，要看天下之所归，归往在贤则传贤，归往在子则传子，当前最重要者在于立德，德立则天下归往。这是谈现实，谈袁氏心中最关心的问题。第三论袁氏在民国成立之初的誓言，绝不复辟帝制，不能失大信于天下，失信则失民心，而一旦自立为帝，旧君旧臣难以接受，拥戴之人挟功而骄，国家将陷入万劫不复的地步。这是预设复辟的后果。最后综合三方面的观点再次归纳，得出不可复辟的结论。文章从历史到现实再到未来，循序渐进，鞭辟入里，晓之以理，动之以情，娓娓道来，绝不剑拔弩张，而内容充实，逻辑严密，没有空疏的毛病。这是论时事，也许不太可能空疏。那论学问的文章呢？人们诟病桐城派空疏，往往指这类文章。我们看马其昶《读吕氏春秋》一文。

文章首先提出问题，古人著书，往往篇终叙述己意，这就是《后序》，从孟子、庄子到司马迁、班固莫不如此，而《吕氏春秋》的《序意》在十二纪之后，处在全书的中前部分，后面还有八览、六论，好像等不得全书结束。这是为什么？这样提出问题，确实引人思考，引人入胜，想要看看作者怎样解释。作者的解释可以说出奇制胜而又让人佩服他的“冥心孤探”(此为马氏称赞吴汝纶语，实际他自己正是如此)。《序意》一文，后人认为是错简，前面讲治乱存亡之道，表明法天地的思想，而后面错置入青荓、豫让事。豫让对青荓说：“你走开，我要干大事。”干大事指要杀青荓的主人赵襄子。青荓说：“我小时与你为朋友，现在说出你的事，是失交友之道，我现在是赵襄子的臣子，不说，又失去为臣之道。”于是退而自杀。一般认为这一段是其他篇的文字错入的，与前文无关，所以把这篇文章不作为后序放在书的结尾，而放在这儿。马其昶却要找出前后文的联系。他认为《序意》一文，开始注明时间是始皇八年，又指出文信侯(吕不韦)其人，而且借文信侯之口道：学黄帝诲颛顼，这是文中的玄机，托言自己教始皇。中间谈法天地之道，又特地写道：“智不公，则福日衰，灾日隆，以日倪而西望知之。”后面又缀以青荓、豫让事，青荓说的话是微言。这样，前后连缀起来的意思是：始皇八年，嫪毐封侯，是日倪之时，第二年，嫪毐伏诛。吕不韦虑祸及己，表明自己的态度，一边是友，一边是君，自饰不告发的错误。他悬书于咸阳市，也不是说自己的书一字不可增删，而是宣告自己无罪于天下。司马迁说：“不韦迁蜀，世传吕览。”也不是说吕不韦迁蜀后才作此书，而是说，吕不韦自知有迁蜀之祸，而著此书。这种分析真是匪夷所思，但又能自圆其说，尤其后面解释悬书咸阳事，司马迁的话，使人叹为观止，所以章太炎先生说："精思冥索，几于铸鼎象物。"[5]

马其昶的论学文章大多如此，他善于思考，勤于思考，有一种语不惊人死不休的精神，常常从夹缝中找出问题，而借机生发，所谈又条理清晰，逻辑性强，也能解决一些别人没有解决的问题，如上举解释悬书咸阳市之意，所论往往难以移易，章太炎先生认为"几于铸鼎象物"，确实如此。他有一些文章发挥《孝经》的观点意思，今天看来的确迂腐不堪，但也是为了解决当时自己和乡里遇到的难题，谈得也能环环相扣，鞭辟入里。所有这些文章都不空疏，从文风看，他是注意到桐城派文章空疏的毛病而加以改变的。

今天看来，义理与现代性并无抵牾，余英时先生说过："问题的关键是在于评价学术成就所采用的标准。近代治学术思想史的人主要是以义理为评判学术成就的标准。"[6]可见，现代社会与现代论文、论学更需要义理，桐城派的义理可以自然地带入现代，但必须严防桐城派阐述义理时的空疏，空疏是文章的大敌，空疏将使得桐城派尘封在历史中，成为古董文物，所幸马其昶以及他同时代的人们把桐城派从濒危中解脱出来，使其可以面向新时代的曙光。

## 三

桐城派古文的渊源可以上溯到唐宋韩柳欧苏。但是唐代韩愈古文有两个相反方面的特点：一是奇，表现为奇崛险怪，文字佶屈聱牙；二是易，表现为文从字顺。宋代欧阳修、苏轼的散文基本略过了韩文的奇崛险怪、佶屈聱牙，而继承了韩文文从字顺的一面，形成了宋文平易晓畅、娓娓叙来的特点。所以宋文与唐文相比，如同涓涓溪流与滔滔江海之比。后代的散文基本继承的是宋文，而不是唐文。如明代的唐宋派尤其是归有光的散文。归氏的散文，内容多写身边琐事，更加娓娓叙来，如诉家常，这样的文字，自然向通俗的道路上走去了，而且，明清时期的白话小说兴盛，白话小说的叙事方式与语气也给予当时的散文以影响，使得散文进一步走向通俗。桐城派的散文上承宋代古文，直接受影响于明代散文，尤其归有光的散文，骨子里就蕴涵着通俗的基因。不过，由于桐城派先贤又强调雅洁，雅与俗相对；洁也要求文字简化，文字简洁，则多选用文言，往往用一字的词代替两字、三字的词。雅洁的结果，又使桐城派疏离了通俗。这就是桐城派与通俗的矛盾联系。而桐城派要走近现代，必须走近通俗，疏离雅洁。因为古文与现代散文的根本区别在于叙述方式的博奥与晓畅，叙述语言的典雅与通俗。

桐城派后学由于身处近现代，时代的发展，欧风美雨的影响，已经使他们逐步接受了现代的西方的气息，也就同时接受了西方的现代的叙述方式与语言表达方式。桐城派后期散文比起他们的前辈要显得通俗些了，所以当时鄙薄桐城派散文，甚至瞧不起唐宋散文，主张学习魏晋文的章太炎说："并世所见，王闿运能尽雅，其次吴汝纶以下，有桐城马其昶为能尽俗。"[7]我们试举马氏的文章，与他的前辈如姚鼐的同类文章比较，可以看出的确通俗些了。

以岁三月上旬，步循溪西入。积雨始霁，溪上大声漎然，十余里，旁多奇石、蕙草、松、枞、槐、枫、栗、橡，时有鸣嶲。溪有深潭，大石出潭中，若马浴起，振鬣宛首而顾其侣。援石而登，俯视溶云，鸟飞若坠。复西循崖可二里，连石若重楼，翼乎临于溪右，或曰宋李公麟之垂云沜也；或曰后人求李公麟地不可识，被而名之。石罅生大树，荫数十人。前出平土，可布席坐。南有泉，明何文端公摩崖书其上曰：媚笔之泉。泉漫石上为圆池，乃引坠溪内。（姚鼐《游媚笔泉记》[8]）

余宿其前厢，迟明登望江楼，晨光纳牖，目际无垠，前至伏虎岩，箕踞石上，时则白湖、焦湖、黄陂诸湖云气坌起，洼隆环壅，皓若积雪，阳景腾薄，摩荡成采，然后徐入山腹，尽势极态。钱君跃喜，以谓观雪乃无此奇也。（马其昶《游冶父山记》）

同治初，予家归自上海，赁居吴氏之庐。大父方在堂，内外少长数十人。屋小如斗，倚山临溪，田歌满野，每大雨溪涨，则行人待溪外，皆坐室中，望见予从师读书吴氏祠……当是时，叔节族父有沈士翁者，老矣，常依其家，而阮仲勉亦闭关山中。外舅喜歌诗，好酒，翁萧然而已。（马其昶《西山精舍图记》）

姚鼐的《游媚笔泉记》是他游记散文的名篇，文字并不艰深，娓娓叙来，看出桐城派文章学习欧苏散文的特点，但由于过于追求雅洁，文字能简则简，从简约中产生出渊雅，也就显得不通俗，在姚鼐自己，可能就是追求这样的效果，但今天看来，就有所遗憾，如"鸣嶲"、"连石"、"溶云"，把修饰语与中心词尽量压缩，成为自造的新词，造成阅读的困难，"步循溪西"、"复西循崖"等语，读来都有些拗口。马其昶《游冶父山记》就没有这样的毛病，"前至伏虎岩"、"徐入山腹"，以视"步循溪西"、"复西循崖"，看得出舍得多用词语，而不一味追求文字的雅洁，文气舒展畅达，语言显得通俗、白话和现代。"晨光纳牖"、"云气坌起"、"阳景腾薄"等四字语，像成语一样，现代人也能接受。马氏的《西山精舍图记》的句子更加通俗流畅，“倚山临溪”、“田歌满野”、“大雨溪涨”等描写，简直就是现代散文的描景语，“外舅喜歌诗，好酒”的叙述，就是大白话，可见处于近现代的马其昶在叙事、描景等语言的运用上已经接近现代文了。

再看看他的记叙文，如甲寅年所写的《林畏庐韩柳文研究法序》，其中记叙与林纾先生在京师的交往：

往与余同客京师，一见相倾倒，别三年，再晤于京师，陵谷迁变矣，而先生之著书谈文如故。一日出所谓韩柳文研究法见示，且属识数言。

文字浅显白话，与现代文无以异，下面再加以议论：

世之小夫有一得辄秘以自矜，而先生独举其平生辛苦以获之者倾囷竭廪，惟恐其言之不尽，后生得此，其知所津逮矣！虽然，此先生之所自得也，人不能以先生之得为己之得，则仍诵读如先生焉。

议论也通俗明白。可以看出马氏记叙文、描景文中的记叙、描写、抒情、议论都介于文言与白话之间了。而他在《上大总统书》、《宣统二年上皇帝疏》、《代常裕论新政疏》等议政文章中所用语言更加浅白，因此更加实用，下文还要引到这些文章，这里就不再赘言。我们设想，即使没有胡适等人的白话文运动，桐城派的散文也有可能缓慢地发展到现代，因为从古代、近代到现代，是历史发展的必然，谁能够拖住历史的脚步呢？白话文运动正是顺应了历史的发展，加速了这一前进的步伐，而且，胡适等人倡导的运动也正是从历史的过程中孕育、成长起来的，所以周作人先生才会说：“今次文学运动的开端，实际还是被桐城派中的人物引起来的。”

马其昶后期的一些议论文字还接近梁启超的“新文体”。梁启超是近代浅显文言散文——“新文体”的开山，他早年学过桐城派散文，爱读姚鼐的《古文辞类纂》，受到桐城派的影响，后来在戊戌变法失败后，从事文学的改良活动，创办《新民丛报》，所写文章就是他自己所创的新文体，介于浅显文言与白话之间的一种文字，这种文字风靡一时，影响了一代文风，并使得中国文学从古代的文言过渡到现代的白话。可以说，梁启超倡导的新文体是中国语言文字从古代走向现代的桥梁津筏。新文体的特点除了浅白外，还好用排比句式，笔端常带情感。马其昶的后期政论文，在这一点上有些接近梁启超文，其在《宣统二年上皇帝疏》中说：

试进而问之，各该地方物力尚不凋敝乎？民生尚可自给乎？盗贼尚不充斥乎？则恐臣之所言犹未能道其百一也。又试进诸臣而问之，比年所行新政成效若何？教育果普及乎？巡警果有益乎？征兵果足恃乎？工商之业果发达乎？自治咨议局果得人乎？臣又恐各省奏报之所言百未能有其一二也。天下之患莫大乎是非利害显然明白，而朝野上下知之而不言，言之而不尽。吾国旧政，是古圣君贤相及我朝祖宗所行之而效者，然流弊至今日，而极不以实心行实政，此其失，人人能言之。今之新政，亦东西各国行之而有效者，然而不以实心行实政，如故也，此其失，人人知之，而勿敢言，言之即被阻挠新政之名，而目为狂怪。

文章前面两个"试进而问之"，形成排比句式，而在每一个句子中，又有几个排比的问句，一气贯下，鞭辟入里，很有气势。后面以"吾国旧政"与"今之新政"相对举，既是排句，又是对句，整齐中又有变化，也有气势，且有情感。不看文章的标题(标题仍是传统的)，谁也不会怀疑这是一篇新体文，文章的结构严谨，整齐划一，内在逻辑性很强，与古代韩愈等人的文章有气势而逻辑性不强比较，可以看出明显不同，而受到现代西方逻辑学的一定熏陶，此等处都较似梁任公文章，试举任公《新民说》[9]一文看：

盖人生历程，大抵逆境居十六七，顺境亦居十三四，而顺逆两境又常相间以迭乘。无论事之大小，必有数次乃至十数次之阻力，其阻力虽或大或小，而要之必无可逃避者也。其在志力薄弱之士，始固曰"吾欲云云，吾欲云云"，其意以为天下事固易易也；及骤尝焉，而阻力猝来，颓然丧矣；其次弱者，乘一时之客气，透过此第一关，遇再挫而退。稍强者遇三四挫而退。更稍强者遇五六挫而退。其事愈大者，其遇挫愈多，其不退也愈难，非至强之人，未有能善于其终者也。

从志力薄弱之士到次弱者再到稍强者、更稍强者，都是排句，文章有气势、有逻辑力、有情感，凡此等处，都是梁任公笔法，是新文体的特点。可以看出马氏政论文已经接近了这种写法，当然，梁任公的笔端炽烈情感，笔势横扫千军，如其《少年中国说》，不是马氏可以达到的，这关系到人的性格气质，作为戊戌变法的重要代表人物，梁启超是何等人？而马其昶性格温和，他所浸润其中的桐城派文风也是偏于温和的，我们不能要求马其昶像梁启超一样大声疾呼；而笔端带有情感，则是这一转变时代对文体转变的要求，这一点，马氏的文章做到了，这从另一个方面说明了马其昶所代表的桐城派后期散文在新旧交替时期的转型。马其昶等人的历史功绩应该得到公正的肯定。

我们从思想的变化：从守旧到初步接受西方的现代的科学民主思想；文风的转变：从宋儒一直到桐城派先贤的空疏毛病中有所解脱；文体语言的渐进，语言从典雅走向通俗，文体从传统逐渐演变，三个方面论述了马其昶散文在新旧交替时代的演变，得出的结论是马其昶所代表的桐城派后期散文逐步向现代转型。我们可以从纵横两个方面再次归纳这个问题。从纵的方面看，桐城派散文所继承的宋代以来的古文摈弃了韩愈古文的奇崛险怪、佶屈聱牙，而继承了其文从字顺的一面，具有平易晓畅的特点，再加上明代归有光等人的家常琐叙，有走向通俗的倾向，同时在明清两代的白话小说影响下，更有进一步通俗的可能。只是方、姚等人的雅洁在一段时间内设置了一定的障碍，有待其后学去冲决。这是古代散文走向通俗，走向现代的必然性，无论早迟，终将达到。从横的方面看，时代已经进入近现代，时代本身对文学提出了转型的要求，西方进步思想的大量涌入，科学与民主越来越成为时代的主流思想，人们不可能一直用简雅的古文来诠释、宣传现代的、西方的进步思想，文风、文体与文法随之来了一个大的转变，这也是必然的。再加上马其昶并不是一个顽固守旧的人物，从他的文章可以看出他的思想也在随着时代而变化。桐城派的代表人物基本都是时代的先进人物，而不是顽固落伍者，如曾国藩，如吴汝纶。也许有人有一种错觉，认为吴汝纶以后，马其昶、姚永朴、姚永概等人是时代的落伍者，但是我们看马其昶对老师吴汝纶的尊重，受吴汝纶的现代思想的影响，就可以肯定地说，他们不是时代的落伍者。马其昶确实有落后的一面，他对袁世凯称帝的反对也许混合着对清室的眷念，但他毕竟痛苦地翻过了历史的这一页；他的文章的外在形式仍然是古文家的几大类型，充斥着大量的墓志铭，加上一些明道见性的文字，文学类的只有为数不多的亭台楼记，但其内容、文字已经在悄然变化了。当时的一些文学变革者所做的，也是"旧瓶装新酒"的游戏，我们能够苛求这位承载着过重的历史、文化负担的老人吗？通过马其昶，我们可以走近后期桐城派的一大批代表人物，姚永朴、姚永概是他的妻舅，范当世是他的连襟，他们共同建构了桐城派的后期厅堂，马其昶作为他们的突出代表，桐城派的殿军式的人物，他的思想与文章无可质疑地代表了后期桐城派。我们通过对马其昶文章的解剖，可以得出这样的结论：即后期桐城派可以而且正在缓慢地走近现代，桐城派出现严复、林纾这样的人物不是偶然的。桐城派中当然不可能直接产生胡适、陈独秀这样的人物，但无论胡、陈怎样批评桐城派，桐城派对于这两个人物的出现也起到了孕育、孵化的作用，因为他们都是安徽人，尤其陈独秀就出生在离桐城派百里之间的怀宁。

**注释：**

[1] 周作人《中国新文学的源流·清代文学的反动(下)——桐城派古文》，华东师大出版社 1995 年版，48 页。

[2] 胡适《胡适说文学变迁·五十年来中国之文学》，上海古籍出版社 1999 年版，85 页。

[3] 马其昶《抱润轩文集》22 卷，癸丑年（即 1923 年）刊于京师。本文所引马氏文章皆出于此书，不注。

[4] 陈子展《中国近代文学之变迁 最近三十年中国文学史》，上海古籍出版社 2000 年版，64 页。

[5] 章太炎评语，引自《抱润轩文集》卷二《读吕氏春秋》文末评语。

[6] 余英时《论戴震与章学诚》，生活·读书·新知三联书店 2000 年版，4 页。

[7] 章太炎《与人论文书》，《章太炎全集文录(四)·文录卷二》，上海人民出版社 1985 年版，168 页。

[8] 姚鼐《游媚笔泉记》，《姚鼐文选》，王镇远选注，黄山书社 1986 年版，165 页。

[9] 梁启超《新民说》，黄坤评注，中州古籍出版社 1998 年版，166—167 页。

（原载《中国现代文学研究丛刊》2006 年第 6 期）

# 序 评

## 《迎翠楼诗词》序

吴振洪先生是我父执。我1982年进安庆师范学院中文系任教，分配在先生任主任的教研室，时聆教诲，先生于我，又是师长。今先生手定所作诗词名《迎翠楼诗词》，嘱我作序，藐予小子，哪有作序的资格！但先生蔼蔼怡怡，一片奖掖后学之诚，又使我不敢推辞。

先生桐城吴氏，龙眠山钟灵毓秀，涵养了先生的文人气质。我初见先生时，先生住城区系马桩，陋室破窗，户外有盆栽花草，门前大水缸养金鱼，进得室内，则案上徽砚湖笔，翰墨飘香，不由想起孔子赞颜回的话：一箪食，一瓢饮，在陋巷，人不堪其忧，回也不改其乐。（《论语·雍也》）先生后移居师院宿舍楼，房子更小，先生亦更不修边幅，而陋室中仍然是案有诗书，壁悬京胡，阳台上花鱼依旧，蛐蛐无恙。先生进出内外，怡然自得，我由颜回又想到庄周。噫嘻！处陋室窄巷，而能陶情于自然，是所谓能"独与天地精神相往来"者也！

中国文人从宋代以来即注重于内在修养的完善，注重于生活的内在质量，把生活艺术化、审美化。他们莳花养鸟，品茶饮酒，玩古董，置木石，让日常生活精致化、情韵化，并从中体味出人生的大境界，他们甚至亲手烹制鱼羹，并津津乐道其"超然有高韵，非世俗庖人所能仿佛"。（苏轼《记煮鱼羹》）这种对韵味的追求影响到一千年来文人士大夫的文化人格，孕育了中国文人的学养气质与精神品貌。从吴振洪先生的行事中，我们看到的正是这种文人风范。

自古文人多染翰。先生诗词所作良多，精品不少，而由于文人习性，先生偏爱清词丽句，小景幽境，我觉得从体制来讲，于词为近。如其《鹧鸪天·春感》云：

入室轻寒昼掩门，三分冬意七分春。梨花似雪迷朝雾，柳絮如云映绿萍。　洗古砚，对清樽。吟诗作画最怡神。深情托付窗前月，朗照乾坤万象新。

辞清句秀，一气流转，深得小令之韵致，而先生之人生态度、生活情趣也凸现出来，简直是一幅气韵生动的自画像。其《踏莎行·祝贺安庆师院百年校庆》云：

万里金秋，长天鸿雁。巍峨学府春光遍。红楼琼阁嫋弦歌，敬敷大道华灯灿。　斗转星移，百年书院。传薪马帐桃芳艳。今朝庆典盛筵开，良侣嘉宾情缱绻。

全篇实录，记载了师院的百年盛典，而词风于劲健之中仍露缱绻之意。我最爱其《唐多令·忆金陵旧友》：

红叶舞霜秋，桂花香小楼。笑平生何喜何忧。明月清风湖影淡，词一阕，兴偏幽。　杨柳拂轻裘，流泉绕鹭洲。恰书生意气方遒。霞阁丹枫燕子竹，何日里，更重游。

上阕写今，下阕忆昔，忆昔为了衬今。当年五陵衣马，今朝霜叶小楼，词意苍重，感慨尤深。开头两句秋景，写得嵯峨萧瑟，气象宏大，“舞”字、“香”字力透纸背，一股苍凉之感扑面而来，由此逼出“笑平生何喜何忧”的感慨。总结一生，何喜何忧，人世沧桑尽寓其中，而一个“笑”字超脱了一切，化解了一切，通脱旷达，直逼坡仙。于是先生在湖影月色中以清词吟咏幽兴。我理解了先生的精神品格是超然于尘垢之外，而独能与天地万物，上下同流的。

先生今已七十六岁，虽时有小恙，而风神疏朗，常背一褪色之布包，出没于宜城之街巷，如孟浩然之“颀而长，峭而瘦”，惜无总角书童“提书笈，负琴而从”。（张洎《题王维画孟浩然像》）我祝先生健康、长寿。是为序。

（原载《古籍研究》2000年第3期）

# 《晚清三大词话研究》自序

我相信命运的安排，偶然中存在某种必然的联系。我于 1985 年 9 月考进华东师大中文系的古代文学助教班，这是一个以词学为中心的一年制的进修班，我也就糊里糊涂地开始了词学的研究。华东师大的施蛰存、万云骏、马兴荣、陈伯海、邓乔彬、高建中等先生帮我打下了比较坚实的词学基础。我虽然没有许多学者显赫的治学经历，却有着十分难得的机遇，当时沪上几乎所有的古代文学前辈都给我们上过课，这样的经历开阔了我的眼界，使我终生受益。一年后结业回安庆师范学院。1987 年一个偶然的机会，得遇我的老师，安师大的祖保泉先生。先生建议我研究况周颐，他说："《蕙风词话》很重要，而目前还无人专门研究。"我正找不到研究词学的切入点，就按先生所说，开始况周颐《蕙风词话》的研究，是对《蕙风词话》的研究让我走进了词学的殿堂，我至今深深感谢先生的指点迷津。

我对《蕙风词话》研究了五年，1992 年转入王国维《人间词话》的研究，到 1995 年，沉迷两部词话共九年时间，后转入宋词研究。再到 2004 年又从宋词研究转向晚清词学，2008 年正式研究陈廷焯《白雨斋词话》，写出十几万字的文稿，又将《蕙风词话》研究的书稿整理一遍，并对写过的王国维《人间词话》论文加以改写，集结成现在这样四十余万字的《晚清三大词话研究》。

传统词学博大精深，传统词学的典籍也是浩如烟海，而随着对三大词话研究的深入，无限词学宝藏在我面前次第打开，我的内心也豁然开朗，万象在前，而天光云影各有次序。晚清三大词话是整个词学的总结，它们涵盖了、代表了晚清词学以至清代词学的基本成就，对三部词话的研究就可以说是对清代词学以至整个词学的总结研究。

现在，我站在新世纪的门槛上，回望一百年前的词坛，心中充满感动。陈廷焯、况周颐、王国维的身影逐渐清晰。陈廷焯是传统诗教的守望者，况周颐是传统的审视者，而王国维则是传统的批判者，他站在西方与现代的高度，站在诗学与美学的高度，批判了传统词学，把词学推向现代化。从《白雨斋词话》到《人间词话》的出版，1892 年到 1908 年，其间十六年；再到《蕙风词话》出版的 1924 年，又是十六年，似乎有一种神秘的力量在安排着三部词话的面世。凝视着一百年前的人物，与他们的心灵交流，我感到他们的焦虑与希望，胸中升腾起一种历史的责任。

面对四十余万字的书稿，如同面对三位前贤，我不知道自己的诠释能否令他们满意？而我已经尽力了。从1987年到现在，二十多年过去了，几乎花掉我半辈子的心力，实际就是迄今为止我全部的研究生涯！其间风霜严寒、盛夏酷暑，所有的休息时间都凝结在这种研究中，而研究带给我的快乐也非亲历者不能体会，这就是如鱼饮水，冷暖自知吧！

谨以此书作为在职研究的封笔之作，以后不大可能有大型的系统研究了。衷心期待着方家的批评。

2009年10月1日下午
序于味象书屋

# 《贺涛选集》前言

贺涛(1849—1912)，字松坡，河北武强人，光绪十二年(1886)进士，曾主讲信都书院，调冀州学正，任刑部主事，以目疾去官。贺氏为望族，其家藏书名甲畿南。贺涛古文承家学，与弟贺沅以文字相砥砺。桐城吴汝纶知深州，见涛所为《反离骚》，大奇之，遂尽授以所学。武昌张裕钊北来主持保定莲池书院，吴先生复使受学于张裕钊。张裕钊曾曰："北游得松坡，不负此行矣!"涛谨守两家师说，于姚鼐义理、考据、辞章三者不可偏废之说，尤必以词章为贯彻始终，而得归、方、姚、吴数大家之传承，日与学者讨论义法不厌不倦。又大聚古人之书，有所编辑，以文章大观，而补姚鼐《古文辞类篹》与曾国藩《经史百家杂钞》所未备。张、吴二先生后，贺氏接掌莲池书院，凡十八年，后游京师，任长沙陈启泰、天津徐世昌家讲席。袁世凯督直隶，于莲池书院旧址创立文学馆，勉强贺氏主其事，凡所招致皆一时知名之士，后以目疾辞，馆遂废，自此居家不出。贺氏中年即病目，后遂盲，弃官居学馆，盲二十年，为弟子诵讲不辍，据其子葆真在文集跋中所言，贺氏早年为文不多，而随作随弃，"年且五十，始多述作"，病目后"每为文，口授葆真代书"，遗稿一百七十余篇，"病目后所为为多"。其同年徐世昌(曾任北洋时期之民国总统)在其文集叙中说："集中后二卷之文，大抵病目后之所为也，此尤前古所鲜闻者，盖其冥探默索之功勤矣。"民国元年(1912)5月1日逝世，享年六十四岁。

贺涛是桐城派后期代表作家之一，徐世昌认为："继吴先生后，卓然为一大家，非余人所能及也。”（《贺先生文集叙》）有文集4卷，书牍2卷。

贺涛为文在桐城派义理、考据、辞章三者中，尤重辞章。这是在其师吴汝纶先生的观点基础上形成的。

贺涛阐述吴、张二先生的文气论说：

> 古之论文者以气为主。桐城姚氏创为因声求气之说，曾文正论为文以声调为本，吾师张、吴两先生亦主其说以教人，而张先生与吴先生论文书乃益发明之。声者，文之精神，而气载之以出者也。气载声以出，声亦道气以行。声不中其窾，则无以理吾气。气不理，则吾之意与义不适。而情之侈敛、词之张缩皆违所宜，而不能犁然有当于人之心。质干义法可力索而具也，声不能强搜而得也。冶金以为钟，斫桐以为琴，截竹以为管，依古谱而奏之，伶人乐工盖可学而能矣；至于感阴阳、动万物，而辨治理之盛衰，则伶伦夔旷之外，盖无几人。以其神解妙会，无法之可传，不能据成迹以求之也。后之学者将取合乎古，必取古人之文长吟反复，而会其节奏，其徐有得也，含而咀之，毋操毋忘，熏炙浸灌，而渐而进焉，以契乎其微而几于自然，然后吾之气与古人之气相翕合，而吾之文乃随其意之所向措焉，而皆得其安。此不能罗列纂排，章摹而句仿之，其精神意象岂有合哉？（《答宗端甫书》）

姚鼐主张因声求气，曾国藩进而主张声调为本，吴、张两先生发挥这一说法，声者，文之精神，而气者载之以出，同时，声也道气以行。文章的情感、词汇、义法、内容都要依靠声与气。因为情感、词汇、义法、内容都可以向前人模仿，只有声气不能模仿，是作者自己的精神意象。贺氏此文是回答宗端甫所说的“多读书晓世务则理富，理富则文有质干，而义法自从，不必斤斤以学文为事”，已经表露出贺氏的基本观点，在桐城派义理、考据、辞章三者中，尤重辞章，即文章。徐世昌在《贺先生墓表》中说：

> 桐城吴挚甫先生之设教也，举经世轨物之略，悉推本于文章。其说曰：自古求道者，必有赖于文，未有离文而可以言道，离道而可以言治者。千古以来之学术，一以文章之义裁之，醇驳高下，厘然不紊，举而措之，粲如也，可谓极斯文之大观也已。继吴先生而起，一守师说不少变，而表章阐扬之不遗余力者，则武强贺先生也。

贺涛自己说：

> 近世之学者不然，为理学之说者曰，某书体具而未极其至，某书

务末而遗本，某书不合仲尼，起作者而面诘之，不能自解免也。然而作者之意，彼固未之知也。为考据之说者曰，某文非古之训，某名古无此称，以事征多抵牾，以时考失先后，起作者而面诘之，不能自解免也。然而作者之意，彼固未之知也。为辞章之说者曰，事核而辞简，三代之文也；体大而气充，西汉之文也；意繁而语偶，东汉以后之文也。时代之论，古而有之，沿袭以为说耳。作者之意，彼固未之知也。夫不能心知其意，义拘词泥，而驰逐于肤末，自诩知言，无异乎言理日益精，考古日益详，文之义法益严以密，而名能文者，且阅十百年而不一遇也。涛尝闻桐城吴先生之言矣，曰：古人著书，未有无所为而漫言道理者。由先生之言思之，自《易》以下皆有为而作者也，自韩以上皆读其书而知其所为者也。先生以此意求之古人之书，其幽怀微恉，旷数千载无人知者，至是若出以相示，而书之正伪、浅深、离合亦遂就我衡鉴，莫得遁其形。向所谓三家学者既因先生之说，夺其依据，势不得不逡巡辟易，而不复能执旧所操术，参与乎作者之列。

贺涛对于为义理、为考据、为辞章之说者，都加以批评，而他所主张的文章，是作者在文章中所表达的意思，也就是他所说的吴先生指出的“有所为而作”。要知道古人写作的目的，“其幽怀微恉”，而不是义理，不是考据，也不是辞章。他对于姚鼐所说的辞章，解释为文章，指的主要是文章的思想情感，而不是外在的语言，这是抓住了姚鼐、曾国藩、张、吴二先生论学的精髓的。对姚、曾所说的声气，他也进一步求之于文章的思想情感，由声到气到思想情感，就把握住了文章的命脉以及文章写作的途径，对桐城派为文之道，是有力的阐发。由此，我们也可以断言，桐城派实际就是一个文派，他们自己就是这样认识的。他们尽管也关注宋学的义理，注重学习宋儒义理之学，以之作为治学之门径，那是要读书明理，所以宗端甫在给贺氏信的开头就说“多读书晓世务则理富”，也正因此，桐城派虽也治宋学，宣扬宋学，却并不以此与汉学者一较短长，否则，以桐城派之人才济济，必能在宋汉之争中有自己的一席之地。

从文章类别看，贺涛文章与桐城派其他作家的文章一样，有经史类、序跋类、赠序类、书信类、寿序墓志类、游记类等，拿今天的标准看，许多不是纯粹的文学作品，但是也都蕴涵着文学的因素，而最纯粹的文学作品是亭台楼阁记。我们录其一篇来看他的文章特点：

### 北江旧庐记

古之学人多乐游。危岩通谷，洪河大湖，凡瑰奇诡丽、雄阔洞豁、广闲静邃之域，与古贤圣俊豪魁人畸士之所经涉，亦既旷岁时、屏世事，穷探博访而遍历之矣。而驰驱仕宦、奔走衣食之时，穷乡辟寂、都市喧尨之地，人事丛猥，无须臾之间，僦屋以居，月迁岁徙，亦必规池砌石，植嘉木美卉，以为朝夕宴休娱嬉之所。是岂有所耽溺而为之哉？蹈德游艺之士，既藉以拓其襟抱，遂畅其天倪，而勤于职事者，劳劬忧思，气烦虑乱，尤必有以导宣郁滞，涤胸宁神，使之恢恢如有余，然后可以久不生厌，有所为而无不成。

国朝阳湖洪北江先生，殆所称乐游者也。东至海，西至伊犁，南至黔，北至京师，其行万余里，凡号称名胜，无不恣意所欲往而穷其力所能到。其于京师前后八九至，留之最久者亦不过再期，而所居亭池树石必具，盖未尝一日忘其山水游览之乐也。今京师宣武城南有先生旧宅，竹石参映，嘉树列植，相传为先生所营置，天津徐鞠人编修居之。鞠人喜读先生之书，尝慕其为人，既得其旧宅，大喜，颜其听事曰：北江旧庐，数因其母夫人生日宴集僚友其中。尝语涛曰："吾于先生学行，百不逮一二。然先生六岁而孤，吾亦六岁而孤，先生之母不逮禄养，而吾乃得长依膝下，则所遭视先生为幸。"

涛曰："先生抱用事之志，见知既晚，又不得久于其位，赍志以终。子通籍既早于先生，从容学问，徐以俟之，异日所树立，当有先生所不及为者，岂弟事亲之乐，为先生所不能哉？然此皆视乎遭际，非人所能为，吾所望子于今者，即先生所营置，日益修治，而补其所未备，优游啸咏，以先生志学自勉，而推所乐于朋友而不自私，则子之友虽有拙疏陋懦，将老而一无所就如贺涛者，亦日造于门而不拒也。"

贺涛文章最显著的特点是议论，可以说是篇篇议论，通篇议论。如这一篇文字，是亭台楼记，一般以记叙为主，而此文却可说是通篇议论，开头一段文字是议论，第二段记叙，却在记叙中有议论，如论其无一日忘山水游览之乐，又通过徐世昌的话比较自己与洪亮吉（北江），还是议论，最后一段以作者的话来议论。他的许多文章都是这样的，兹不一一列举。贺涛尤其在文章的开头喜好议论。此篇开头就谈游乐之意义，优点在于先声夺人，缺点则在于缺少含蕴。连游记散文的开头都议论，则其他文体可以知之，如《送陈蓉曙序》、《历亭吟稿叙》、《送王晋卿序》、《法政学堂记》都以议论开头，甚至寿序、墓表也以议论开其头。我们引《送陈蓉曙序》开头看一看：

事以时起，应之无方，其纷至卒投，不可以恒情测、常理拘者。大臣谋国，不惮攘垢忍辱，杜塞瑕衅，以安国家，而士大夫坐观其旁，恐其苟安目前，姑息事以谢其责，而伏患于无穷，辄以所闻于古者正论以讥之。

这样注重议论，就是在桐城派作家中，可能也是突出的。当然，这种议论还是来自对前人的继承，如对欧阳修史论散文的学习继承。喜好议论，从思想情感看，是感慨犹多，贺涛等桐城派后期人物身处清之末造，目睹世变与清权贵的腐败，不能不多感慨，马其昶文章中也多议论，而贺涛在这方面尤为突出，成为其文的首要特点。

与议论相联系的是贺涛文章的气势。前文我们谈到贺氏在自己的文章写作中遵循其师文气说。此篇《北江旧庐记》以气驭文，一气贯下，从古人的游历到洪氏的游历再到优游啸咏与志学，文字如龙翔凤翥，处处生风，气到则文到。再加上时时处处的议论，风生云起，增加了文章的气势。贺氏的用语也大多为刚性的硬语，而不同于其他桐城派作者中和平淡的语言，如果说其它桐城派的文章风格是中和的，贺涛的文章则是阳刚的，这种刚性也增加了文章的气势。其门人赵衡认为“其为文，帖如调矫龙生虎为牛马，辨如屈长江大河在堂坳，倏如立身九天之上，俯视下界穰穰聚蚊”，并认为这种豪气来自于其生活之地的燕赵不可磨之英华，“自昌黎韩子创为古文，述往开后，统一斯文之体，后之作者举不能外”。(《贺先生文集序》)这是很有见地的说法，从韩愈古文的雄奇到宋文的平易，历明清两代，在桐城派的后期又出现贺涛的雄文，也许是一种回归，对桐城派也是一种修正。

贺涛文章的第三个特点是描写少。这与他的好议论可能也有联系。这篇文章是山水游记类，一般多描写景物，写得形神兼备，再附丽以自己的情感，则是一篇好的山水文章。此文却少描写，开头仅以“危岩通谷，洪河大湖”来概括山水特色，变描写为叙述，中段应写“北江旧庐”的风光景色，他也是只写了“竹石参映，嘉树列植”八个字，同样是变描写为叙述。我们认为，不描写是其文章的缺点，是否可以认为贺氏缺少对景物美的细腻体会？

贺氏不仅对于景物美缺少描写，他对于《左传》、《史记》以来对人物形貌的传神刻画也缺乏。与贺涛同时的桐城派传人马其昶这方面描写很多，如其《沈石翁传》写沈石翁酷爱怀宁邓石如、泾县(安吴)包世臣书法，通过兵乱来表现：

翁尝避寇逃窜山谷，磊然负挈以行。寇窃得之，则断烂古搨及所弃邓山人、包安吴手迹也。寇怒，裂掷之。翁大呼曰：“命可舍，此不可裂也！”寇乃熟视良久，笑而去。

人物形象呼之欲出，可惜在贺涛文中见不到这种描写，不能不认为是贺涛文章的大缺陷，起码贺涛难以享受到那种描写的会心乐趣。

贺涛文章的第四个特点是多人物对话及说话，他也许是以人物的对话、说话来代替对人物的描写。此篇《北江旧庐记》就能看到他的这一特点，文章以徐世昌的话来提出话题，说自己与洪亮吉的同与不同，指出自己比洪氏生活之幸；而后写作者的话，得出文章的命意所在，要徐氏留意于功业，并有意于学问。寓命意于对话之中，行文如水之就下，是很高明的写法。这种写法来自于汉代的大赋，唐宋散文也往往如此，如苏轼的《前赤壁赋》，同时也是近代以来的散文所采用的写法，看出贺涛文章既学习先秦两汉的散文，也与时俱进地吸收了近代散文的写法。

贺涛不仅在文学类的散文中这样写，在其他类的文章中也这样写，甚至在寿序墓志中也如此写作。我们看他的《送安徽按察使陈公序》：

> 吾师桐城吴先生都讲莲池书院，时今按察使长沙陈公尝守保定，吾师语涛曰："吾居此久，司道府县数易官，前后累数十人，与吾气类相感，唯陈太守耳。"公门人即墨郑东甫杲以质行朴学称京师，与涛同官刑部，相友善，其言曰："吾于文学稍知门径，居官幸无陨越，皆师教也。"涛既闻吾师及东甫之言，辄想慕公之为人，而公自通永道署按察使，闻而怜之，招之来，亦如吾师吾友之相待遇者。居数月，公真除安徽按察使，将行，谓涛曰："子既师吴先生而友东甫，若为文以道其生平，慰吾怀旧之念，因以宠吾行，其可乎？"

短短一段文字就引了三段人物的说话，用人物语言来组织文字，充实内容，使文章有起伏跌宕，是很妙的，于此可以看出贺氏写作的会心所在。

我们从四个方面谈论贺涛文章的特点，既谈其优点，如多议论、有气势与善于用人物语言加以表达，也谈了他为文的缺少描写，觉得是其文章的缺点。正确如否，还望诸君正之。

最后谈一谈贺涛文集的版本情况。据其子葆真在文集后跋中说，贺涛文集4卷，乃葆真整理，而由其友人徐世昌先生出资刻印，葆真跋文写作时间为民国三年(1914)7月，距贺涛去世(民国元年5月1日)已经两年。贺涛文集存世情况，据李灵年主编之《清人别集总目》，有《贺松坡文集》4卷，徐世昌编次，贺葆真、吴闿生校订，徐世昌作序，民国三年徐氏北京刻本，吴闿生乃吴汝纶子，贺氏弟子；《贺先生文集诸家评本》4卷，贺培新辑评，民国三年北京刻本，贺培新字孔才，贺涛孙，吴闿生弟子。贺培新的辑评肯定在民国三年后，此本只藏北京图书馆。我见到4卷本的《贺松坡文集》,而尚未见到贺培新辑评的4卷本《贺先生文集诸家评本》,但同为民国三年北京刻本,其正文应该是一样的。而又见一种《续修四库全书》本,是网上影印本。此本标明《贺先生文集》,封面有“据民国三年徐世昌刻本影印,原书版框高一九五毫米,宽三〇六毫米”字样,目录页最后有“墨笔张廉卿评点,绿笔吴挚甫评点”字样,文中有评点,由于是网上影印本,评点不太清楚。此影印本所据,当是藏北京图书馆贺培新辑评的《贺先生文集诸家评本》。此本与4卷本《贺松坡文集》正文完全一样,是同一刻本。不同之处:一、有评点。二、前有徐世昌和赵衡所作的两篇《贺先生文集序》,后附有《畿辅文学传·贺涛传》,徐世昌《贺先生墓表》,赵衡《贺先生行状》、《祭贺先生文》,吴千里《祭贺先生文》。还要说明的是,《贺松坡文集》虽封面是《贺松坡文集》,内页也是“贺先生文集”。我还见到一种本子,为5本的《贺先生文集》,前4本为《贺先生文集》4卷,1本为1卷,民国三年北京刻本,后1本为《贺先生书牍》,共2卷,民国九年刊于京师。前有徐世昌《贺先生书牍序》,谓作于民国十年,后亦附《畿辅文学传·贺涛传》,徐世昌《贺先生墓表》,赵衡《贺先生行状》、《祭贺先生文》,吴千里《祭贺先生文》。此书前4卷《贺先生文集》有小字批语,同时不称“贺松坡文集”,而曰“贺先生文集”,其目录也云“贺先生文集目录”,疑即贺培新辑评本,当在有机会时加以是正。而无论怎样,4卷的贺涛文集的正文部分实际只有徐世昌编次本,不存在两本对校的可能,所以我们只是做了标点工作。

根据清史工程《桐城派名家文集汇刊》项目组要求,贺涛文集只能出10万字的选本,因此我们只对贺涛的文集进行了标点,而略过了贺涛的书牍,同时,对文集内容也进行了删减,删去了一些不太重要的墓志铭。原书没有按文章类别分卷,而是按年代先后编次,我们也在删减的前提下一仍旧编,不再改动。由于时间较为仓促,加上我们的水平限制,错误之处一定难免,还请海内专家学者批评指正。

2007年11月26日于味象书屋

# 《马其昶著作三种》点校说明

《马其昶著作三种》，包括《抱润轩集外文稿》、《三经谊诂》、《屈赋微》三部著作。

马其昶(1855～1930)，字通伯，晚号抱润翁，桐城人，少时从父亲马起升(慎庵先生)学习古文，后从同邑方宗诚、吴汝纶和武汉张裕钊学习(方宗诚、吴汝纶是桐城派后期重要作家，吴汝纶、张裕钊皆为"曾门四子"中人)。其后马氏游京师，又交郑杲、柯凤荪，宣统年间马氏再游京师，授学部主事，辛亥革命后，担任清史馆总纂。马其昶被称为桐城派的殿军。桐城派不仅主文，且治经，马氏治《易》、《诗》、《书》，易崇费氏，《诗》宗毛氏，《书》宗大传。儒家之外，又精研老庄、屈赋，有《三经谊诂》、《老子故》、《庄子故》、《屈赋微》等著作问世，文集为《抱润轩文集》、《抱润轩遗集》。

笔者近年接受教育部古籍整理课题"马其昶文集"点校任务，已经点校出马氏《抱润轩文集》、《抱润轩遗集》，再拟点校其《抱润轩集外文稿》以及学术专著《三经谊诂》、《屈赋微》，笔者自己点校《抱润轩集外文稿》，邀约同事刘敬林教授点校《三经谊诂》、谢模楷博士点校《屈赋微》，现已点校完成。兹将点校中有关情况作一说明。

关于《抱润轩集外文稿》的点校。马其昶文集以"抱润轩"为名，存世者有宣统元年石印本《抱润轩文集》10卷、民国十二年北京刻本《抱润轩文集》22卷、抄本《马其昶文稿》、排印本《抱润轩集外文稿》1卷，以及《抱润轩遗集》1卷。宣统元年(1909)石印本《抱润轩文集》最前，民国十二年(1923)北京刻本《抱润轩文集》在后，而抄本《马其昶文稿》编集在民国五年(1916)，共收录43篇，起宣统元年，迄民国五年，正好在宣统元年石印本《抱润轩文集》后，民国十二年北京刻本《抱润轩文集》22卷前。《抱润轩遗集》由马氏孙婿吴常焘(孟复)刊刻于1936年，其时马其昶已经故去。

排印本《抱润轩集外文稿》藏复旦大学图书馆，实际是从《青鹤杂志》剪辑而来。《青鹤杂志》由陈赣一创办于1932年11月15日，半月刊，共出5年，114期。《抱润轩集外文稿》分7次载于该杂志。笔者尚未见到《青鹤杂志》，但从这份马其昶《抱润轩集外文稿》(七)的余页中见到一份当时名流柯凤荪的讣告，称其逝于本年之8月31日。并说："本社于两月前得先生所书青鹤二字，将以刊封面者，即置第十九期中，未半月而噩耗至。"柯劭忞(1850～1933)，字凤荪、凤笙，号蓼园，著名文人，历史学家。据此，可知此期杂志为 1933 年 9 月上半月刊，为第 20 期。往前逆推，则《抱润轩集外文稿》发表于第 14 期到第 20 期，也就是从 1933 年 6 月上旬到 9 月上旬。

《青鹤杂志》刊登马氏集外文稿时，有一段编者的话，说："称《抱润轩集外文稿》者，乃先生癸亥以后所作，其高足合肥李木公先生（国松）以贻本志者也。"据此可知，本文稿由马其昶弟子合肥李国松交《青鹤杂志》发表，而其中文章乃马氏"癸亥以后所作"，即民国十二年（1923）以后作。前知《抱润轩文集》22 卷正是刻行于民国十二年，可知此集文章写于 22 卷本《抱润轩文集》结集之后，而刻行时间 1933 年，又在刊刻于 1936 年的《抱润轩遗集》前。《抱润轩集外文稿》收文 13 篇，每篇注明写作时间，从民国十二年（1923）到民国十七年（1928），即马其昶逝世前两年。考马氏《抱润轩遗集》，也收录了这 13 篇中的 9 篇，另有 4 篇是没有收录的，这 4 篇是《菊斋七十寿序》、《贵池先哲遗书序》、《武昌萧君墓志铭》、《刘母杨太孺人家传》，《集外文稿》的文献价值主要体现在这 4 篇文章中。而《遗集》中收录的 9 篇，又可以用来对校。此次点校《集外文稿》，即以《遗集》为校本，特此说明。

随着《抱润轩集外文稿》点校出版，马其昶的文集就出齐了，对于完整地研究马其昶的文学思想、文学文献，将带来极大的便利，也为学术界的桐城派研究提供了方便。

《三经谊诂》点校，采用民国十二年（1923）秋浦周氏敬慈善堂校刊本为底本，校之以中央刻经院民彝丛刊铅印本（1923 年）。参考的与《三经谊诂》经、注文相关的其它版本有上海书店据商务印书馆 1926 年版影印本《四部丛刊》，中华书局 1980 年影印阮元校刻《十三经注疏》本，中华书局 1957 年用四部备要据吴县吴氏仿宋本排校纸型重印的《四书集注》（全 2 册），中华书局 1983 年版新编诸子集成（第 1 辑）《四书章句集注》等。在点校过程中，凡《谊诂》所引前人之注多用参考文献相关文字核之。由于底本与对勘本都是现代所出之版本，且二版本相去未远，书中错讹字不多，所以本书整理工作以断句标点为主，校勘次之。

马其昶《三经谊诂》成书于壬戌年，即民国十一年（1922）。其时，"天下车不同轨，书不同文，行不同伦"（陈汉章《中庸谊诂跋》语），马其昶忧于国家分裂，军阀割据，战争祸烈，而欲"阐道术以觉斯民"，于是撰《三经谊诂》刊行于世。

《三经谊诂》是马其昶从整体上探求与把握先秦儒家思想体系的成果。他把《孝经》、《大学》、《中庸》合称"三经"，是因为他从宏观层面注意到，"《孝经》

是圣人已乱之书”，儒学“莫切于《孝经》，莫辨于《大学》，莫邃于《中庸》”，认为儒家文化核心“仁”本于孝悌，《中庸》修道之教，源自舜、武王、周公之达孝，平天下之法度《大学》，根于兴孝兴悌。三书内容虽各有侧重，但互为补充，实乃一体。其论可以说是在新的历史条件下对先秦儒学的继承与发展，两者之间在理论逻辑上有着共同性和内在联系。

《三经谊诂》是旧时为《孝经》、《大学》、《中庸》作注并行世较晚之作。因其晚出，而网罗前贤时彦之说较前各书加详，同时更有撰者重要的研究成果，读“三经”者必能从中得到一定的便利，获取许多新知。

《屈赋微》点校，以上海图书馆藏清光绪《集虚草堂丛书》刻本《屈赋微》(2卷)为底本，主要参考洪兴祖《楚辞补注》(中华书局1983年3月版)，朱熹《楚辞集注》(上海古籍出版社1979年10月版)，王夫之《楚辞通释》(中华书局1959年1月版)，由于《屈赋微》尚未见现代版本，而与屈赋原文差别不大。为保持原貌，本书文字一以刻本为准，整理工作主要在断句标点，基本不作校勘。

《屈赋微》是马其昶研究先秦典籍的重要著作，代表了桐城派屈赋学的最新研究成果，其学术价值不言自明。同时书中大量集中引用了前人有关屈赋的评论，又有较大的文献价值；尤其马其昶本人对屈赋的评价与桐城派其他人(马瑞辰、张裕钊、姚永朴等)的评价，是第一次公开面世。马瑞辰、张裕钊、姚永朴等人并没有专门的治骚著作，这些思想都出自平时的言谈或书信中，尤其具有文献价值。对于研究马瑞辰等人的学术思想，对于研究屈赋学，研究桐城派的屈赋学都有较大的意义。

最后还要说明的是，《三经谊诂》与《屈赋微》所引各家之说，情况比较复杂，大体包括原文引用、择取引用、断章引用、错杂引用及变化引用。马氏基本引用各家著述原文部分，以引号标出；择取引用各家著述原文部分，亦分别以引号标出。马氏错杂引用、断章引用及变化引用各家著述部分，则不加引号。马氏自加按语部分，也不加引号。

《三经谊诂》点校说明与《屈赋微》点校说明采自刘敬林教授与谢模楷博士所写之说明。

点校工作是十分烦琐、枯燥的工作，又是十分艰难，需要学力、学识的工作。我们能够耐得寂寞，所少者学识、学力耳，本书的点校一定有不少不足之处，还请专家学者不吝赐教。

2008年12月25日

# 全面精深　探赜发蕴

——评《词学渊粹——况周颐〈蕙风词话〉研究》

我曾于1995年出了一本论《蕙风词话》的小册子(《况周颐与〈蕙风词话〉研究》),现在又看到张利群君的《词学渊粹——况周颐〈蕙风词话〉研究》一书的出版(广西师范大学出版社1997年版),倍感亲切。张君研究况周颐始于80年代后期,与我大致同时,我们互相看过对方发表的单篇论文,现在终于见到他的研究专著。阅读一过,感到此书与我的小册子既有暗合之处,又有互相补充的作用。也许因为我是搞词学研究的,由作品而上升到词学理论,故尤重况氏词话的理论对创作的指导作用;而张君是搞文艺学研究的,故而这本书从创作、理论、批评、鉴赏诸方面全面审视、评价了况周颐的《蕙风词话》,高屋建瓴、全面而精深,发人所未发。

由文艺学介入词学领域,有可能对古代词学史了解不深,从而影响研究的质量。本书作者却对古代文学、词学有着深刻的理解,尤其对古代词学有系统深入的理解。他说:"清初盛行浙西词派,步趋南宋姜夔和张炎重格律、重醇雅的形式主义倾向,'词则宜于宴喜逸乐,以歌颂太平'(朱彝尊《紫云词序》),致使词坛出现清空雕凿,萎靡消极的词风。常州词派以纠正浙西词派的面目出现,主张尊北宋的周邦彦、秦观,重视内容的意趣和寄托,'词非寄托不入,专寄托不出'(周济《宋四家词选目录序论》),对于纠正浙西词派的形式主义偏向起了一定作用。"(该书第258—259页)这一段话,对于清代词学做了较为清晰的概括,为《蕙风词话》的研究划定了一个纵向的承绪关系。同时,作者又注意到况周颐所处的近代社会文学所经历的历史巨变。他说:"况周颐作为词坛领袖,既不像桐城派那样囿于传统,一味保守;也不像梁启超、康有为那样激进革新,全盘否定传统,而是在保守和革新之间,在封建文化与近代文化之间保持中立。他恪守传统,但不囿于传统;他反对革新,但也主张发展变化。总之,他虽不可避免地受到文艺思潮、文艺论争的冲击,但却力图超脱论争之外去寻求一条折衷、中庸的道路。他引王鹏运的话说:'恰到好处,恰够消息。毋不及,毋太过。'(卷一·一三),这是王鹏运的论词之旨,亦是况周颐的论词之旨,更是况周颐文艺观、美学观,乃至世界观的宗旨。"因此,"《蕙风词话》不惟对传统词学观的继承,也有对传统词学观的发展和创新,只不过这种发展和创新还未能运用近代文艺观念来阐释,而是用传统文艺观念来阐释罢了"。(263页)

在这样纵横交错的时空交汇点上来评价况氏词学，既有厚重的历史感，又有鲜明的时代气息，自然能够把握住《蕙风词话》的艺术脉搏。词学理论自清代中叶以来，经历了从张惠言到周济到谭献的发展，张惠言强调比兴寄托，固然有纠正浙西词派空疏芜蔓，"绝无内心"(《蕙风词话》卷一)的作用，却也因浸透了儒家经学、诗教气息，百方比附，在推尊词体的良好动机下，有可能使词失去其艺术性，尤其失去其作为词有别于诗的独特品格。所以王国维在《人间词话》中大声疾呼："固哉，皋文之为词也！飞卿菩萨蛮、永叔蝶恋花、子瞻卜算子，皆兴到之作，有何命意？皆被皋文深文罗织。"(《人间词话删稿》)也正因为看出了张惠言深文罗织的弊端，常州词派后劲周济提出："词非寄托不入，专寄托不出。"(《宋四家词选目录序论》)到谭献更进一步提出："作者之用心未必然，而读者之用心何必不然"(《复堂词录叙》)，固然已经接近了近代西方读者接受观念，但究其实质，仍然固执地坚持常州词派寄托说的藩篱，没能脱出传统诗教的束缚。王鹏运的"重拙大"理论正是常州词派寄托说在新形势下的继承与翻版。龙榆生《清季四大词人》曾引朱祖谋语谓其"与周止庵氏说，契若针芥"，沈曾植谓其"取义于周氏，取谱于万氏"，而总结道"鹏运平生所蕲向，固沿常派之余波，初未能别辟户庭，独树一帜也"。况周颐初学词于王鹏运。赵尊岳《蕙风词史》说："先生初为词，以颖悟好为侧艳语，遂把臂南宋竹山、梅溪之林。自佑遐进以重大之说，乃渐就为白石，为美成，以抵于大成。"可见《蕙风词话》卷一说："作词有三要，曰重、拙、大。"乃记录王鹏运的观点。但深入分析《蕙风词话》则可看出，况氏对鹏运观点并不是全盘吸收，生吞活剥，而是加以分析与改造。由于时代历史的变迁，使他有可能摆脱传统的束缚，在新旧交替与西学东渐的近代社会，对传统词学取一种批判的态度，王鹏运的"重拙大"在况周颐手中充实了新的内容，抛弃了其中浓厚的经学、诗数气息，坚持了词不同于诗，不同于政治教化的独立品格、具有艺术审美的价值与意义了。张利群君研究《蕙风词话》，敏锐地抓住了况氏这一改变了基本内涵的"重拙大"词学观念，成为开启况氏词学的一把钥匙。他说："况氏作词、论词始终离不开'重、拙、大'，它包括创作主张、创作态度、作品境界、风格、语言等方面，可谓是况氏词论之纲领。"(第 134 页)张君此书共十九章，除开头，结尾两章外，分论审美思想、情感、真实、意境、构思、立意、风格、方法、语言、作家、欣赏、批评、因革、思维、辨证、主体、词律，洋洋洒洒，可谓全面而精深，而贯串全书的主线就是"重拙大"，它串联起整个艺术创造(包括读者接受)的全过程。而且张君更以现代文艺学的观点去印证，生发出许多精彩的论述与论断。在第二章，作者论述了"重拙大"与况氏审美思想的关系，其意义在于找到况氏词论的哲学基础与思想基础，研究审美思想对词学观的指导作用。他说："况氏以'重拙大'为标准，从而使其审美观有偏向和谐美、天然美、真实美、壮美的偏向。"（第42页）但是作者又指出"偏向并不偏废"，又以变化美辅和谐美，含蓄朦胧美辅天然真实美，柔美辅壮美。这一论断抓住了况氏审美思想的朴素辨证成份，抓住了况氏词学大而化之，"冶南北宋而一之"（谭献《复堂日记》）的总结态势。第三章中，作者又论证了况氏情感观与"重拙大"的关系。重，来自词作者深沉厚重浓郁的情感。拙，虽然是从表现方法入手，而表现方法是由创作态度决定的。况氏论"拙"是以作家的创作情感为导向，与"万不得已"的郁结情愫相联系，与朴实纯真的情性相联系，若赤子之笑啼，不加掩饰与伪装，从这一角度看，拙与内心情感紧密相关。大，指大气真力，大气磅礴，宏大雄浑的意境。而意境由情景交融而成，其中包含了"情"这一重要乃至主要元素，所以"大"也包含了情感。由此，作者得出结论："词之言情特征决定了词之'重、拙、大'的特点，'重、拙、大'又反过来促进了词之言情特征的发展。"（第55页）中国古典文学是一种表现型的抒情文学，词也不例外，研究古典文学必然要研究其表情性，张君由此入手，论证了况氏"重拙大"的情感内核，从而确立了况氏"重拙大"理论乃至整部《蕙风词话》在词史上的不朽地位。该书第九章方法论，又论述了"重拙大"与词法的关系。重，就是用寄托的方法使作品的思想性和倾向性得到拓展和加深。（第134页）拙，就是"一种自然朴实、外拙内巧、大巧若拙的创作方法。"（第135页）大，亦需运用比兴、寓含的方法。（同上）所以"重拙大"也有方法论的意义。第十章论语言，同样从"重拙大"出发，指出况氏要求的语言应该是"重拙大"式的语言；当然，更应该是拙的语言。（第141页）因为况氏对于"重"，曾经明确指出"在气格，不在字句"（《蕙风词话》卷二）。张君没有从已划定的框框出发，去硬套"重拙大"的框架，而指出况氏的语言表达的要求在于拙，不溢美，不浮躁，表现出实事求是的科学态度与扎实的学风。最精彩的是在第十三章批评论中，张君把况氏"重拙大"的批评标准与传统批评的真善美原则联系起来。首先指出孔子有尽善、尽美之说，庄子有贵真之说，从而形成传统文学批评的真善美原则。作为传统词论家的况周颐怎样在"重拙大"的词学批评标准中体现这一真善美原则呢？张君分析道："重"，要求符合儒家伦理道德的庄重、典雅传统，要求词风凝重、厚重，内容丰富、厚重，气格沉着，这四者都与作品思想性有关，与儒家善的标准有关，但比善范围更广，要求更严。以"拙"论词，则要求创作态度之拙，追求朴实、真实、自然；表现方法之"拙"，要求表现真率、坦率、自然；语言表达之"拙"，要求语言朴实、准确、自然。一句话，就是况氏所强调的"真字是词骨"（《蕙风词话》卷一），使"拙"与"真"融为一体。以“大”论词，是对艺术审美性的追求，指意境的深远、辽阔、宏大，即对意境美的追求，要求词作深静、旨远、韵味、神致，从而具有审美魅力。张君得出结论：“况氏的‘重、拙、大’与真、善、美标准大体对应。”（第 184 页）我认为这一章是该书精粹所在，其意义已经溢出了批评范畴，而具有整体的艺术审美的价值。它照应了前文对况氏受儒道两家思想包括文艺思想影响的分析，也说明了处于封建社会终结时期的况周颐能够承担总结传统词学以至传统美学的深刻内在动因，说明了“重拙大”理论在总结传统词学、传统美学上的鲜活生命力与宏阔包容性，也是张君此书以“重拙大”为起点，为核心的合理性所在。

传统的词话形式是随感式的、散碎的，如断纹碎锦，似乎没有一个中心，甚至写作者自己也并没有整体的考虑，其论述多为灵感偶发的记录，虽然也已涉及文艺学乃至美学的各个方面，但都是点到为止，并无展开论述。作者本身大多没有系统的美学知识，其论述如果说有框架，也大体按照由创作上升到理论的思路来结构全书。而今天的绝大多数词话研究者多为古典文学研究者，基本也按原作者的思路来演绎，还原其文艺思想，我的那本小书就是按这一思路写作的。张君由文艺学介入词学领域，所论与其他词话研究者不同，能够从宏观上把握《蕙风词话》的精髓所在，站在文艺学的理论高度，站在今天的高度，由大见小，对况氏的“重拙大”理论，对其《蕙风词话》，甚至可以说是对传统词学进行了一次全面的审视与清理，把这本研究著作写成了一本文艺学的著作。这是十分不容易的，把零散的断纹碎锦集中起来，再加以分门别类，以“重拙大”为经线，而以创作、理论、批评为纬线纵横交织，遂成此宏章巨制。没有十载寒暑的披阅功夫是写不出来的，这是此书的优势、特点所在。要说有缺点的话，由此优势、特点所不可避免地派生出来的，就是对理论的分析缺少了作品的例证，况氏词话中有大量从唐到清初的词作，本书几乎没有来得及择优论列。

（原载《社会科学家》1999 年第 2 期）

## 文质相炳焕，众星罗秋旻

——评《词学的星空——20 世纪词学名家传》

曾大兴教授的《词学的星空——20 世纪词学名家传》由河北人民出版社出版。这是一部集故事性、可读性与学术性于一体的词学人物列传。

首先，让我们看该书的学术价值。该书选了20世纪的22位词学名家加以论述。这22位名家又分为两组，一组以朱祖谋为代表，分别为朱祖谋、况周颐、郑文焯、夏敬观、龙榆生、任中敏、唐圭璋、夏承焘、陈洵、刘永济、詹安泰；一组以王国维为代表，分别为王国维、胡适、胡云翼、冯沅君、俞平伯、浦江清、顾随、吴世昌、刘尧民、缪钺、王仲闻。这一叙述结构，既涵盖了20世纪的词学的方方面面，又明确地分成了两大词学群落，本身就具有着鲜明的学术立场与学术价值。对于前者，作者写道："除了任中敏，其余9位都与朱祖谋有过这样那样的关系，例如郑文焯和夏敬观是朱氏的好友，况周颐和陈洵是朱氏的同志，龙榆生是朱氏的弟子，唐圭璋是朱氏的私淑弟子，夏承焘和刘永济得到过朱氏的指点，詹安泰虽不赞成朱氏的词学主张，也不曾和他打过交道，但是对于他的为人和创作，却是很推崇的。"这段话勾勒了朱氏的师弟录与词学传承，况周颐、郑文焯与朱氏，还有王鹏运并称"清季四大词人"，夏敬观是同时词人，其他是弟子类，任中敏与唐圭璋的老师吴梅与朱氏渊源很深，倒是詹安泰与朱氏关系疏一些。对于后者，作者写道："王仲闻是王国维的次子，他的治词，深受乃父的影响；其余9位也都是王国维的崇拜者，他们在词学思想和研究方法上，无不深受王氏的影响。"（《自序》）这一论述是准确的，王国维对于后世词学的影响力是无可估量的。两个词学群落的论述是符合20世纪的词学状况的，实际这两大群落中，以朱祖谋为代表的群落要稍早一些，他们是传统词学的总结者，以王国维为代表的词学群落稍后一些，他们往往在词学思想中渗入了现代、西方的文学思想。我在自己将要出版的《晚清三大词话研究》（安徽大学出版社）的自序中也有近似的总结："我站在新世纪的门槛上，回望一百年前的词坛，心中充满感动。陈廷焯、况周颐、王国维的身影逐渐清晰。陈廷焯是传统诗教的守望者，况周颐是传统的审视者，而王国维则是传统的批判者，他站在西方与现代的高度，站在诗学与美学的高度，批判了传统词学，把词学推向现代化。"陈廷焯与况周颐可以划归一类，是对传统词学的总结者，其中陈廷焯的观点要保守一些，况周颐则对传统词学有了批判的审视，王国维站在西方与现代的高度，把词学推向现代化，于是有了后继者胡适等人。

传记作品的人物生平难免与他人的叙述重复，对于他们的学术评价也难免有借鉴；而本书的可贵之处在于对各家的学术思想与学术特点基本有自己的研究心得。作者在《自序》里写道："既然是词学名家的传记，就必然要对传主的词学成就进行评价。在这一方面，我参考和吸收了同行们的部分成果，但是更多的，是出自于我个人的研究和判断。事实上，对于书中所写的22位词学名家的词学成就、词学思想和研究方法，我都做过专门的研究，除了王仲闻和任中敏，我都写有专门的论文，其中一半以上的论文，已在有关学术刊物上发表。”由于是同行，研究兴趣基本一致，看了全书，我感到他的话并非自饰，他不仅写过相关的论文，而且确有自己的判断。比如人们通常把王鹏运、郑文焯、朱祖谋和况周颐并称为“晚清四大家”，曾氏认为王、朱、况三人的词学主张是相通的，而郑文焯却是一个“另类”。郑文焯对梦窗词所下的功夫，并不亚于朱祖谋等人，他对梦窗词是很有发言权的。可是他并不推崇梦窗词。他推崇的是柳永词和白石词。他虽然在词律方面做过许多专门的研究，但是他所重者在词的音律（乐律），不在词的格律，不似朱祖谋等人那样在格律方面（尤其是在四声方面）斤斤计较。他的词学主张对夏敬观是有影响的。夏敬观是第一个公开著文批评《蕙风词话》的人。况氏讲梦窗词，只讲他的优点，不讲他的缺点，甚至还把他的缺点当作优点来讲。这就难免出现偏差。夏氏讲梦窗词，要比况氏理性得多。况氏与夏氏论词，皆宗“北宋”，但况氏主张由“南宋”而“北宋”，夏氏则主张由“北宋”而“北宋”；况氏主张取法“南渡诸贤”，夏氏则主张取法“北宋名家”。读况氏《蕙风词话》而不读夏氏《〈蕙风词话〉诠评》，对况氏所讲的许多问题，难以有一个清晰而理性的认识。这些看法都非常精粹，看出作者对晚清四大词家理论的精深研究。

我十分尊重大兴教授的研究结论，但对“郑文焯是个另类”的说法还要提一点补充意见。郑文焯与其他三家的联系是要疏远一点，从这个角度看，他是个“另类”，但并不是其他三家都绝对推崇吴文英。我在《清季四大词人词学取向与重拙大之关系》一文（载《文学评论》2007 年第 5 期）中谈到，王、朱、况三人都师承端木埰，而郑文焯不是，与大兴教授的“另类”说法一致。但对王、朱、况三家的词学倾向，我认为王鹏运主要学习王沂孙，而又倡导校《梦窗词》，朱祖谋可以说是一心学习吴文英者，况周颐的词学趋向比较复杂。他早年学习史达祖，从王鹏运处得到教诲，要学吴文英，但是他在实践中学习的是姜夔，这从他的弟子赵尊岳所写的《蕙风词史》可以看出来，而他在理论上，却推崇吴文英，理论与创作是分离的。《蕙风词话》洋洋五卷，只有一处正论姜夔，与赵尊岳《蕙风词史》满纸姜夔，无一处提及吴文英相映成趣。深知况周颐的朱祖谋，在况氏死后所撰挽联中也说：“持论倘同涂，词客有灵，流派老年宗白石。”这样看来，王、朱、况三家也非铁板一块，而况周颐在创作上与郑文焯是一样的，都是效法姜白石。其实，对于况周颐，大兴教授也有类似的看法，他认为：况周颐讲“重、拙、大”的时候，把梦窗词树为典范。可是在他讲到他所标举的词的最高境界——“穆境”的时候，却再也不提梦窗词了。这说明在况周颐的心目中，梦窗词并不是最好的，梦窗词只是符合“重、拙、大”中的“重”这一条而已。这一点上，我和大兴教授不谋而合。

本书对于王国维开创的一代新词学进行了队伍与学理上的梳理。在王国维之外，他还提出了胡适对新词学的影响，当然，胡适也受到王国维的影响。本书指出，胡氏曾六次致信王氏，请教有关词乐问题和词的起源问题。就目前所掌握的材料来看，胡适向著名词家请教词学问题，仅限于王国维一人。本书进而指出，其他诸人或受王氏、或受胡适影响，如胡云翼和胡适是有过交往的，他研究词，则受了胡适的影响。陆侃如是王国维在清华国学研究院带的研究生，冯沅君是胡适在北大研究所国学门带的研究生。陆、冯二人的学术观点和研究方法深受王国维和胡适的影响。俞平伯是胡适的弟子。他是第一位标点王国维《人间词话》的人，他的词学观点深受王国维和胡适的影响。浦江清是词学史上第一位科学地阐释王国维的词学思想与研究方法的人。顾随是第一位在大学里讲授王国维《人间词话》的人，他的“高致”说，是对王国维的“境界”说的一个重要补充。吴世昌是顾随的词学弟子，顾随推崇王国维的《人间词话》，吴世昌早年也深受《人间词话》的影响。他推崇王国维的“境界”说，他的词史观和词体观，与王国维是一脉相承的。刘尧民是王国维的精神追随者。他的词史观和词体观，与王国维是相通的。缪钺是第一位对王国维的文学批评和诗词创作进行全面研究的词学家。前期的缪钺，较多地师承了王国维的词学思想；后期的缪钺，则能有选择地吸收张惠言等传统词学家的某些正确意见，用以弥补王国维词学思想的不足和失误，从而丰富和发展了王国维的词学思想。本书所描绘的“现代词学阵营”诸人虽然各有个性，但是在词史观和词体观方面，基本上是一脉相承的。在知识结构、学术背景、治词路子、研究方法以及词学成果的表现形式方面，也有许多相通之处。

本书的学术价值体现在这些具体各别的词家的词学思想的研究之中，同时，本书还通过两大词学群落的划分以及对每一词家的渊源、观点的论述，形成了全书宏观的架构，使得每一词家的研究不是孤立的，全书的理论论述有一明确的集中与指向。这样来结构一本书，就超出了单篇文章的结撰，而具有着史的价值与意义，从整体上也体现了本书的学术价值。

以上所论是本书的学术性。本书的另一特点是它的可读性、故事性。如本书叙述唐圭璋先生对爱情的执着：

> 唐圭璋对爱情的执着，更可以说是人世间的一段佳话。他的妻子去世时，他才36岁。可是他一直不肯再娶。他的女儿唐棣棣著文回忆说：
>
> > 安葬妈妈之后，爸爸就忙着要去教课，但只要有空，他

就会跑到妈妈的坟上去，坐在那里吹箫……有时碰到节假日，他索性带上几个馒头或烧饼，几本书，一只箫，在坟地上待上一天。

本书作者进而议论道：

一生一世只爱一个人，一生一世只做一件事，这种罕见的执着，使得他在词籍整理方面取得了多项成就，也使得他的道德操守一直为亲属、朋友和弟子们所颂扬。

试想一个执着于爱情的书生在坟头吹箫的样子，是多么感人肺腑！作者把唐圭璋对爱情的执着与他对事业的执着联系起来看，写出了一个活生生的书生形象！

其他如郑文焯与况周颐的矛盾，王国维之死，胡云翼与谢冰莹的恋情，龙榆生的曲折经历，写来都曲折生动。

“文质相炳焕，众星罗秋旻”。作者描绘了20世纪的词学灿烂星空，再现了那一辉煌动景，给予我们的不仅是知识与学术的熏陶，还有如诗的美文，审美的感动。

（原载《中国韵文学刊》2010年第1期）

## 简评邓乔彬先生《唐宋词艺术发展史》

著名学者邓乔彬先生最近推出词学巨著《唐宋词艺术发展史》，洋洋百万言，令人惊叹！作者在词学与文化艺术方面，曾写有《爱国词人辛弃疾》、《吴梅研究》、《有声画与无声诗》、《唐宋词美学》、《中国词学批评史》（合著）、《学者闻一多》（合著）、《中国绘画思想史》、《宋词与人生》、《古代文艺的文化观照》、《词学廿论》、《宋代绘画研究》等著作，《唐宋词艺术发展史》一书是在长期词学、文化学、美学研究、积累后的产物，是作者一生学问的艺术结晶。

此书有以下几个特点值得我们注意：

第一、把词的内容与音乐联系起来探究。一般文学史以及词史著作，对于词的音乐特点，由于说不清楚，大多采取绕道而行的办法，在书的开头论论雅乐与燕乐，然后就不再提及。此书不是这样，而是力图勾勒出词体与音乐的关系，在有关章节尽量展开论述：论述唐代燕乐杂言歌辞之起，教坊曲与词调的关系，“选词以配乐”，“非由乐以定词”的创作原则；从雅乐衰而燕乐传的特定角度论五代歌词繁盛之由；柳永是慢词的创调名家，继承“倚声祖”温庭筠，在变教坊曲为词调中起了很大作用；周邦彦知音律、善制曲，创调甚多；姜夔尚雅乐而反胡乐，明俗乐而求之雅，先词后曲，回归“声依永”原则，坚持主体抒情，改变了以词就曲的定法。这样，在整个词史的论述过程中，同时贯彻了一条词体与音乐关系的线索。如对于柳永词的音乐特点，引沈曾植一段话，分析词乐之变，以及柳永词与音乐的联系：

《卮言》谓花间犹伤促碎，至南唐李主父子而妙。殊不知促碎正是唐余本色，所谓词之境界，有非诗之所能至者，此亦一端也。五代之词促数，北宋盛时啴缓，皆缘燕乐音节蜕变而然。即其词可悬想其缠拍。花间之促碎，羯鼓之白雨点也。乐章之啴缓，玉笛之迟其声以媚之也。庆历以前词情，可以追想唐时乐句。美成、不伐以后，则大晟功令，日趋平整矣。

沈曾植关于词学的论述，一般不太为人注意，可以看出作者的渊博；同时，这段话对于词的音乐变化特点论述十分准确，解释了词史变化的诸多问题，实在非常精彩！作者据此总结出以下几点：其一，五代词的“促数”，北宋盛时的“啴缓”都由燕乐音节的变化造成。其二，“促数”在于羯鼓节奏，“啴缓”在于玉笛节奏，说明了宋初音乐与五代音乐的差别。其三，柳永词与笛子的“啴缓”有关，适合于慢词，故慢词在柳永时兴盛。第四，北宋后期周邦彦词转向“平整”，勾画出从五代的“促数”到北宋初的“啴缓”再到北宋后期的“平整”的音乐变化及其对词体的影响。这样的总结在词史著作中是少见的，是把词体与音乐密切联系起来，做出的令人信服的结论。

当然，由于音乐材料的缺失，作者的这一工作不能做到完全彻底。所以本书作者在《自序》中说：

本书意在弥补学界对唐宋词艺术体系研究的不足，拟将其置于我国古代诗歌发展的流程中，作动态性的观照，力图体现出对龙榆生所下词学定义的探讨，即有意于“推求各曲调表情之缓急悲欢，与词体之渊源流变，乃至各作者利病得失之所由”。在写完了百万字的书稿后，终于发现，由于词乐不存，加以自身知识结构的不足，调谱之学治之极难，自己对“推求各曲调表情之缓急悲欢”是难以做得令人满意的。也因此体会到，为何吴梅先生临终前将耗时十年所成的《南北词简谱》视为自己一生中最重要的著作，委托得意门生卢前为之梓行，以期完成遗愿；也体会到从学于“一代词宗”夏承焘先生的吴熊和教授所说的“词是专门之学”，是自有其特定涵义和真切感受的。在写作的过程中，我虽曾向音乐史、词曲史家洛地先生请教词乐、调谱等问题，却因自己在这方面的先天不足，难以学好、领会先生所赠论文、材料，有负先生的美意，确实感到惭愧。

这是非常恳切的言语，既说出自己力图改变词学史不谈音乐的缺点，也表明自己做得不够之处及其原因，实事求是，而不哗众取宠。

第二、由于作者长期研究文化学，所以本书的第二个特点是从文化学角度对词学的整体研究，而不单纯从文学角度研究，这构成了本书的宏大的结构。全书分十个章节，从敦煌曲子词开始，到宋季风雅词结束，每一章节中，文化的阐述都占了重要的位置。第一章论燕乐之起与敦煌曲子词，对燕乐之起作了文化的探究，同时对敦煌曲子词梳理了它的文化内涵。第二章论唐代文人词，首先论文化之变与盛中唐文人词，分论盛唐的宫廷文化产生了盛唐词，中唐的多元文化产生中唐词，以及刘白词与士大夫文化的关系，接着论晚唐的进士文化与晚唐文人词。第三章论花间与南唐词的不同艺术走向与文化的关系，从雅乐衰而燕乐传，君主喜好文艺、善待文人，经济繁荣、热衷享乐三方面论五代歌词繁盛之由，论《花间集》的主要题材与文化成因；接着论述南唐不同于西蜀的宫廷文化。第四章论北宋前期词多元多向发展，认为士大夫文化此时形成，真正士大夫词当属于北宋，成于晏欧。此期的大词人柳永善写羁旅行役，长于讴歌太平，又具“宋玉情结”，有“唐人高处”；更以代表市井文化的青楼艳歌知名，“骫骳从俗”而长于叙事，“铺叙展衍，备足无余”，是慢词的创调名家，善于融情入景，具有“上承飞卿，下开金元”的词史地位。第五章论北宋中期词与苏轼的拓展，围绕着变法发展出的政党政治影响到当时的文化，士大夫文化对此期词的影响主要有三：其一是感叹“飘零宦路，荏苒年华”，又努力化解思想的矛盾，体现了雅俗结合的创作思想。其二是苏轼代表了“士大夫之词”的完成，他将歌者之词变为诗人之词，“一洗绮罗香泽之态，摆脱绸缪宛转之度”，吟咏情性，寓意高远；他对词坛的变革主要是“以诗为词”，题材上“无意不可入，无事不可言”，风格上“刚亦不吐，柔亦不茹”。其三是秦观有独到的“词心”，他受累于党争，又“情钟世味，意恋生理”，将“身世之感打并入艳情”。第六章论北宋后期词的发展与集成，也就是论徽宗朝的词人。苏门外围词人渐见艺术之变，周邦彦知音律、善制曲，言情体物，穷极工巧，长于铺叙，重视法度，所作具有开阖动宕、回环往复之妙，善于以六朝小赋与唐诗入词，风格富艳精工，集北宋词艺术之大成。这一章对徽宗朝的文化对词的影响展开不够,从文化角度看,是一小小的瑕疵。第七章论南渡词及其因革变化。靖康事变促使了南渡词之变,多表现真情,感慨悲凉。待到绍兴和议签订,高宗"中兴"局面形成,则有"复雅"之倡,供奉之作亦见。第八章论辛弃疾及辛派词。辛弃疾是出将入相的人物,以词为"陶写之具",所作抚时感事,别立一宗,入以经子百家,体现了文化集成,因综融南北、兼具情志,成为两宋最伟大的词人之一。第九章论风雅词派及其艺术独创。风雅词派形成的文化基础是江浙地区的"民物康阜",士人追求寄兴适情,才子崇尚晋人风雅,因地狭人稠,为官不易,造成了江湖文化,以隐逸或游谒为生存方式。此派以姜夔的创作成就最高,姜夔尚雅乐而反胡乐,明俗乐而求之雅,自作先词后曲,回归于"声依永"原则,坚持主体抒情,改变了以词就曲的定法,其词"清空"、"骚雅",前者得益于晚唐诗的风神与江西派的瘦硬,因于其为人的襟怀洒落,故所作不涉嫣媚,境象空疏、遗貌得神;后者深得比兴之义,温柔敦厚,怨悱不乱。第十章论宋季风雅词的艺术总结与辛派嗣响。宋末词具有鲜明的地域文化色彩,浙江词人群是风雅派的继续,以杨瓒《作词五要》、沈义父《乐府指迷》、张炎《词源》为代表,体现了系统的创作理论。周密是沟通此派前后期词人的领袖,咏物词家王沂孙所作多有身世之感、君国之忧,因借物言志,虽气清而妍和,却言近旨远、赋情独深。张炎为白石后劲,词史上并称"姜张"。

这样,从文化角度,本书完成了对唐宋词史的论述,对每一时期文化,都谈出了不同的特点,并由此引申出文化对每一时期词的影响与规范,既是实事求是,令人信服的,又不同于一些词史著作仅从词史发展的内部因素谈的单调简单。这应该是本书的一个显著特点。

第三、文献学、文艺学、文化学相结合。邓乔彬先生十分重视文献学、文艺学与文化学的结合,在一次词学讨论会的总结时,特地谈到这一点,可以说,这也是新时期以来词学研究的特点。而邓先生的这部著作更是贯彻了这一观点。论述词的艺术发展史,这当然是文艺学的范畴,而在整部书的论述中,处处从文化角度立论,如上段所论,可以看出文化对词的规范和影响,不仅如此,本书对文献的引用极其丰富,不仅引文献以说明自己的观点,而且对所引文献有所评论,谈出自己的看法,做到了文献学、文艺学与文化学的结合。在本书的《后记》中,作者谈到文献的搜集,有关音乐与历代评论资料将近五十万字,打下了本书文献资料的基础。这么多的材料绝不是简单的罗列与堆积,而是为我所用。这样的例子比比皆是,不胜枚举,我姑且举自己最熟悉的对张先的评价为例。作者评价张先词的"比之于书,钟繇之体",首先举出刘熙载对张先词评价为“瘦硬之体”，指出这是以书法相拟。在宋初书法不振的情况下，只有李建中学欧阳询而变化，以瘦硬为主要特点，所以刘熙载这段话当作如此理解：“即宋祁词风尚为宋初守成之时，张先则如李建中书法有所创造，却未逮柳永，更难比后出的苏轼、秦观。”然后作者说，刘熙载的说法过简，相比较而言，陈廷焯所论甚详，然后引了陈廷焯一段话：

> 张子野词，古今一大转移也。前此则为晏、欧，为温、韦，体段虽具，声色未开；后此则为秦、柳，为苏、辛，为美成、白石，发扬蹈厉，气局一新，而古意渐失。子野适得其中，有含蓄处，亦有发越处；但含蓄不似温、韦，发越亦不似豪苏腻柳。规模虽隘，气格却近古。自子野后，一千年来，温韦之风不作矣！益令我思子野不置。

接着，对陈廷焯评张先词的方方面面，诸如“规模虽隘，气格却近古”、“含蓄”、“发越”、“犹多古意”、“声调渐变”等各举张先词作为例，进行了具体而微的论述，说明陈廷焯所论的恰当。最后举夏敬观说法：“子野在北宋诸家中，可云独树一帜，比之于书，钟繇之体。”并加说明：

> 钟繇由汉末入魏，魏明帝时官至宰相、太傅，世称“钟太傅”，其书师法曹喜、蔡邕等人，博采众长，兼能各体，而尤精隶、楷，形成了由隶入楷的第一代新貌，与张芝、王羲之齐名。唐张怀瓘《书断》以其书刚柔兼备，古雅有余。张先词师法五代，亦兼采同时代诸家之长，如同钟繇的由隶入楷，独树一帜。夏敬观所拟，较之陈廷焯以之为“古今一大转移”，是更为恰当的。

材料在其手中，是活的内容，可以为我所用，纵横捭阖，着手成春。这才可以称作文献学、文艺学、文化学的结合。

以上我们从三个方面论述了本书的特点，当然，本书特点还有很多，限于篇幅，不再絮叨。相信此书的出版对于词史研究、词学研究，将有所突破，将进一步促进词学研究的繁荣。（本书由河北人民出版社 2010 年 5 月出版）

（原载《文学遗产》网络版 2011 年第 1 期）

# 后记

自1983年以来，我陆陆续续发表了80多篇文章，这些文章的一部分收录在《况周颐与蕙风词话研究》、《宋韵——宋词人文精神与审美形态探论》、《张先与北宋中前期词坛关系探论》、《千年词史待平章——晚清三大词话研究》四本书中，还有一些与这些专题研究不同的文章，现在择其有价值者收集在这本《古代文献与文学探论》中。这次出版做了少量改动，增加了一些注释。

这些文章可分为五类：考证类、一般性的古代文学研究类、词学专题研究类、桐城派专题研究类与序评类。

我从一开始进入学术研究，接触的就是文学考证。1983年在《安徽师大学报》第4期上发表了第一篇论文《孟浩然入京事迹考》，当时就引起了学术界的注意，1984年的《唐代文学研究年鉴》盛唐部分由葛晓音先生撰写，就认为"在这年有关孟浩然的研究文章中，孙维城的《孟浩然入京事迹考》值得注意"，并用一页的篇幅介绍了此文。这对于鼓励我坚持学术研究的道路，起到了极大的作用，我至今心存感激。而我这篇论文与此后在1985年发表的《孟浩然三入长安考》(《安庆师范学院学报》1985年第3期)一直成为学术界研究孟浩然事迹的一家之言。这种考证对我后来对文学问题的全面研究起到了打基础的作用，后来我研究晚清词人况周颐与《蕙风词话》，就从考证生平开始，写下了《况周颐年谱》、《清季四大词人生平考实》、《清季四大词人词学交往考论》等文章，其中《清季四大词人生平考实》也收在这本《古代文献与文学探论》中。

古代文学研究中，《古代诗歌"思乡"情结的人生意蕴》一文提出了一个有意义的观点，古代思乡的诗歌特别多而精彩，为什么会这样？该文通过层层深入的分析，认为是古人对乡土的留恋，进而体现对生命的珍惜。《论"登高望远"意象的生命内涵》一文，也认为，古人登高望远，实际是对生命的眺望，是从宇宙广大中反观人生的渺小。台湾《古今艺文》1998 年 8 月版《编者手记》中说:"'登高望远'这简单的意象,由孙维城教授'引经据典'追本溯源,必使读者大开眼界。"

词学专题研究中,《文坛三气与宋词三派》一文是我长期以来思考的一个观点。我从词学的派别思考出发,认为实际上词学有三派,并把这三派与古代文学理论的三气说联系起来,阴柔、阳刚与中和,正好对应词坛的婉约、豪放与旷达三派。我进而认为,文学实际上都是由这三种品格构成,分别由三气操纵而出。遗憾的是,这一思考我没有继续发表文章,而这篇文章也没有受到学术界的重视,现在发表在这儿,希望能引起注意。

桐城派研究是我后期关注的乡邦文献的研究。我接受教育部古籍整理课题"马其昶文集"点校,与国家大型清史工程《桐城派名家文集汇刊》中马其昶与贺涛两家文集的点校任务,在点校过程中,有所发现,有所体会,写出一批文章,对马其昶、贺涛的文集版本情况、内容与艺术特色进行探讨,在学术界都是第一次,故收集在这个专题中。其中《桐城派后期文章的现代演变——以现代性解剖马其昶〈抱润轩文集〉》一文发表在《中国现代文学研究丛刊》2006 年第 6 期上,从马其昶的思想、文风与文体语言的渐进三方面分析其现代成分,认为即使没有五四运动,古代文学也会缓慢地发展为现代文学。编者在《编后记》中说:"'晚清文学研究'栏目二文所涉领域为以往研究谈及很少,孙维城的文章具体剖析了桐城派作家马其昶写作中所蕴含的现代成分。"

序评类收集了笔者几本书的自序和为别人书所作的书评,其中为别人书所作之序只有一篇,是为我的父执吴振洪先生的《迎翠楼诗词》一书所写。吴先生是一个典型的文人,可以说是现代社会中硕果仅存的一个文人,他写诗词,好书法,拉京胡,莳花弄鸟,还养蛐蛐,是一个可爱的文人小老头,可惜逝世于 2007 年。记得当时把这篇序送给先生看,先生对"蛐蛐无恙"四字击节叫好,是触动了先生的文人情性,他动情地念叨着:蛐蛐无恙呐?今天还能看到先生的宛然喜色,听到先生以桐城乡音的念叨,可惜一支秃笔写不出来!感到笔墨之无奈!我自己喜欢"背一褪色之布包"的描写,当时先生曾要改"褪色"为"黄色",我说"褪色"好,先生也首肯了。先生后来告诉我,他某老友也说"背一褪色之布包"好,把老先生的神韵表现出来了,还问这序是谁写的。先生后来也特别珍惜这布包,上街必背。我后来又为先生写首七绝云:

长街小巷出游勤,白发红颜步履新。
古锦囊中光五色,皖山皖水养斯人。

最后，这本书的出版，还要感谢安庆师范学院科研课题经费的支持，感谢安徽大学出版社的支持，感谢出版社副总编辑朱丽琴女士与编辑王娟娟的辛勤劳动。

孙维城

2011年9月4日记于味象书屋